青春岁月在北大

QINGCHUN SUIYUE ZAI BEIDA

—— 哲学系1957级同学回忆录 ——

主　编　陆学艺

副主编　金春峰　陈瑞生

社会科学文献出版社
SOCIAL SCIENCES ACADEMIC PRESS (CHINA)

北京大学哲学系1957级毕业留影，1962年7月17日

北大哲学系1957级毕业留影

北大哲57级毕业留影名单

后排左起：陈文伟　徐荣庆　殷登祥　武葆华　赵　毅　李步楼　张吉连　邱国权
　　　　　孙实明　牟钟鉴　霍方雷　王立民　薛　华　姜宏周　孙彭年

五排左起：赵福中　高宣扬　包纪耀　袁之勤　李祖航　庄呈芳　李绍庚　崔英华
　　　　　陈炳泉　向延光　金春峰　黄福同　李元庆　常治兴　冯增铨　王友生
　　　　　石起才　吴亦吾　车铭洲　傅昌漳

四排左起：李发起　刘国瑞　苏振富　王崇焕　袁　囿　王善钧　白宗信　崔龙水
　　　　　郑成峰　林鸿复　周云之　李志平　王　栋　张宁生　虞积生　魏华忠
　　　　　李忠恒　朱　滢　张世英　王极盛　张春青　翁　熙

三排左起：李明权　陈绍增　王树人　田福镇　陈瑞生　贾信德　戴　祺　戴凤岐
　　　　　李丽君　商孝同　喻伯林　焦树安　韩　凯　刘祖光　叶顺和　林国彬
　　　　　杨　慎　李令节　张可尧　俞　燮　陆学艺　胡顺志

二排左起：冯瑞芳　任宁芬　高宝钧　朱伯崑　段生林　谢　龙　黄枬森　刘文兰
　　　　　吴天敏　王庆淑　许政援　沈德灿　孟昭兰　傅世侠　王义近　汪　青
　　　　　张恩慈　陈益升　李德顺

前排左起：尹企卓　李赋宁　王学珍　侯仁之　王宪钧　严仁赓　周先庚　程廼颐
　　　　　朱光潜　冯　定　唐　钺　黄子通　陆　平　翦伯赞　周培源　魏建功
　　　　　傅　鹰　王竹溪　冯友兰　郑　昕　周辅成　桑灿南　熊　伟

1958年兴修十三陵水库

上：1959年5月回校前与康庄乡亲合影

下：1959年回校前摄于康庄麦田前

1959年东芦城食堂人员合影

1959年回校前摄于芦城

上：1959年黄村公社红专学校师生临别合影

下：东芦城支委会　摄于1959年

上：1959年临别与
房东康连年家合影

中：1959年临别与
李春生一家合影

下：1959年5月与康
庄房东李振林、田
宗耀一家合影

北大录取信

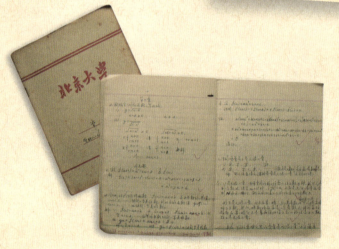

北大学习笔记本

学生饭卡

北京大学化学系五七级部分校友回北京大学燕园相聚 82.10.

1957级毕业二十周年纪念

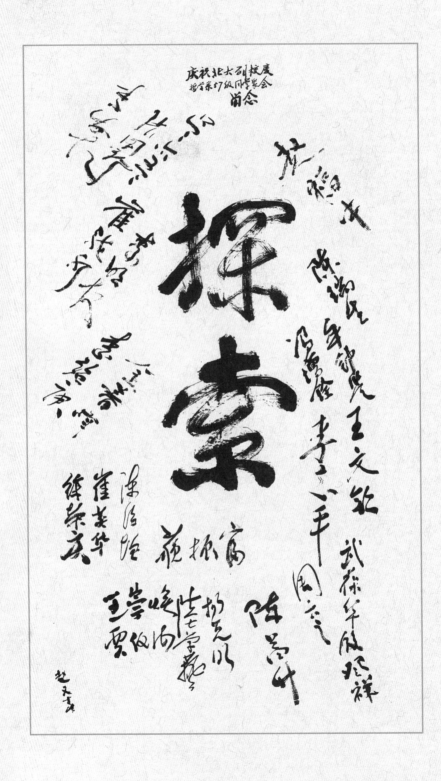

编 委 会

目录

第二部分　回忆老师

第三部分　下放岁月

第四部分　诗歌

目录

前　言

徐荣庆

国学大师梁启超有言：老年人常思既往，故生留恋心。像我们这样的耄耋老人，流年碎影总相随，常思北大好眷恋！未名湖，朗润园，博雅塔，临湖轩，春来鸟语花香，夏日荷叶满塘，秋天银杏纷飞，冬至皑皑银装。这就是我们曾经就读五年的美丽燕园。

燕园好，风景旧曾谙。一年四季景如画，古今中外美名扬，能不忆燕园！时代新曲，古韵绵绵，多少丹青化长卷，几轮春意书风烟。忆从前，永怀念。

人到老年总喜欢怀旧，这或许是人们的天性。每一个人都有自己值得怀念的东西。大学生活是人生重要的发展阶段，会在心灵深处留下深深的印记。把这些生活中本真的东西刻录下来，既可以丰富我们"回忆餐桌上的美味佳肴"，又可以向历史老人献上一份浓浓的爱心，对己、对人、对社会都是大有裨益的。

2007 年 10 月，在北京"半世情缘大聚会"上，大家议决要出版一部北京大学哲学系 1957 级回忆录。2008 年 11 月，发出关于编写回忆录具体事项的书面通知。2009 年 4 月，在"姑苏雅聚"时，又一次以口头方式催促此事。2009 年 10 月，再一次就此事发出书面通告。在老同学们积极写稿、贡献老照片的热情参与下，这本《青春岁月在北大》

终于和大家见面了。这是我们献给北大哲学系百年华诞和 57 级大学毕业五十周年大庆的一份厚重礼物。

　　著名的超现实主义电影大师路易斯·布鲁艾尔在他的自传《我最后的叹息》中说："人的生命是由记忆组成的，就像没有表达力的智慧，我们不能称之为智慧一样；没有记忆的生命，我们不能称之为生命。"长长的记忆就是人类的生命。写好回忆录，留住记忆，正是让生命往下延续所作出的最好努力。

　　　　　　　　　　　　　　　　　写于北京天通苑

　　　　　　　　　　　　　　　　　2012 年 5 月 10 日

五十年聚首抒怀

李发起

五十年来，同学中不时有人称我为高阳酒徒，其实我并不贪杯，缘于我的祖籍是河北高阳县。绝大多数亲朋学友都直呼"发起"，其实本人姓李，全称是李发起。这次聚首是为庆祝我们到北大哲学系学习五十周年，而我大概前世就与马列主义哲学有缘。1924 年 1 月 21 日列宁同志辞世，十三年后，也就是 1937 年 1 月 21 日本人降生问世。我从中学时代起就对马列哲学感兴趣，北大五年中学马列哲学，可以说是哲学大半生。

改革开放刚刚起步，我也算是捷足先登吧。1979 年春解甲东渡。异国他乡，又没有什么经济基础可依靠，为了立足，我只能不择职业而由职业择己。开始时在一家小工厂打工卖体力，时间不长有机会进了个小商社从事中日贸易，从此弃文从商，直至年老退休。

有不少同学好友正着手撰写生平回忆录。我想他们写回忆录，是因为他们一生曲折坎坷，大有回味的价值；或其事业有成，值得示之后人。我思想再三，终不敢提笔问津。这倒并非完全受苏老夫子的"雪泥鸿爪"的影响，实是我的生活道路平坦乏味，事业无成，没有贡献；提到学术方面的著书立说，更是无留只字片纸。总之，这些方面不敢与诸同学比肩，品阶台上。当然，这并不是我的悲观之念，因为有老徐同学的那句肺腑之言——我们都是"老同学"在鼓舞着我。

应该说一个人的一生不可能毫无是处，我这一生从中从旁或是暗中，仍然为国为民做过些小工作，这算是我的聊以自慰吧。另外，我也有点粗浅的人生体味。因为从事哲学工作有年，回想起来颇有感慨之处。这些感慨我借助古人的话加以概括，一方面是对自己的鞭策批判，因为自己根本没有做到或是反其道而行之；另一方面又是自己对自己的要求。我认为做人应该那样去做；同时如果真有来生而且仍然让我从事哲学工作的话，那我愿把它当做自己的座右铭。这就是下面的几句话，即：观书要能自出见解，处世无过善体人情。著书为公，明言方寸。直说据实，体察民情。简而言之，就是读书做事都要实事求是，决不盲从违心，贻害于民。这辈子是不行了，有待来世遵此格言，努力进取，争取做出些贡献来，好与诸公在品阶台上比肩。

最后应向诸位申报，我现在生活安定，身体无大病，有点痴呆，但没有严重到不识亲朋。可以说是：老牛已了耕耘债，天通啃草卧夕阳（本人属牛，安居北京天通西苑）。最后还是让我以一首打油小词来做结吧。

全盛年华聚燕园，为民向学志同坚。

风雨耕耘五十载，功业参差情依然。

已白首，非红颜，

同窗之谊重泰山，

愿君珍之置心田，

助你安乐度晚年。

2008 年 2 月

第一部分

综合回忆

北大情结

陈瑞生

从北京大学哲学系毕业已半个世纪，但是在我心中总是萦绕着对母校的美好记忆。碧波粼粼的未名湖，湖光倒影，垂柳依依。夏日，携同学漫步湖畔，欣赏那水塔的精美倩影和巧夺天工的设计，探讨苏格拉底和柏拉图的哲学命题。冬天，也常到未名湖滑冰，虽然我达不到专业水平，但滑个 8 字形和"燕子飞"还是可以的。仅此技巧，足以令人称赞，也使自己自得其乐。

良好的学习环境，自由民主的校风，光荣的革命传统，深厚的文化底蕴，众多名流的师资队伍，是北大长久闻名于世的雄厚根基。

在到北大哲学系学习之前，我是北京大学附设工农速成中学的学生。那时，我们的学校就在北京沙滩原北大的校址。我们的教学楼，就是当年"五四"运动的司令台——红楼。红楼的正门，悬挂着毛泽东主席题写的"北京大学"的校牌。红楼北面是民主广场，广场之南的铁架上，高高地挂着一个铜钟，被世人称为"民主钟"。钟声敲响时，能传遍全校的各个角落。1919 年"五四"运动的爆发，就是在民主钟声敲响之后，广大师生云集在民主广场，然后向天安门进军，揭开了"五四"运动的序幕，进而扩及全国。

红楼是李大钊和毛泽东工作过的地方。我当年在校学习的时候，红楼二层布置了一个"毛泽东同志工作展览室"。在那儿，我亲眼看到了

毛主席为北京大学题写的校名原件及一封简短的信。毛主席为北大的校名题写了两张，但真正使用的题字，是毛主席在信封上写的"北京大学"四个字。

"北京大学"的校徽，我佩戴了整整九年。因为北大工农速成中学是北大的一部分，这个学校的师生都是佩戴"北京大学"的校徽。佩戴北大的校徽，我甚感荣耀。

在北大工农速成中学读书期间，我们多次到北大燕园参观。北大给我最深刻的印象就是六个字：民主、自由、科学。我想，这就是北大的精神、北大的校风、北大的传统。

几乎中外的人士都公认：北京大学是中国国民教育的最高学府、最高殿堂，也是历史最悠久的大学。

我向往北大，那时，我暗暗地下定决心，一定要考上北大！

但是，对于我来讲，考取北大并不是一件容易的事情。一者，我学习基础差，只念了三年半小学，而中学只念了四年；二者，我在中学担任学生会副主席，也曾做过班长，社会工作负担很重。我唯一的办法就是刻苦学习，充分利用一切时间，把学习成绩搞上去。

功夫不负有心人。当我完成四年制中学的学业后，终于获得了优异的成绩，并被列入保送上北大的名单。1957 年 7 月份，我高兴地得到了北京大学哲学系的录取通知书。这终于实现了我上北大读书的愿望。一个放牛娃出身的苦孩子，终于成了最高学府的大学生，其兴奋之情真是难以言表。

8 月份，又通知我先到北大报到，参加迎接外地来报到的新生。我高兴地接待了一个又一个从祖国各地来到北大哲学系学习的同学，把他们的行李扛到 30 斋宿舍。尽管很辛苦，汗水湿透了我的衣裳，但我能为刚来的新同学做点事，深感乐此不疲。

开学后，哲学系指定我担任 57 级一班的班长，李发起为团支部书记，张秀亭为党支部书记。其实，我并不是当班长的一个最合适的人选，无非是"近水楼台先得月"而已。系领导知道我是北大速成中学的学生，又是党员，又当过多年北大速成中学的学生会副主席，又提前到校参加迎新工作，仅此而已。论工作能力和学习水平，班里许多人都比我强。

开学不久，"北京大学"校报编辑部约我写了一篇文章。我以《我爱北大》为题，很快就写了一篇短文，登在9月26日校报上。文中写道：

"我爱北大，爱这引人入胜的幽美校园；我爱这所举世闻名的具有悠久历史和革命传统的大学；我也爱北大的老教授和老师们，他们是知识的伟大的传播者，是真正的人类灵魂工程师，他们培养了许多渴求知识的青年们，现在又要承担培养我们的任务。这些不辞辛劳的人们，他们的名字早已铭记在人们的心里，也将铭记在我们的心中。另外，我也爱这里的老同学们，他们是我们的大哥哥、大姐姐。他们比我们懂得更多的知识。我想，在今后的学习中，一定会得到他们最大的帮助。……我一定努力学习，立志做一个工人阶级的知识分子，准备为祖国服务。"

经过半年的学习，我深感学习负担十分繁重。特别是俄语课，对我的压力非常大。工农速成中学不学外语，所以我连一个俄语字母也不认识，也不会拼音。而班里的其他同学起码都学过三年或六年的俄语，有的从留苏预备部转来的同学，俄语水平就更高了。我跟这些同学同班上课，其进度之快，是我望尘莫及的。什么"变格""变位"，弄得我晕头转向。尽管同学们给了我许多帮助，俄语老师也给我"开小灶"，但我始终难以跟上教学进度。人家"胜似闲庭信步"，而我天天"只争朝夕"，拼命追赶。

俄语课的压力实在是太大，无奈，我向系里辞去班长职务。这样，我"无官一身轻"，集中精力搞好学习。尽管以后学校又指定我担任北大美术社副社长，还担任过党小组长，但这些社会工作并没有对我的学习造成多大的影响。

经过五年艰苦努力，我总算是把学业完成了。虽然我不能算班里名列前茅的高材生，但除了俄语外，其他各门课程的分数大部分是五分

（五分制），而且我的毕业论文成绩，在同一个题目中得了最高分。

毕业后，系里要我当朱光潜和宗白华老先生的研究生。但我没有答应，因为我已28岁了。我想尽快走上工作岗位，把我所学到的知识尽早贡献给社会，发挥我应有的作用。

我在几十年的工作中体会到，在北大哲学系五年的学习，确实奠定了较为扎实的理论基础。我在几十年的高校教学与科研中所取得的成果，都同北大对我的培养分不开。

我向母校汇报：作为中共中央党校教授，我曾获得教学与科研优秀奖、中直机关精神文明建设先进个人、首都精神文明建设奖章、终生享受政府特殊津贴。总之，我没有辜负母校对我的培养和教育。

亲爱的母校，5711048永远热爱您！

附录：燕园抒怀

1960年10月28日，北大哲学系同学去昌平县修铁路。我担任保尔团的宣传员。为了鼓励大家行军，写了如下两首诗。

知识分子劳动化

燕山脚下一条龙，千军万马乘东风。

知识分子劳动化，天红地红人更红。

汗水浇灌幸福花

万里长征走天涯，当年红军传佳话。

脚踏千山跨万水，千辛万苦我不怕。

力拔山兮气盖世，项羽何足在话下。

劳动冶炼全新人，汗水浇灌幸福花。

1960年10月28日于昌平火车站

青葱岁月在北大

百代诗人看今朝

唐诗三百何足道，百代诗人看今朝。

我辈挥笔三千首，气吞山河浪滔滔。

不吟梅竹不咏雪，只颂真理金光照。

不颂三皇和五帝，只赞人民比天高。

1960 年 11 月 14 日于北大 38 斋 308 室

新长征歌

今日，长征开始，行程二万五。健儿精神振奋，意气风发，斗志昂扬。余内心激情奔放，欣然命笔，赋诗一首，以表锻炼决心。

健儿远征二万五，威震四海如猛虎。

双足蹬着地球转，腾云驾雾绕星球。

我辈稳握接力棒，骏马奔驰云霄九。

踢开阻碍千万重，不达目的誓不休。

1960 年 11 月 16 日于北大 38 斋 308 室

赠同窗好友崔英华

五载同窗友谊深，你我奋求乃真经。

当即恋恋两分手，更喜今朝新途程。

1962 年 9 月 14 日写于北大哲学系 62 届毕业分配会上

赠友人

未觉同窗几春秋，难依难舍两分手。

问君何时重相会，举杯共饮庆功酒。

1962 年 9 月 18 日于北大 38 斋 308 室

北大的点滴记忆

徐荣庆

1957 年 9 月中旬，我从北京俄语学院留苏预备部转学到北大哲学系，报到是在哲学楼哲学系办公室办理的。北大录取通知书的内容我没有印象了，与录取通知书一起有一封北大学生会致新同学的欢迎信，信中有两句描写北大校园的佳句我印象特深："湖光塔影，垂柳依依。"它把未名湖的美丽风光深深地印在了我的脑海，至今难忘。报到完后，就到气象园南边一座大库房去领小方凳，每人一个，编号登记造册；说将来毕业离校时要如数交回，所以领来以后就赶紧在凳子的底部写上自己的系别、姓名，以便丢失好找。开会听全校性大报告，大饭厅前排队等候看电影，都离不开这小小的方凳。领了方凳以后，就直奔 30 斋二楼我们的宿舍安家，五年的本科学习生活，就这样开始了。

开学典礼是在大饭厅举行的，马寅初校长的讲话，令我至今记忆犹新。他一开口便是浓重的浙江口音，什么我你兄弟，等等，勉励我们要好好学习，将来为劳动人民服务。他以主席台上放置的竹壳暖壶为例说，这个暖壶是没有阶级性的，但生产什么样的暖壶，为什么人服务却是有阶级性的了。拿台上的这个暖壶来说，瘦瘦的，高高的，放在办公桌上用，还稳当；要是农民兄弟带它下地干活，放在高低不平的地头，就很容易碰倒摔坏；要是带一个又粗又胖型的暖壶下地，放在地头就稳当多了。所以说，小小的暖壶也有一个立场世界观问题。当时听了觉得很生动，很新鲜。今天回忆起来，像这样的比喻分析，多多少少带有解放初期知识分子思想改造运动的烙印。

上　课

我们上的第一堂课是形式逻辑，在哲学楼101教室，由李世繁先生主讲。先生个子不高，矮胖矮胖，戴一副紫红色边框的眼镜，提一个很考究的黑色皮包，稀疏的头发向后梳得油光锃亮；讲课声音洪亮，京腔十足；他是北京昌平人士，一根皮带松垮地系在粗大的腰围上，上课时经常下意识地提裤子，引得同学们窃笑。第一堂课给我的印象特深。一开头，先生引用了《孟子》里的一段话，讲解形式逻辑的选言判断。这段原话是这样的："鱼，我所欲也，熊掌亦我所欲也；二者不可得兼，舍鱼而取熊掌者也。生亦我所欲也，义亦我所欲也；二者不可得兼，舍生而取义者也。"当时就把我给镇住了，觉得先生学问很深，形式逻辑也很有学头。后来，在形式逻辑课堂上，还闹过一场小小的风波。先生在讲课时，揭露帝国主义对我国进行挑衅，把"挑衅"说成"挑 pàn（畔）"，课堂上立即引起一阵骚动，同学们左顾右盼，惊讶不已。先生发现后，不知所以然，立刻把脸一沉，涨红了脖子严肃地呵斥道：不好好听课，出去！在那师道尊严盛行的年代，同学们马上安静下来，继续认真听讲，一场课堂小小风波就这样平静下去了。其实，中国民间就流传着"秀才不识字读半旁"的说法，把"挑衅"读成"挑 pàn（畔）"，正是应了民间的这一说法。这是我给先生的一个下台阶，不知可否?!

接下来上的是"辩证唯物主义"课，由黄枬森先生主讲。先生中等个子，红光满面，看上去很健康，戴一副紫红色边框的近视镜，镜片圈数很深，说明是高度近视；着一套笔挺的深色中山装，穿一双三接头黑色皮鞋，戴一个呢制的解放帽，显得十分庄重大方。因为家住中关园，他来上课总是骑一辆半新不旧的 28 型自行车；怕骑车时会将裤脚管夹坏，所以总是用两个明晃晃的金属夹子将两腿的裤脚管夹紧了，下车以后立即将两个夹子取下放进口袋里待用，也使裤子恢复原样；裤线笔直，富有美感，站在讲台上，显得很精神，严肃庄重，一副学者派头。讲课声音洪亮，普通话带有浓重四川口音，板书漂亮整齐，讲授深入浅出，重点突出。讲物质论时，要求我们熟记熟背列宁的物质定义："物质是标志客观实在的哲学范畴，这种客观实在是人通过感觉感知的，它不依赖于我们的感觉而存在，为我们的感觉所复写、摄影、反映。"当时，尽管这样的物质定义，对我来说，可谓一头雾水，丈二和尚摸不着头脑，但自小练就的死记硬背的"童子功"，还是可以应付过去的。第一次"辩证唯物主义"课考试，就有关于物质定义的考题，我严格按老师要求熟背了列宁的物质定义，所以，答题顺利，成绩不错，自鸣得意。由于我们初次接触哲学这门抽象思维学科，一提到物质、时间、空间这些概念时，满脑子都是一些具体的东西，先生反复用许多生动的事例，阐明抽象与具体的关系。他说，讲台上喝水的杯子，从哲学上来讲，它就是一个客观实在，被我们的感觉感知、反映，哲学上的物质概念是指它的客观实在性，而不是它的具体属性。通过他讲解具体的东西与哲学的物质、时间、空间概念之间的联系与区别，我慢慢地走向抽象思维的哲学王国。

说到哲学上的抽象，我想起了冯友兰先生提到的两个笑话："张荫麟曾经给我说过一个笑话，说是柏拉图有一次派人到街上买面包，那个人空手回来，说没有'面包'，只有方面包，圆面包，没有光是'面包'的面包。柏拉图说，你就买一个长面包吧。那个人还是空着手回来，说没有'长面包'，只有黄的长面包，白的长面包，没有光是'长面包'的长面包。柏拉图说，你就买一个白的长面包吧。那个人还是空着手回来，说没有白的长面包，只有冷的长白面包，热的长白面包，没有光是'白的长面包'的白的长面包。这样，那个人跑来跑去，总是买不来面包。柏拉图于是饥饿而死。我说，我也听说过一个笑话，就是先生给学生讲《论语》，讲到'吾日三省吾身'，先生说'吾'就是我呀。学生放学回家，他父亲叫他回讲，问他'吾'是什么意思？学生说'吾'是先生。父亲大怒，说'吾'是我！第二天上学去，先生又叫学生回讲，问'吾'是什么意思？学生说'吾'是我爸爸。先生没有办法叫学生明白，说'吾'是我，这个'我'是泛指，用哲学的话说，这个'我'是'抽象'的我，既不是他的先生，也不是他的爸爸。柏拉图对于他的仆人的愚笨，倒有法解决，他可以拉着他的仆人到面包房，指着一块面包说：就是它！可是先生对于这种愚笨的学生倒很难对付。他无论找什么人，叫他告诉学生说，'吾'就是我，那个学生总还是想：'吾'就是说话的那个人。我说的这个笑话，可以说明，人若没有一种抽象的能力，就连话也不能说，说话总要用一些有一般意义的名词，这些名词的来源就是抽象。"（《三松堂自序》第285页）我在哲学发蒙时，对待物质、时间、空间等抽象概念，虽没有冯先生提到的两个笑话那么愚笨，但异曲同工之妙还是有的。

总之，黄枬森先生是教我抽象思维、走进哲学之门的第一人，是我最尊敬的哲学启蒙老师之一。黄先生非常和蔼可亲，平易近人，毫无架子，有求必应。工作以后，我曾多次登门求教，他总是热情接待，毫无保留地传道授业解惑，使我获益匪浅。黄老师的高尚师德，诲人不倦，是我永远的学习榜样。

饥　荒

1959—1961年，三年困难时期，我们正处在年轻长身体时期。换句话说，正是能吃的时候，可偏偏闹了一场大饥荒，缺吃嘴馋，饥饿难忍，给人留下的印象，一生难忘。

为了应付辘辘的饥肠，北大学子可说是绞尽脑汁，想尽办法，出尽洋相。从一定意义上说，真可谓是特殊历史条件下一次人性的大展示，今天回忆起来，还是蛮有趣的。

系里组织我们在哲学楼前开荒种菜度荒，许诺谁种谁收。一听说不久就会有收获，可以额外有东西吃了，大家干劲就上来了。李德顺是种菜行家，在他的带领下，开垄沟，整菜畦。很快，一片平整的菜地就展现在哲学楼前面。为了能使菜蔬长得茂盛，浇水施肥，加强管理是关键。我同庄呈芳是一对积肥搭档，我俩用一根竹竿抬着一个粪桶，手拿一个粪勺子，出入蔚秀园（当年，蔚秀园为一片平房住户）的土厕所去淘粪。掏来的粪倒在我们班菜地旁的粪坑里待用，随着浇水的水流将粪肥均匀地施到菜地里。看着绿油油一片菜地丰收在望，心里甭提多高兴啦！不久，亲自栽种的萝卜、西红柿等，用脸盆分到各个宿舍，让我们这些盼了好久的"馋虫"开胃解馋，实现"瓜菜带"的号召，在淡淡的苦中，品味出一丝甜意。

有限的粮食供应和副食匮乏，给食堂管理带来不少麻烦。开始，食堂按每人定量发放饭票，让大家计划用餐，即早餐三两，午餐四两，晚餐三两。每张饭票只有拇指那么大，又特薄。听说有人利用这一特点，打饭时故意用自己的饭盆将小票沾回来继续使用；有人饥饿难耐，不按计划用粮，偷偷寅吃卯粮，把应该后面才能使用的饭票挪到前面来用，等到月底无票可使，只好耍赖靠别人施舍救济了。所以，饭票没用多久就改用饭卡。所谓饭卡，就是用牛皮纸印制的一张不大的方格纸，一月一张。每日一斤粮分三餐排列印制，按两留空格，打一两饭就在空格处打"√"。饭卡的尾部印有一个机动粮空格，一般也就有三斤至五斤的机动粮。就是说，每天三顿固定的一斤粮外，还可以根据需要自由支配机动粮。听说有人弄来褪色灵药水，将打过"√"的地方褪去勾痕，再次当机动粮重复使用。不是饥饿逼急了，堂堂的北大学子能干如此"偷鸡摸狗"之事吗?！食堂里每顿饭，几乎都少不了吵嘴之类的不愉快事发生，主要是因为食堂的窝头馒头大小不均，屉布上沾下一小块，或互相碰撞掉下一小块，嫌分量不足引起的。不是斤斤计较、两两计较，而是钱钱计较了。最后，食堂只好制作统一的木模具，用它来"量身定做"馒头窝头，用一个模子刻出来的馒头窝头，来克服人们的心理不平。

春天，万物复苏，救世的野菜注定要被宰了。棉花地，燕南园，未名湖周围，挖野菜大军络绎不绝，荠菜、苣荬、苦苦菜……只要能充饥的统统挖来不误。李德顺还带领我们去中关村农民地里挖圆白菜的根，洗去外面的泥土，削去外面的粗皮，里面白嫩的根肉，再蘸上酱油，真是美味佳肴。校园里的野菜挖光，我们就去圆明园遗址公园挖。那时圆明园没有围墙，随便进出，里面大得很，野得很，真有挖之不尽的感觉。一百年前，英法联军火烧圆明园，留下一个荒芜的遗址。一百年后，北大学子为了度春荒，在这个荒芜遗址上上演一出挖野菜悲剧，发思古之怨情，岂不让人更加辛酸落泪?!

夏天，是我们这些家住农村的学生最大的盼头，因为有一个长长的暑假可以回家塞饱肚子解解馋了。说到解馋，我曾在一个月末，好不容易攒下一斤半机动粮。思想斗争半天，最后还是满足一下"馋虫"的要求，下决心将一斤半机动粮全买馒头一顿吃光。说也奇怪，当我吃完从食堂走回 38 斋宿舍时，肚子又饿了。按我的感觉，困难时期的胃是个无底洞，总也填不满。1960 年暑假，我早作打算，攒下七八斤机动粮，上火车前将全部机动粮换成一大兜窝头，准备在火车上吃。火车停在兖州车站，我坐在靠窗户的位置上，茶几上有一块窝头，冷不防一个蓬头垢面衣衫褴褛的孩子迅速将那块窝头拂弄到月台上，当即被执勤民警发现。民警就用警棍朝那个孩子的头上打去，可他的小手却不去护自己的脑袋，拼命地去抢地上的那块窝头往嘴里塞。此情此景，要不是亲眼所见真不敢相信——这是一个十几岁的孩子在面临饥饿与疼痛时所作出的选择。类似的悲剧，我还听说过一件：一天夜里，一个饿贼，钻进五道口百货商场，什么贵重的东西都不偷，只到卖点心的柜台里海吃一顿。由于吃得过饱，又喝了许多水，结果他硬是被活活撑死了，当了一个饱死鬼，应了中国民间不当饿死鬼的习俗。再说我回到家后，父亲就将十边地（指田边、场边、路边、沟边、塘边、圩边、岩边、坟边、篱边等）上种的各种豆类瓜类弄来煮给我吃，尽管尚未成熟，救急要紧，荒年时这是常事，当地称为"吃青苗"。一个暑假下来，虽然没有什么好饭好菜，但塞饱肚子还是做到了，过足了饱瘾，很是满足。

秋天，秋风扫落叶。生物系有位教授说，树叶里的叶绿素是人体所需的宝贵营养品。于是发动师生打扫落叶，又成了北大的一景。32路公交线两旁杨树的叶子，又多又大，更是我们打扫的主战场，比清洁工打扫得还干净。打扫来的树叶，用大麻袋装上，运到大饭厅北边，倒在摆放在那里的许多口大缸里，灌上清水，像沤肥一样让其发酵；从中提炼出叶绿素，再把这些叶绿素掺和在面里蒸馒头窝头，说既有营养又增加了原粮的分量。既增质，又增量，质量双增，大快人心。当年我们吃的馒头窝头都是绿色的，用今天的广告词来说，是真正的"绿色食品"了。

冬天，天寒地冻，天黑得早。在那个能源短缺的年代，暖气供应不足，电力更是紧张。于是，领导号召我们要"劳逸结合"，即天一黑就让我们钻被窝，既免了暖气不足而挨冻，又不用开灯而省电，两全其美。系领导如任宁芬、冯瑞芳等还亲自到我们宿舍，督促检查我们是否早早睡觉，执行"劳逸结合"的指示，名之曰政治任务。北方农村猫冬的习俗也回到我们38斋来了。但毕竟我们年轻气盛，哪能一下子呼呼入睡呢？不知是谁发明的"精神会餐"，在这黑灯瞎火的氛围中有声有色地开展起来了——每人把自己曾经的美餐拿出来展示给大家，当然是口头展示，说得大伙直流口水，精神上得到了解馋的满足，也算验证了巴甫洛夫的高级神经学说。我住上铺，枕头边放了一个饼干桶，里面存放着用点心票买来的点心，在精神会餐弄得实在馋得憋不住了，就掰一小块点心塞到嘴里解解馋。寒冷冬天长长的夜晚，在不知不觉的"精神会餐"中打发过去了。

三年困难时期，强调"劳逸结合"，会开得少了，集体活动大为减少，每人自由活动的天地广阔多了，自主支配的时间大大增多。在这一少一多的难得机遇中，跑图书馆、阅览室认真地读了几本书。可以毫不夸张地说，五年本科学习，真正用心读点书做点学问还是在那三年饥荒时期。物质的食粮是少了，文化的精神食粮却得到了一定的充实，这或许是得失辩证法的又一妙用。人们大概会认为这是你徐荣庆的阿 Q 精神胜利法，我承认。无奈的年代只能作无奈的妙用，岂有他哉?!

回忆与感恩

——北大本科生活拾零

殷登祥

　　生我者父母，教我者母校。北京大学哲学系五年的本科生活是对我一生有特殊影响的时期。她不仅是我学术生涯的启蒙者，又是我人生道路的指引者；我有幸经受了自由、民主、科学和"兼容并蓄"的北大精神的洗礼和哺育。求知的饥渴和欢乐，社会的风云和磨砺，青春的活力、迷茫和憧憬，交织出一段曲折斑斓的求学史。现在，我怀着一颗诚挚的敬畏之心，去追溯和碰触那段近乎神圣的最高学府生活，以寄托我深切的怀念和感恩。

意外惊喜

　　人生充满着各种机缘巧合。我没有想过要考哲学系，更没有想过能考上北大，但在不知不觉中成了北大哲学系的学生。

　　1957年最后一学期，南通市长沈帆早早来到我们毕业班座谈，要求我们"一颗红心，两种准备"。我的母亲看我有点压力，就安慰我说："金狗，万一考不上，就回家来跟我一起种田吧，怎么都能过。"话虽这样说，我心里却想，我在江苏省南通第一中学名校求学，又是学校的"三好生"，总不会没有大学念的。我就憋着一股劲，全身心准备高考。

不久要填报志愿了。我从小就喜欢读各种"历险记"，晚上经常对着"黄历"上的星图认天上的星星。1956年向科学进军的号召，爱因斯坦和居里夫人的榜样，使我暗下决心要当一名原子物理学家。高二暑假我把从苏联翻译过来的《物理学习题集》做了个遍。我积极参与筹备年级的"二十年后的理想晚会"，并扮演刚从月球回来的、发现新元素"钫"的原子物理学家；还在代表班级参加学校举办的"理想演讲比赛"上作了"我要当原子物理学家"的演讲。我心里一直想的高考志愿就是"物理系"。

但人的高中阶段具有可塑性，对事物的看法和兴趣尚未定型：一件令人意想不到的事情发生了！一天，我从教员办公室门前走过，突然背后一个熟悉的声音把我叫住。回头一看是我敬仰的语文老师罗言武先生；正是经过他的调教，我的作文进入了班级的范文栏。他问我准备填报什么志愿，我说是物理系。他皱了一下眉头说："经过我几年来的观察，你的逻辑思维能力很强，哲学是自然科学与社会科学的概括和总结，你报哲学系最合适。"这不啻是对我当头一击，虽有自然科学这根线连着，却是180度的大转弯啊！

尽管罗老师不是我的班主任，但他对我始终关爱有加。他说的话也不无道理。我是历史课代表，历史老师顾正林先生为了训练我们的独立思维能力，组织了一场"石达开是否应该出走"的辩论会，并指定我为反方代表。罗老师参加了这次辩论会，我的表现给他留下了深刻印象。顾老师还曾指导我阅读《反杜林论》和《自然辩证法》等著作。虽然我看不大懂，却是我第一次接触到高深的哲学理论，引起了我的好奇。我是班上的读报员，每星期四下午课外活动时间给全班讲一周时事要闻，这促使我思考一些国内外大事。我还是班里的学校图书馆联络员，有机会随便进出书库，博览了大量国内外文艺书籍。于光远和胡绳、王惠德合编的政治课教材《社会科学基本知识读本》也深深吸引了我。尽管我喜爱物理学，但高中学习生活又给我播种了哲学的种子。

我所敬仰的罗老师对我有特殊的影响力，终于在他的指导下，我的高考志愿从物理学改为哲学。

接下来是报考什么大学。当时全国高校没有几个哲学系，参加全国统一招生的是北大和复旦两个哲学系。北大是全国最高学府，我自感把握不大，复旦可能性大一些。但罗老师说，"取法乎上，得乎其中；取法乎中，得乎其下"。于是我在他的鼓励下，第一志愿报北大，第二志愿报复旦。

令我惊喜的是，我居然接到了北大的录取通知书。我居住在长江南岸的一个偏僻的小港口，方圆多少里没几个上大学的，能考取北大的绝无仅有。我的母亲笑得合不拢嘴。她悄悄告诉我说：她曾用长江边民间流行的一种占卜方法，把鲫鱼的头骨抛到空中，看它落下来是正是歪，预测能否录取，结果三次都是正的，还真灵验哩！她买了一双我久盼的回力牌球鞋，是给我上大学的礼物。我在上海的姐姐为我腾出了一只细藤编织的箱子，并蒸了三斤馒头，煮了两斤茶叶蛋，让我带着作为路上的干粮。我用中学母校补助我的十元钱买了半价的学生票，终于在9月13日晚登上了开往北京的列车。

一代恩师

经过两天三夜60多小时的长途旅程，于9月16日晨列车稳稳停靠在前门火车站。一出站就见到不远处红旗丛中的北大迎新站。迎新大客车载着我们新生在晨曦中风驰电掣地向北大进发。穿过西直门，只见马路两旁是绿色的田野。通过一段黄土沟壑，便进入北大东南校门，来到了大饭厅前的迎新广场。哲学系迎新站"热烈欢迎哲学系新生"的横幅标语格外鲜艳夺目，顿时一股热血流遍全身，我终于到家啦！

我见到的第一位老师是在哲学楼负责办理新生报到手续的黄心川先生，现在他已是知名的研究印度哲学的大家了。他的方脸盘上一双不大的眼睛炯炯有神，操着浓重的常熟口音；因为我的出生地当时属于常熟县，我们也算是老乡。我从他手里接过了一个月十六元五角钱的生活费，正式开始了我的北大学生生活。

哲学系的老师真可谓群星灿烂、名师荟萃。1952年院系调整，把国内最著名的哲学家都汇聚到北大哲学系，如冯友兰、汤用彤、张颐、冯定（后调入）、金岳霖、贺麟、唐钺、郑昕、朱光潜、沈有鼎、朱谦之、黄子通、张岱年、宗白华、洪谦、熊伟、任华、王宪钧、何兆清、齐良骥、周辅成、吴允曾、陈修斋等。还汇集了一批英年气盛、才华横溢的中年学者，如任继愈、黄枬森、汤一介、朱伯崑、张世英、汪子嵩、王太庆、李世繁、杨辛等。又集中了一群青年才俊、后起之秀，其中有的经苏联专家或专门的研究班悉心培养，如朱德生、赵光武、高宝钧、张恩慈、谢龙、孙小礼、黄耀枢等。此外，我们还能旁听校内知名学者如翦伯赞、王力、邓广铭等讲授的课程，聆听到社会上著名学者如胡绳、周扬、杨献珍、艾思奇等作的学术报告，也听过苏联专家的讲课。

我们年级特幸运，据说前些年老教授们还不能上讲台，现在纷纷到教学第一线来了。如：冯友兰先生讲授"中国哲学史"和"中国哲学史史料学"；任华先生讲授"西方哲学史"；朱光潜先生讲授"西方美学史"；郑昕先生讲授"康德哲学"；宗白华先生讲授"中国美学"；王宪钧先生讲授"数理逻辑"；等等。

但冯友兰先生却是我印象最深刻的恩师。我是我们班学习班长兼他讲授的两门课的课代表。冯先生每堂课要预先发铅印讲稿。有需要时我就帮他把手稿送到印刷厂。我经管同学交的讲义资料费，从未名湖畔博雅塔旁的印刷厂取讲稿并发到同学手里，则是我的经常工作。有时我也有机会去冯先生那个坐落于燕南园的两层西式小楼的家里，向他汇报同学们的学习情况、意见和要求。我有不懂的问题还当面向他请教。他总是循循善诱，热情地给予解疑。毕业前他还曾建议我考他的研究生，但我未能如愿。后来我考取了中国科学院哲学所和北大哲学系联合招收、于光远老师和龚育之老师担任导师的自然辩证法专业四年制研究生。一年级暑假时曾有机会转到冯先生名下做研究生，但这时我的专业兴趣已改变，就没有转。

冯先生中等个儿，略有点发福。丰满圆润的脸上架着一副深色边框的眼镜，里面一对深邃有灵的眼睛，透出哲人的睿智和胸怀。常为人称羡的是他下巴那一绺美髯总是梳理得亮泽柔顺，颇有风度。他讲课富有幽默感，讲到紧要处，往往会突然停下来，捋着自己的胡须，"嘿-嘿-嘿"笑几声，接着不急不慢地吐出几句话来。我们先是紧张、静默、等待，直到听完这几句话，才悟出其中的道理和奥妙，深受启迪。

有几次我终生难忘，受益无穷。一次是刚开始学中国哲学史时，我们遇到了古代汉语这只拦路虎。冯先生就给我们讲鸠摩罗什（公元344~413）的故事。他说，鸠摩罗什是东晋时后秦高僧，著名的佛经翻译家，与真谛、玄奘并称为中国佛教三大翻译家。他的译文简洁晓畅，释义自然，对佛教的发展有很大贡献。正当他翻译的佛教典籍深受众人喜爱而广为流传时，鸠摩罗什却语出惊人地说"翻译是嚼饭喂人"。接着，冯先生解释说，婴儿没有牙齿，需要大人把食物咀嚼后喂给他吃，但同时就把大人的唾液和其他杂质一起喂给了婴儿。翻译也一样，僧侣们阅读佛经译著，并不能完全接触到原汁原味的佛经，而是把译者掺杂进来的一些思想和理解一起吸收了。冯先生用这个典故启发我们学习中国哲学史，不能怕困难，一定要掌握好古代汉语这个工具。他还通过"中国哲学史史料学"这门课，具体教我们关于古籍的版本、校勘、训诂、音韵等方面的知识，苦练基本功。我曾为此到北大图书馆善本室见识和浏览一些珍贵的古代版本书。我后来为了研究源自西方的科技哲学，从不惑之年开始前后坚持十年左右攻读英语，特别是口语，终于在20世纪80年代末通过了教育部的中国托福——EPT考试，赴美国访问研究两年，还到德、日、俄、英等国进行学术交流，就得益于冯先生的上述启示和教诲。

另一次是关于先秦哲学。学习中国哲学史最难的是先秦哲学。这不仅因为语言障碍，还因为理论难度和社会情景复杂遥远。冯先生为了让我们认识先秦哲学的重要性并打下扎实基础，专门讲了先秦哲学在整个中国哲学史上的地位。他说，先秦哲学包含着以后一切哲学的萌芽和雏形；如果先秦哲学学不好，学习以后的哲学就会因缺乏历史根基而难以深入。他还利用恩格斯关于古希腊罗马哲学与后来哲学的关系，以及从古希腊罗马哲学和东方佛教徒那里学习辩证法的话，作为类比。冯先生的深刻论断和生动贴切的比喻，"润物细无声"，无形中镌刻在我的心灵内，转化为我学好先秦哲学的动力，并成为我以后观察问题的一种历史主义思维方式。

还有一次是涉及哲学史的定义。苏共中央主管意识形态的日丹诺夫于 1957 年在关于西欧哲学史的一个座谈会上的讲话中，提出哲学史就是唯物主义与唯心主义的斗争史。这样，丰富多彩的哲学史研究往往变成简单地给各个时代的哲学家挂肖像，他们是属于唯物主义阵营还是唯心主义阵营，缺乏具体的辨证的分析。冯先生在给我们讲授中国哲学史时则指出：学习哲学史就是要把历史上哲学家思考过的问题再重新想一遍，要认真阅读哲学家的原始文献。按照我的理解，冯先生认为，哲学史就是历史上的哲学家探讨各自时代哲学问题的历史，强调哲学史的问题意识和思维训练功能。通过两年学习冯先生讲授的中国哲学史，我自己感觉，对历史上哲学家思考过的本体论、认识论、方法论、伦理道德和逻辑学等问题，随着听课、学讲稿、读原著，不知不觉中就重新想了一遍，对中国哲学史上的哲学问题有所了解，思维得到了基本训练，真是终身受益啊！

1962 年是我们在哲学系五年本科生活的最后一年，主要任务是撰写毕业论文。我们经过小学毕业、中学毕业，写过无数的作文，就是没有写过毕业论文。乍一听毕业论文这几个字，要把整个大学期间所学的

知识，所受的训练，在一篇不长的文章内从综合能力上展示出来，心里就觉得没什么谱。幸好，系里给我们举办了"怎样写毕业论文"的讲座，并给我们每个学生都指定了指导老师。

给我们做讲座的是任继愈先生。他身材适中，皮肤白皙，举止文雅，精力充沛。他教过我们佛教哲学，说话简洁，遣字用词讲究，不经意间还穿插个佛教小故事；每堂课都发很多铅印资料，看都看不完，但我爱听他的课。他那时是哲学系中年教师中脱颖而出的教授。他关于佛学的论文，受到毛泽东的赞赏，说在我国是"凤毛麟角"。

那天晚上，在哲学楼一间不大的教室里坐得满满的，我急切地期待着。任先生准时走进教室，大家不约而同地鼓起掌来。他讲了差不多两个小时，大部分我都记不起来了，但有两点至今历历在目。一是他运用了一个比喻，把写毕业论文比作裁缝做衣服。他说，一件上衣有袖子、前襟、后襟、领子、衣袋、纽扣等，先要把这些部件按照一定的尺寸、式样做出来，然后再把他们缝制成一件上衣。写毕业论文也一样，它包括开头、中间和结尾，每个部分又包括不同的段落。只有先把这些部分和段落设计好、写好，然后再把它们衔接成一篇论文。接着，他又讲了论文主题、论点与论据、资料搜集等方面的知识和技巧。

二是动笔写的方式。他以冯先生和自己为例。他说冯先生写文章，往往先躺在床上，打好整篇文章的腹稿，做到胸有成竹，然后起来一气呵成。他自己则先把论文的大框架确定下来，然后一部分接一部分地写。每一部分在确立框架时只有大致的想法，在实际写的时候才逐步写成。写到最后一部分，整篇文章就完成了。

任先生既生动形象又深入浅出地讲了文章的空间设计、时间流程和写作小窍门，具有实际的可操作性，对我很有启发。我心里不再感到没谱了，开始充满自信地投入到毕业论文的撰写中。

指导我写毕业论文的是黄子通先生。除我外，他还指导牟钟鉴、陈绍增、张可尧三位同学。黄先生尽管过了耳顺之年，但精神矍铄，步履稳健，思维敏捷。他特别重视论文的资料搜集工作。我的论文题目是"论孔子的仁与礼"，他就让我精读《论语》《孔子家语》和《史记》《左传》等著作中有关孔子和儒家的部分。他还让我研读与孔子的时代背景有关的著作，于是我读了郭沫若的《奴隶社会》《青铜时代》，范文澜的《中国通史》和杨荣国的《中国哲学史》等著作的有关部分，着重了解奴隶社会里以血缘关系为基础的宗法等级制情况。他又让我收集并梳理当时学术界关于孔子的"仁"与"礼"的各种观点。

特别令我开眼界的是，他拿出了自己的读书笔记给我看。上面摘记了孔子关于"仁"和"礼"所说过的几乎所有的句子和段落，并详细写下自己的理解和评论。这不仅让我见识了与当时存在的浮躁学风不一样的中国老一代学者是如何踏踏实实做学问的，而且使我有机会具体、深入了解黄先生关于孔子的"仁"与"礼"的观点。他与冯先生主张孔子代表新兴地主阶级的观点不同，认为孔子基本上代表奴隶主阶级。但他的观点与当时有的学者从理论条条出发搞大批判不一样，是奠定在扎实的资料和理论基础上的，是真正学术上的一家之言，对孔子研究有一定贡献。

我在着手撰写论文时，经常与黄先生讨论，听取他的教诲。我有一个疑问：从孔子关于"克己复礼为仁"和"君君臣臣父父子子"等论述来看，孔子是要维护奴隶主的旧秩序；但孔子所说的"仁者爱人"等话，却是新兴封建阶级的思想。怎样解决这个矛盾呢？我在黄先生的指导下，从分析当时的社会矛盾出发，认为春秋时期是从奴隶社会向封建社会转变的大动荡、大变革的时期，连年不断的战争使生灵涂炭、民不聊生。孔子思想就是在这种社会背景下产生的。孔子作为一位大哲学家、思想家，他看到了社会的变革，但他一方面希望当政的奴隶主君主实行仁政，主动变革，同时又要新兴封建势力，服从旧的"礼"的约束，使社会在稳定中和平变革。孔子思想中的矛盾是当时社会矛盾的反映。孔子的政治理想在理论上不失为一种合理的方案，但实际上在当时

社会情况下两边不讨好，很难实行。我对自己的观点并无太大把握，但黄先生热情鼓励我提出自己的看法。终于在他的指导下，我完成了毕业论文。

毕业后，我继续留在北大当研究生，黄先生还热心指导我，认为要把孔子研究深入下去，必须进一步打好自己的理论功底。他让我跟着他学习恩格斯的《家庭、私有制与国家的起源》和《德意志意识形态》两本书，我一句一句、一段一段地跟着他学。令我惊讶的是，他不仅对重要的部分，整段整段甚至整页整页地用自己经过理解的话复述出来，有些段落和页竟能一字不落地背诵出来。我在大学时期学过这两本书，许多原来读不懂的，经过黄先生的这番点拨，竟然读懂了。

实际上，毕业后，我的专业兴趣已经变化，但冯先生和黄先生两位恩师对我在做人、做学问和思维方法上的教诲，惠泽我的一生。

有两个例子。一是我报考了自然辩证法专业研究生，于光远老师在口试临结束时，给我布置了一道作业，要我对当时北京市委书记处书记邓拓在《北京晚报》"燕山夜话"专栏内发表的《谁最早发现科学理论?》一文写篇评论文章。邓拓认为，中国古代老子最早发现了"原子论"。我就运用冯先生和黄先生教导我的历史主义方法，写了篇近万字的长文，指出该文犯了将古人现代化的错误。我的文章得到了于老师和龚育之老师的肯定，不仅顺利入学，而且在研究生入学后，两位老师又几次关心地询问我是否修改后发表。因为我那时正在北大地质地理系紧张地学习理科课程，腾不出时间来，就错失了这次机会。

另一次是在开学后不久，于、龚两位老师要求我们研究生加强思维训练，多写读书笔记和心得。我就从黄先生扎实做学问所受的启示，写了篇《论抄书和背书》的心得文章。针对当时浅尝辄止、不求甚解的浮躁学风，用所谓死读书的"抄书和背书"，反其意而用之，提出在读书时要重视摘录、做卡片和笔记，有些重要的句子、段落和部分要能背诵，反复琢磨，并认为这是符合从感性到理性的辩证唯物主义认识论的。龚老师阅后，在中宣部的一张便笺上写了一句话："这是一篇奇特的文章！"并推荐给于老师看，于老师在这句话上画了一个大圆圈，在下面签上名字和日期。我从黄先生那里继承来的踏实做学问的思想，得到了肯定，受到很大的鼓舞。

燕园生活

我到哲学楼报完到，在30斋三楼学生宿舍安顿下来不久，突然从楼道口那边传来一阵银铃般的笑声，接着听到一声清脆悦耳的呼叫："谁是殷登祥？"我应声从屋里走出来说："我就是。"只见眼前站着一位不到30岁的年轻妇女，穿一件粉红色的连衣裙，眯笑着眼，活力四射。她仔细打量了我一下，问了些哪里人、安顿好没有之类的关心话，就又去跟别的同学聊了。旁边的同学悄悄告诉我，她就是哲学系团总支书记任宁芬。我纳闷，怎么我刚来，她就知道我？后来我估摸着，我们班30多人，几乎一半是党员，其余是团员，我是考进哲学系的唯一的群众，也许这是作为团总支书记的她在我一来就想认认我的原因吧！

先来的同学赵毅，是从东语系转来的，东北鞍山人，身材魁梧，对人热情，不一会儿就与我们这些已报到的同学打成了一片。午饭后，他主动邀请我们出去参观校园：久已令我们心向神往、国内外闻名的燕园！

我们从靠近西南校门和门外海淀镇的宿舍区四层灰楼群里走出来，穿过著名的大小饭厅前的广场，踏上了从南校门伸进来的学校主马路。马路右边的一片平房是小教室和阅览室，再过去就是棉花地运动场。沿马路往北走二三十米，是教学区的仿古大屋顶建筑群。左边紧靠大饭厅的是我们的哲学楼。哲学楼北面隔着北大附小是教学楼。马路右边是生物楼和化学楼。

往北走出教学区，豁然开朗，猛然见到了梦牵魂绕的未名湖。湖光

第一部分　综合回忆

塔影，垂柳依依，波光粼粼，美不胜收。湖心亭和紧挨着的石舫，更令人遐想联翩。湖的右前方是第一体育馆和"五四"运动场。前边是古色古香的德、才、均、备、体、健、全七个斋。再往北就进入了神秘的"后花园"。珍花异卉，争奇斗艳；绿草茵茵，树木葱茏。置身于生机勃勃的植物王国里，目不暇接，心旷神怡！

不知不觉中兜了一大圈，又回到了未名湖畔。接着，我们绕到湖对面，攀爬上卧在湖旁、松柏丛中建有亭阁供人休憩的条状小山，穿过司徒雷登居住过的临湖轩，经过俄文楼，直插到气势轩昂的办公楼。楼前宽阔的草坪上，矗立着两座从圆明园移来的华表，两旁是物理楼和外语楼。再往前走过潺潺溪水上的小石拱桥，就是北大标志性的古典西校门。

然后我们往回顺着办公楼右边的马路走，不远处突然又见一块绿油油的、广阔的草坪，东西两边各有三座典雅幽静的庭院。从这里可以眺望燕园西南角野趣荒僻的气象园。再往东南穿过两座南北相对的古典阁楼之后，经过第二体育馆、校医院和燕南园，没多久就回到了我们的宿舍楼。

燕园之大之美，超过了我的想象，令我惊叹不止！虽然走走停停，游览了大半天，我却一点儿都不感到累。

不几天就正式开学了。我们57级五年大学生活包括两个阶段。头两年半（1957年9月～1960年3月），因处于以阶级斗争为纲的时期，参加社会运动较多，主要是"反右"（后期）和建立人民公社。运动冲击了学习，伤害了一些同学，也让我们经了风雨，见了世面。后两年半（1960年3月～1962年9月），遇上"三年困难"，主要是学习。

北大不愧是我国最高学府，她不仅拥有一批国内外知名的学者和国内高校最丰富的藏书，还拥有历史积淀形成的科学、民主、自由、包容的北大精神和严谨扎实、批判创新的学风，哺育着一代代莘莘学子。我有幸站在我国教育的制高点上学习，每天挎着里面装满书籍、讲义并外加碗袋子的书包，急匆匆地奔走在宿舍—饭厅—教室—图书馆—阅览室这条线上，聆听名师教诲，阅读中外学术名著，日积月累地打造、夯实着我的学术根基，真是三生有幸啊！

北大还有着丰富多彩的课外生活。我从小住在长江边上，酷爱游泳。1959年毛泽东在武汉横渡长江，号召全国人民到大江大河去游泳。北京市组织了横渡十三陵水库的活动，我报名参加，获得了一册盖着横渡纪念章的《毛主席诗词》，不知有多高兴了！学校还组织我们学生，在校园西北角清除一个湖里的淤泥，改建为游泳池，取名叫"红湖游泳池"。因为人太多，拥挤不堪，就又在学校的东南角棉花地操场新建了一个"五四游泳池"。从此我就经常去游泳。这里有体育老师辅导和同学们互帮互学，我第一次尝到了"科学游泳"的甜头。我儿时游的是"狗爬"，又累又慢。现在知道了，游泳不能光靠蛮力气，要科学地调节呼吸、协调动作、练好姿势；这样，才能游得既轻松又快，而且在不加速的情况下，游多长都可以。不久，我学会了蛙式、自由式、蝶式和海豚式，并达到"劳卫制"游泳三级运动员水平。

长跑是我从高中开始就喜爱的运动，我曾获南通第一中学运动会1500米长跑亚军。但只凭我身体好，能拼体力，跑的距离长了，就气喘吁吁。考入北大后，学校号召开展"劳卫制"长跑运动。我就运用"科学游泳"的经验，学习"科学长跑"。跑几步呼一次气，再跑几步吸一次气，调节好呼吸；注意应用前脚掌的弹跳力和用大腿带小腿、大臂带小臂的力量，并把动作配合好。这样，经过一段时间锻炼，就跑得轻松起来，还能欣赏沿途的野景，跑多长都不觉得累。经考核我达到"劳卫制"长跑三级运动员水平，还获得了学校文科运动会1500米长跑第七名和系运动会1500米长跑亚军。

我们哲学系为了贯彻"教育与生产劳动相结合"的方针，把学校附近的联丰高级农业生产合作社作为系的教学实习基地，组织学生去那里劳动和调研。从学校西校门到颐和园之间的大片农田就属于该社。据

说，过去是产贡米的地方，也做过袁世凯的练兵场。1957年冬，系里在该社开展扫盲活动，由56级的恩和巴图总负责，57级一班由崔英华负责，二班指定我负责。我们班的扫盲点是紧靠颐和园的西苑大队一小队。这里曾是清皇朝达官贵人们到颐和园上朝落脚的地方，现在却是一片破败、拥挤的居民区。

我的工作主要有两头，一头是与生产队干部联系，确定上课时间和地点，听取反映和要求；另一头是商定我们班哪些同学能参加扫盲，并给他们排时间，同时还要向恩和巴图汇报。扫盲地点在生产队队部，一个院子西厢房的两大间房。分全文盲和半文盲两个班，每晚六点半到八点半上课。教材由我们自己编。半文盲班，主要学《老三篇》，全文盲班由老师自己决定。

经常参加扫盲的大部分是团员。每晚两个同学，顶着北方冬夜凛冽刺骨的寒风去教课，来回一个多小时，冻得手脚直发麻。有一次，我与张帼珍教完课，沿着马路往回走。旁边是圆明园与中央党校西苑校园之间的小湖和湿地，水面结了厚厚的冰。社员们正在热火朝天地挑灯夜战，从冰窟窿里下网捕鱼，用钢钎凿出一块块大冰砖往附近冰窖送。突然，一辆射着两道耀眼光柱的大卡车呼啸着迎面疾驶过来，吓得张帼珍急忙向路边闪避，我也本能地往后退，打了个趔趄，差点摔倒。虽说是擦边而过，也让我们冒出冷汗，后怕了一阵子。

社员听说是北大学生当老师，都很高兴，特别是半文盲班的那些青年男女社员可积极啦！他（她）们跟我们年龄差不太多，正是应该上学的时候，但因家境贫穷，要帮父母劳动或照顾弟妹，没念多少书就辍学了。上点年纪的社员几乎都是大字不识一个。这让我亲眼目睹了我国农村文化落后的严重状况！

经过一段时间后，张队长对我说，社员对我们教的课非常满意。我们与社员也熟了，就邀请他们到北大校园来参观。张队长与我成了好朋友，他谈恋爱也要跟我念叨念叨。有一个叫小胖子的青年，邀请我和傅昌漳去家里做客。社员方彦芬与王文钦、王秀荣与赵毅等也建立了友情。20 世纪 80 年代后期，我去苏州参加中国天文学会年会，文钦陪我畅游了苏州的名胜古迹，回忆起青春时期的那段美好时光，仍激动不已。文钦还曾去看过这位美丽的农村姑娘，这时她已是一对儿女的母亲，丈夫是司机。

我们的扫盲工作，引起了系领导的注意。有一次《北京日报》来采访，总支书记汪庆淑叫我去向记者谈我们的扫盲活动和与社员交朋友的情况，并特别介绍说殷登祥是一名群众，我们一样发挥他的积极性。没几天，在《北京日报》上就刊登了我们的扫盲事迹，其中有一段描写了我与队长交朋友的情况，还附上一张我们陪社员在校园参观的照片。这张报纸我一直珍藏着，可惜在"文化大革命"中丢失了。

1959～1961 年是我国三年困难时期，也正是我 20～22 岁能吃的时候。我一个月的定量本来就不宽裕，每天只有半斤蔬菜，肉蛋油少得可怜，更是雪上加霜。虽然我已做好勒紧裤带渡难关的思想准备，但饿肚子毕竟是一个现实的压力。特别是午饭两个馒头下肚，好像没有吃似的。晚上经常做梦想吃顿饱饭。有一次，李元庆同学告诉我说，喝一碗酱油汤就不觉得饿了。我试了一下果然灵，起码感到肚里有东西了，减少了饥饿感。于是，每天中午我和他各端一碗酱油汤，坐在饭厅对面的水泥台阶上，就着馒头喝。没多久，传出来说一些同学浮肿，是酱油汤造成的。系领导到我们宿舍搜藏在床底下的酱油瓶子，不让喝酱油汤了。

在遭难时，同学之间的帮助倍加珍贵。章兴发同学，因为结了婚，在外边租房住，自己开伙。有一天，他让我到他家去一下。刚进门，就见桌子上放着一锅热气腾腾的菜汤，香气扑鼻。我以为来得不是时候，就要退出去。他笑了一下说："这是从菜市场捡的菜帮子熬的，我们一块来吃，不要客气。"既然这样，我们两人就敞开肚子大喝大嚼起来，不一会儿吃了个锅底朝天。这一晚，肚子不饿了，我美美地睡了个

 好觉。

北京大学校医院，坐落在校园西南，靠近第二体育馆；是一栋东西长四五十米的两层青砖楼房，两边墙上爬满了长青藤。拾阶而上，进门迎面是宽阔的楼梯；楼梯左边是办公室、药房、放射室和化验、注射室，右边是各科门诊室。二楼是病房和手术室。麻雀虽小，五脏俱全。据说，医院负责人孙大夫，原来是某大医院的著名外科大夫，因错划成右派被贬到我们校医院来。

我在校医院动过两次手术。一次是摘除膝关节内撕裂的半月板。我在中学临毕业时，因前面一排宿舍屋顶上的麻雀吵得我睡不着午觉，我就蹬着梯子上去掏麻雀蛋驱赶麻雀，不慎掉下来，撕裂了半月板。以后，只要运动稍剧烈一点就走不了路。考入北大后，因大学生可享受免费医疗，我就去校医院治疗，有幸遇到了孙大夫。他动员我摘除撕裂的半月板，说这样膝关节运动就恢复正常了。孙大夫年龄30多岁，高高的身材，皮肤白皙，长得很英俊。他亲自为我做了手术。他精湛、娴熟的医术，安全、迅速地取出了我膝关节内撕裂的半月板，他还把取出的半月板拿到我眼前让我看一看。住院期间他多次来看望我，问我感觉怎样。一个从上海来的姓刘的年轻护士，对我的护理无微不至；她爱人姜大夫是从部队医院转业来的，也三天两头到我病房里来问寒问暖，我就像住在自己家里一样。亲如兄长的同学们也纷纷来探视，使我深深感受到班集体的温暖和浓浓友情。十天后我出院了。过了一段时间，我的膝关节果然恢复如初，长跑、游泳这样的剧烈运动都不碍事。

另一次是包皮切除手术。在我的一个同学做了这个手术后，我就去征询孙大夫的意见，问我的包皮是否要切。他说切了好。这次也是由孙大夫主刀，还有许多医学院的学生在他做手术时跟着他实习。孙大夫边操作边讲解，学生们恭恭敬敬地听着，我也跟着听。没过多久，孙大夫亲切地问我："有什么不舒服的地方吗？"我竟然不知这时手术已结束。

"山不在高有仙则名，水不在深有龙则灵"。小小的北大校医院，因为有了孙大夫，据说在北京医疗界也小有名气。孙大夫的高尚医德和高超医术，给我留下了非常美好的印象。

1959 年国庆十周年是一个大的节日，著名的十大建筑在那一年陆续竣工，准备国庆游行的工作也在如火如荼地进行着。我和我们班一些同学，参加了学校首都民兵师重机枪方队的训练。我经常从电影里看到，游击队员从敌人那里缴获一挺轻机枪，就如获至宝，重机枪更是稀罕的宝贝疙瘩。现在，我终于有机会近距离接触到这个对我有点儿神秘的重机枪了。我们每天下午四点多钟准时到"五四运动场"集训。一挺马克辛重机枪三个人扛，我和武葆华、李步楼一组。葆华扛枪的左腿，我扛右腿，步楼扛后腿。成百挺重机枪组成一个方队，也是挺威武雄壮的。我们先要练正步走，然后练扛着重机枪正步走，最后练扛着重机枪高喊毛主席万岁的口号并向右行注目礼正步走。在走的时候最要紧的是前后左右对齐。这么简单、机械的动作，看似容易，实则不然。我们足足练了好几个星期。从中我也悟出了为什么整体大于部分的道理。国庆节那天，我们终于踏上了长安大街。经过天安门时，我们北大重机枪方队，伴随着雄壮嘹亮的革命进行曲，迈着整齐有力的步伐前进，走出了首都民兵师的军威！

在北大本科五年中，我几乎每年都要参加国庆节天安门游行和晚上的狂欢。刚开始时还参加过"五一"游行和狂欢。利用这个机会，我们能亲眼看到当时站在天安门城楼上的国家领导人。因为身处最高学府，平时也有这样的机会。有一次，周恩来总理陪缅甸总理吴努来北大演讲，马寅初校长也在旁陪同。在办公楼前搭起了讲台，我就站在讲台前不远，可以近距离观察到周总理。另一次，朱德委员长来校视察，我们在南校门内的道路两旁夹道欢迎。朱委员长左手拄着一根拐杖，微笑着用右手向我们招手。还有一次邓小平来校视察，特别到我们宿舍区看了看，发现环境比较差，事后拨款新修了宿舍区内的道路。彭真和陈伯

达还在大饭厅给我们作报告，结束后来到学生中间，我挤到前面与他们对了几句话。这些是外地学生不可能有的机会。在心理上我们好像与国家的政治心脏靠得这么近，几乎能感觉到它的跳动，大大开阔了我们的眼界。

康庄风云

北京南部大兴县是我们系的教学实习基地。从 1958 年 8 月至 1959 年 5 月，1959 年 12 月至 1960 年 3 月，我们两次去那里实习，前后历时一年。我们年级分配在黄村人民公社芦城，一班在东、西芦城，我们二班大部分同学在康庄，小部分在康庄南边的南、北程庄。我和金春峰、向延光、王太庆一起住在康庄的一户贫农家里。

康庄大约有四五十户人家，分布在一条十多米宽的土路两旁；往东直达公社所在地黄村镇，往西南可到芦城。该村土地贫瘠，大多是盐碱地，产量低。当地流行着新中国成立前的一首民谣："春熬硝，夏打草，秋天逃荒，冬天还是一件破棉袄。"当时这里农民的生活，虽然比新中国成立前有了较大改善，但还是比较艰苦的。

我们第一次去正是人民公社化运动的高潮时期。刚在 1956 年合作化运动中建立起来的高级农业生产合作社，现在又纷纷敲锣打鼓要求加入"一大二公"的人民公社。那天在黄村林校的操场上召开的人民公社成立大会上，真是红旗招展、锣鼓喧天、人山人海啊！我们也积极投入到宣传人民公社优越性的活动中去，以为离"楼上楼下，电灯电话，饭后一水果"的共产主义生活不远了。我和李丽君两人一组，到贫农康华年家里搞调查，帮他算一笔账，公社化前后的收入对比。七算八算，公社化后比公社化前要高出许多。现在看来，这种调查并不科学。首先我们已经有了先入之见：人民公社比高级社优越；其次，公社化前的收入比较简化，而公社化后的收入，则是尚未兑现的多少"包"。

公社成立后，要求农民把家里的猪羊鸡，赶到队里集体圈养。有一天，班里让我和李丽君去协助队干部做这项工作。我们走到一家农民门口，只见一个干部赶着几只羊出来，后面跟着一个老太太，哭喊着说："你们不要赶我的羊啊！你们不要赶我的羊啊！"当时，我们并未认识到这是一种侵犯农民利益的行为，反而认为这个老太太还没有认识到人民公社的优越性。

系里的一些老师和研究生也与我们一起下放到康庄。老师有朱伯崑、王太庆，研究生有钱广华、谢雨春。他们和我们班从东语系转来的陈文伟同学，不论开什么会，从不发言，有时实在不能不发言了，就蹦出几句不疼不痒的话应付一下，也许这是他们对自己经历的"反右"斗争心有余悸吧。汤一介老师也来这里待过一段时间。有一次，我在站着吃棒子面糊糊时，问汤老师怎样才算哲学学好了。他说："学着学着，通了，就学好了。"

1958年水稻大丰收，公社调动全社的劳力搞共产主义大协作，去支援鹅房、狼垡水稻产区收割水稻。康庄的劳力也都去割水稻了，地里到处是因收获匆忙而丢弃的花生和红薯。班里分配我与朱伯崑、王太庆两位老师留守放猪。我们把猪赶到收获过的花生、红薯地里。两位老师相对坐在一块地的两头，我有时与朱老师一起，有时与王老师一起。看到猪要往外跑，我们就会拣起一块土疙瘩丢到猪的前头，猪吓得赶紧往回缩。我们把捡的花生塞得两个衣袋鼓鼓的。他们一边吃着生花生，一边就给我讲起了西南联大的故事。说那时，有的教授没有面粉吃，有的教授躺在一袋袋面粉堆上睡觉；学生学习非常自由，师生关系融洽，讲课时，学生把脚跷在前面的课桌上，老师也不说；冯友兰先生过镇南关时胳臂受伤，从此蓄须明志抗日；等等。放猪没多久，猪肥得滚瓜流油。

因为所有物资公社都可以无偿调拨，我们康庄也能吃到鹅房、狼垡生产的晶莹透香的小站米了。公社的"12包"把社员的日常生活

"包"起来，社员可以敞开肚子吃了。我记得，当食堂吃白米饭、白馒头和"驴打滚"时，有的社员甚至招呼外村的亲戚来吃；还有不认识的人，推车路过康庄，遇上食堂开饭，也进来就吃。没过多久，就听社员说库里的粮食快调不出来了。由于共产风、浮夸风、高指标高征购和糟蹋浪费，灾难性的三年困难时期到来了！

在康庄期间，时间一长，同学们免不了有个小毛小病的，班里就分配我当卫生员。每隔一段时间，我就去黄村公社卫生院拿些常用药，卫生院还发给我一个可以挎在肩上的小药箱。同学有些头疼脑热、咳嗽跑肚的，就到我这里来拿药。不知怎的，社员们知道了，也时不时到我这里来要药。开始我有些为难，后来得到了公社卫生部门的同意。从此，我几乎成了队里的"赤脚医生"，社员有病就来问我要药，有时还打着与我们关系密切的康华年或住在他们家里的同学的名义来要药。说白了，我不过是一个"给药员"，按照卫生院大夫教我的，有发烧头疼的给阿司匹林片，咳嗽的给止咳糖浆和干草片，腹泻的给黄连素，感冒的给羚翘解毒丸，有炎症的给四环素。四环素是最受欢迎的药，很快就要光了。有时，社员请我到他们的家里去，我见到了中国农村缺医少药的严重状况，他们往往靠一些土方、偏方自救，有些病人长期卧床，得不到救治。通过"要药—给药"，我与社员建立了感情，他们也主动关心我。有一次，他们得知我因膝关节脱臼不能下地劳动，就把我带到一个老太太家里，她竟然三下二下，就把我脱臼的关节复了位，这也让我见识了民间传统医术的神奇和活力。

五年大学生活的回忆

冯增铨

大前年，考入北大哲学系五十周年，老同学聚会，议及写回忆录。在下乐观其成，但并不打算动笔，因为觉得五年的生活，大事不知头尾，无从串记，写不了；小事琐碎，多历年所，细节已记不清，又没有撰述的意义，不想写。且在疗养病中，涂涂画画，实为精力所不胜。

转眼三年，间有老同学敦促，但仍无意应命。近时又有同学问稿，再翻阅《书面通知》，深感编辑诸君期望殷切，且一再后延稿子结集的时间，以等待每位同学交稿，甚为汗颜。于是不顾浅薄和零碎，随意忆及个人生活的某些经历，时写时停，凑成一篇。尚不敢献丑，聊备再次被"将军"而不至于太尴尬。

遭　冤

记得 1957 年高考之后，自我评估：因故功课准备不足，而志愿又因无知而填报得太高。我已做好考不上学的打算，全部行李已从学校搬回老家，想在农村住下来，休息一段时间，再考虑明年复考或参加工作。突然，8 月 28 日接到《录取通知书》，我非常激动，手足直抖。这是企盼之中而又出乎意料的事！但是冷静下来，却又发愁，怎么上北京呢？家乡有句口头语："替北京人忧寒。"意即那是多管闲事，就是说

北京远得很，那里天寒地冻，与己无关，可这会儿真的关系自己了。很想知道上北京要走多少天？花多少钱？但没有人可打听，因为询查不到有谁去过北京，只有多借点钱，抓紧动身。走阡陌，爬山坡，坐小船，乘汽车；人前问路，搭海轮，过海峡；跟在人后，上火车（平生第一次见到火车）。渡长江，懵懵懂懂，提前到了北京，进入北大。

入学后就遇到语言的困难。"迎新会"上，冯友兰先生讲了一个故事，全场大笑，我却听不明白；辩证唯物主义和逻辑课，老师讲得较慢，但我也只能听懂一半；高等数学老师有口音，我听得一片茫然。平日很少跟同学交谈，半年不知道对门宿舍同学的姓名。不过在同一宿舍里，我还爱说话，经常与山东来的张可尧同学争论问题，但彼此都听不全懂对方说的话，经常是李绍庚同学两头翻译。于是我暗自学习普通话，从拼音字母学起，白宗信同学有时还纠正我讲错的词语。但是因为母语顽固，且经过半年，渐渐听懂老师的讲课了，也就不自觉地放松甚至放弃了普通话学习，以致最终也没有学好。

在此期间，想不到的事情发生了。十一月，原中学以党支部名义给北大来信，说我对党号召高中毕业生回农村参加农业生产的政策有抵触情绪，根据是"听说"的一句话（本来是我转述别人的一句话），以及"听说"的一件事（某同学开的玩笑）。这种根据，如果是现在，完全可以以诬告起诉，因为是假的。但在当时，尤其是"五七夏"及其后的一个时段，签上了支部书记某某之名，就具有了权威性，其结论足可扼杀一个人的政治生命。想起当初，虽然心里对当时的政策宣传有不同想法，但在公开场合，自己为该政策辩护是积极的，甚至是很突出的，如今落得这个结果，甚感委屈，十分气愤。既上诉无门，又身处异地、语言生疏的环境中，无人可倾吐。相互了解的同学已同期高中毕业，考取四方；只有不断地多方写信，也接到很多回信，有些甚至盖上私章，以表郑重，这在当时已经是非常"仗义"的了。但有什么用？几个大学生的一堆信札抵不上一个党支部文书写的半张纸。我明知如此，只不过是宣泄一下情绪而已。本来白天上课有一半听不懂，在笔记本上留下半空白，想在课后找同学的笔记作补充，但时间和精力都用在书信往来方面了。烦恼已甚，第一次出现晚上失眠，头疼，早上起不来床，白天精神涣散，显得很懒怠。渐渐地，个人身心、性格都自觉不自觉地发生了不少变化，这是首次遭遇到的很痛苦的一段时间。

现在看来，也是因为发展顺利，未经挫折，且年轻气盛，易冲动，太较真，而又很单纯，太幼稚了。但是处在当年的社会政治氛围中，也不可能不动于心，不当回事儿。当然也不可能长时间地摆事实，讲道理，向"党支部"抗争。之后，只有屈从，进行自我检查，深挖"思想根源"。不过，有了这次经历，在后来的运动直至"文化大革命"中，成熟多了，少了点激动，多了些冷静和理智，出言谨慎，动而守拙，乖了！也算是吃一堑长一智。

参加十三陵劳动和初试社会调查

那年代，政治运动一个接着一个。有一首打油诗，记不得是否陈哲仁同学写的，或传来的，挨过批评。诗云："运动运动，有始无终，没有运动，领导落空。"我们入校后，"划右派"运动已经过去，但赶上了"处理右派"运动（1958年1月起），接着是"双反"（反浪费，反保守）运动（3月7日起）、"红专大辩论"（4月2日起）、"教学改革大辩论"（5月11日起）、"共产主义大辩论"等。大字报铺天盖地，自己对此并不反感，只是有点跟不上。在此期间，学校常常是只上课（因为北大不上课影响太大），不复习，但并不禁止同学们在不开会时跑图书馆。有些同学安排得好，取得运动、学习"双丰收"，我则陋劣不能。

在运动的热潮中，报导说毛主席及中央领导参加修建十三陵水库劳动，大家深受鼓舞。北大也组织师生参加修建十三陵水库劳动，我们系被安排在 1958 年 4 月中下旬。干什么活不记得了，只觉得生活很辛苦。按我们老家的习惯，只有吃米饭，才算吃饭。即使吃了两碗面条（一般是甜的），没有吃过米饭，这一顿就说没有吃过饭。现在两个窝窝头，一点咸菜，再加一碗清汤，就是一顿午饭了。是在工地上吃，风沙很大。突来一阵风，吹得遮天蔽日，捂盖不及，窝头就沾上不少沙子，用口吹吹，用手拍拍，就往嘴里送。因为吃的不适应，肚子闹得厉害。好在我从家乡随身带些胡椒粒，饭后嚼十几粒，居然把肚子镇住了，至少每天能照常上工。早晨上工列队来，晚上收工列队回住处，一路歌声不断，这边唱罢那边和。见到别的队伍，集体问好，气氛融洽，群情激昂。劳动队伍按军队编制，我们系以"保尔团"命名，用保尔·柯察金的精神激励，加上年轻，实也不觉得苦和累，并且以苦和累当作对自己的锻炼和考验。

这次劳动的时间不长，大概是两周，4 月 25 日返校。又过了一个多月，我身上起疹子。有趣的是，医生诊断为"德国麻疹"，进小儿科病房，住院一周左右（6 月 3 日前后）。同病同住的还有历史系二年级福建籍的一位同学，不知道是否与环境、气候不适应，对什么东西过敏有关。也不详细询问，出了院，乐呵呵地就把此事置诸脑后了。

很快迎来第一个暑假，我们一些同学不回家，记得有李绍庚、张可尧、庄呈芳、高宣扬和我等。在贾信德同学组织下，自愿自费，到郊区对村办食堂进行社会调查。8 月 4 日，我们坐了一段汽车，走了七个小时山路，到了门头沟区斋堂乡。在那里，走访了不少乡村干部和村民群众，到邻近村庄几家食堂体验过。调查是认真的，但实际上并不深入。我们如实地记下了干部、群众欢呼和支持食堂的言语，这也不都是说假话。但是他们缺乏经验，我们也不懂得理性地思考：这食堂办得有必要吗？办得下去吗？我们后来下放到黄村人民公社芦城村时才产生这种思考。那里同样办食堂（现在我还持有三张当时的"饭票"，说明"凭票在本公社任何食堂免费用饭壹顿"），在食堂用餐时听到社员的一段对话。甲说："这么吃，东西吃完了怎么办？"乙说："全国东西多着呢，咱这里吃完了再从别处调来。"这就是问题所在了：随便吃，太浪费，东西吃完怎么办？能有地方调来吗？有了这么一点"觉悟"，对于当时当地正在讨论的一个人从生到死全由公社管起来的"十二包"这等"好事"，听了也就不那么轻信了。

在斋堂调查时，我们几位同学都很亲热，但并不十分熟悉，彼此客客气气的。一天晚饭高宣扬同学吃得不多，就说吃够了；绍庚同学管生活，负责买饭，劝高不过，不敢浪费，只好自己多吃。到夜里，一位饥得睡不着，一位撑得睡不好，把大家都弄醒了，闹了一段笑话。

在斋堂，我们还计划多走几处食堂。但系领导临时通知：即刻返校。我们只好抓紧最后一天，集体写调查报告稿，然后边修改，边刻钢板，同时油印，通宵达旦。8月15日清晨，我们就离乡返校了。

下放芦城村

返校是要做好准备，长期下乡。校领导决定，由我们系当"贯彻共产主义教育方针的试验田"，到农村实行"五结合"办学。所谓"五结合"记得是指兼顾劳动、教学、调查研究、社会工作、思想改造五个方面。但结果是劳动和思想改造比较落实，其他方面不尽如人意。除了俄语，没有安排系统的教学，而白天劳动或从事社会工作，晚上走访村民或开会，时过半夜是常有的事。第二天早晨六点半坐着听颜品忠老师上俄文课，听听就走神了、迷糊了。白天有时也安排阅读或写作，但平日过于劳累，拿着书或握着纸和笔，脑袋一歪，可能就睡着了！调查研究一般不出一队或一村范围，很难增长太多知识。当然，从培养和提高能力来说，各人在这五个方面是有着不同程度收获的。这是一次难忘的经历，"三同"（同吃同住同劳动）使我们和当地老乡建立起深厚的感情，几十年来保持着联系；我们班级同学的

关系也比在校时更亲密了，毕业几十年还经常联络。

我们全系是 1958 年 8 月 25 日下放到大兴县的，我们班级被分配在芦城村。有十来位老教授也同我们一起下乡，并且同我们班同学一起，分别住在农民家中。冯友兰先生跟张秀亭同学和我同住一家。冯先生比我们晚到几天，是 9 月 4～5 日来的，之后，又回校若干天，好像参加国庆观礼或什么活动，回来时带来丝棉被等，准备过冬。过一段时间，似乎是参加什么会议又回学校去；再回来是 12 月 10 日，没有停留，取了行李就随校车回城了。

我和冯先生虽然同睡一个炕上，但平时语言交流不多。常常是早上先生还没有起来，我们已经出门了；晚上我们回来，他已睡觉。本来是我们应在生活上照顾老先生，但多次是他起床后帮我们叠被子，打扫卫生。白天我们在地里劳动，老先生是和女社员们一起，坐在小板凳上干掰玉米等轻活，吃饭是在村里的小饭馆。第一次见面时，先生问我宗族派系的事，我知道一些，但口头表达不清，先生说的我也听不准确，也就不多说话了。张秀亭同学善于聊天，与先生交谈较多。

冯先生走后，又有汤一介老师、苏联留学研究生米沙（基塔连科）先后同住。在乡下，我腿上长疖子几个月，本以为不是什么大了不起的事，也不好对别人多说，怕别人以为是找借口想不劳动。但是好了一处，又长出一处，越来越厉害，隐瞒不住。印象最深的是一次在房间里大出血，米沙立即取出香水，往疖子上倒，几乎倒了半瓶。我心不舍，他说他妈告诉他香水可以止血。洒上香水后我躺下休息，渐渐地血止住了，心中甚为感激！

我们下放大兴县有两次，共一年时间。第一次下乡，正赶上"大跃进"，成立人民公社，直至第一次整社（任务是健全公社制度）结束后，1959 年 5 月 29 日回校，为时九个月。年末，12 月 16 日又一次下乡，主要活动是参加当地第二次整社（落实公社"三级所有，队为基础"的制度），1960 年 3 月 2 日回校，时间近三个月。

临毕业住进医院

　　回校后，过了不是很久，学校又安排我们班级一次劳动，任务是拆除哲学楼前面的小学校（此地曾种过菜，后建起新图书馆），经过十来天，拆得很彻底。据说校领导赞扬我们，说这个年级独立工作能力很强，学校很放心。但是劳动多了，这是最后一次，以后再不安排我们年级劳动了。可是到了冬天，学校组织修建从昌平到 200 号（新校区）的铁路劳动，我们也参加了，又是十天半个月。

　　这次修铁路，我因痔疮发作，没有参加工地劳动，被安排在炊事班监管粮食账目。这是经济困难时期，粮食紧张。据说炊事班中有大师傅偷粮食与当地人交换东西，所以分配一部分同学加入炊事班。每天三顿饭，饭后炊事班的同学清点饭票（大字报粉色纸印成）；刚清点完，又该卖下顿饭了。工作紧紧张张，一切还算顺利。但是到了返校前一天晚上，我结账时发现少了二百斤大米。忙到半夜，账不差，米找不出。第二天大家返校了，我接着查，又查了一个通宵。快到天亮时一位大师傅才说，前天一袋米准备下锅的，最后没有下，你是记下锅了吗？一袋米一百斤，一正一负就是二百斤，账物对上了！我心里明白，这是有人捣鬼，但见我如此认真、执著，只好编个话说出来了。我并不把事情点破。炊事班长亲自为我做了一顿好吃的早餐，彼此客客气气道别，我一个人走到昌平，乘车回校。

　　我在芦城时就患痔疮，时不时发作，但是咬咬牙，还是坚持参加劳动。记得一次"打夜战"割水稻，几乎走不动了；在黑暗中，一直自我激励：不能拉下。总算挺过来了！这次又发炎，实在干不了重活。此疾反反复复，时好时坏，发作时疼痛难耐，而不发作时又忘了疼痛，久拖未治，直到临毕业又大发作一次。1962 年 8 月 31 日还好好的，次日上午感到不舒服，中午就支持不下去了，同学扶我到医院打两天针，没有好转；9月4日再到医院，另一位医生说治疗晚了，马上住院，施行手术。这是最后一个暑假，留校同学不多，同宿舍中有我和沙枫（戴凤岐）同学。我躺在床上，不能下地，他一直照顾我，在宿舍、在医院，倒水、打饭、清洁他一手经办，连沾满鲜血的裤衩都给洗了。真是一位能干而又细致的学友，终身铭感！李发起同学家在北京，常来看望，买面包、带水果、传信息，在生活和精神上给予很大关怀。动了手术之后，同学们陆续返校，多到医院探视。亲热的交谈，无形中减轻了身体的痛苦。晚上有时要打止痛针才能入睡，但白天过得是很愉快的。

　　这次住了三十天医院。在这期间，同学们正讨论毕业分配方案，我未能参加。记得毕业前的五月份，听说分配方针是"照顾重点"，相应的有一个分配方案，闻讯大家心里美美的；到了七月份，分配方针突然改为"充实薄弱环节"，相应的分配方案，九月下达，听后据说全场缄默无语。这也只能服从，内心却难免惆怅。在校内外同学、朋友中出现有吾辈时运多舛的感慨，自叹毕业都不是时候，都处在社会发展的下马鞍形时期。1954年初中毕业，高中招生不足，国家第一次号召初中毕业生回乡参加农业生产；1957年高中毕业，大学招生从1956年的26万（当年高中毕业生不够，号召社会青年报考），减为10万7千人，国家第一次大张旗鼓号召高中毕业生回乡参加农业生产；一再浪淘之后，大学毕业的1962年，国家经济困难时期尚未过去，又只能充实到"薄弱环节"中。比之前后届，谓之"多灾多难"的一届，有点夸张，却颇近乎现实，所以共鸣者众。

洗冷水浴

　　长期折磨我身体的，还有久咳不止。下放芦城不多日子，我就严重咳嗽，同炕冯友兰先生多次表示关心。我断断续续服点药，但无济于事。返校后到医院检查，没有发现什么大毛病。医生建议加强身体锻炼，我照办了，也没有根本好转。我们第二次从芦城回校后，已经越来越明显地感受到国家经济困难的严重性。校系领导要求我们减少体育活动，静养身体，顺利度过困难时期，有谓"留得青山在，不怕没柴烧"。但我们觉得还能挺得住，记得是贾信德同学与我还有陆学艺同学私议，不能趴下，要振作起来，坚持锻炼身体和意志。我们选择的办法是每天清早洗冷水澡。我还想，这对提高身体抵抗力，治疗我的顽固性咳嗽或有助益。果然，洗了一段时间，我渐渐不咳了，后来居然彻底痊愈了。得益于此，天天坚持，系里曾以违反学校指示干预过，但我们阳奉阴违，没有间断。

我们当时是在 28 斋一层浴室冲洗，有洗冷水的，有洗热水的，也有冷热水交替洗的。管理浴室的师傅和我们不认识，但日久面熟，我们有时去晚了，他还等我们，不关门，服务态度真好。

成习惯了，偶尔因故停洗一次都感到身心不爽。1961 年寒假到天津玩，住在南开大学的高中时同学宿舍。刚到第一天先找到洗浴房。次日天还未亮，我就去浴房。后面有人跟着，大概是觉得某人怪怪的，想看其究竟。当我亮起灯，开水龙头，他也就走了。这一次冲洗觉得特别冷，以为是旅途累了不耐寒的缘故。但第三天再进浴房，抬头上看，见到天窗是敞开着的，墙壁和水管上挂满长长的冰柱。这我倒乐了：真是一次难得的锻炼的好机会！

1962 年 5 月，毕业生身体初检吓了我一跳，医生诊断"肝恰及"，疑有肝病，待观察。我自己觉得没有任何肝病征兆。每天饭吃得饱饱的，只是缺少油水，不耐饿；常常半夜饿醒，翻来覆去睡不着，吞口水或起床喝杯水缓解饥饿，这或影响肝功能。医生对我的申述不置可否，但嘱咐如果有条件，可以补充点营养。其后我每晚九十点到海淀街吃一碗高价馄饨（五角钱），真的睡好了。七月份正式进行毕业生体检时，顺利通过了。我知道冷水浴消耗体力大，加重饥饿，但没有想过要停下冷水浴。

后来毕业了，到新的单位，浴室平日不开门，我只好在男盥洗室冲冷水，还弄出一些笑话。再往后，因为参加"四清""五反"，到工厂，下农村，直到"文化大革命"，生活不稳定，没有冲洗条件，久之也就放弃了。1973 年回北大工作，曾想恢复冷水浴，但只是一种愿望，因为时过境迁，再没有早上开放的浴室了。

一个人从边远的小山沟出来，到了首都，进入全国最高学府，这是一种幸运，实为时代之惠赐。虽然在新的坐标上，自己很长时间还分不清东西南北，但在客观上，毕竟提高了眼界，开阔了视野，靠近了社会的大洪流。那是革命和建设时期，是奋勇开拓的年代。我们经历了那个年代，为之投入真诚，付出热情，足可引以为欣慰和自豪。

匆匆五年，个人在心理上和生理上都经受过一些磨难。但是有理想和信仰作支撑，意志不减，自控力提升。苦痛与激情相伴随，精神是积极向上的。

我在北大的青春年月

牟钟鉴

大学生活是一个人年老时最值得回忆的美好时光，没有拖家带口之累，也没有社会生活的复杂，没有人情冷暖、世态炎凉；一群纯朴天真而又充满活力的青年学子，从五湖四海聚到一起，结成同窗之谊，无忧无虑地学习、交流、锻炼、成长，这样的日子在工作以后不会再有了。尤其是 20 世纪 50 年代后期到 60 年代前期，理想主义高扬，革命激情澎湃；它使大学生活富有朝气，尽管社会政治态势日趋严峻，但大学生雄心壮志不减，集体主义风行，一个年级就是一个团结友爱的大家庭。尤其在北京大学哲学系的同学，处于全国最高学府，在北大光荣传统的熏陶中学习时代精神结晶的哲学，更觉得责任重大，前途不可限量。但北大不是世外桃源，社会上刮起的寒风飞雪，越过燕园的围墙，频袭学子的生活，使得本来应该平静的校园也时起波澜，充满了跌宕起伏，未曾想在大学里就经受了种种磨难的考验，这成为大学课程外另之一类的学习。我从 1957 年秋到 1966 年春在北大哲学系读哲学专业本科和中国哲学史方向研究生，前后八年半（最后半年等待分配，到斋堂北大"四清"工作队帮助总结学习毛泽东思想的经验）。那是我的青春岁月，既有埋头书典的学习生活，也有挥汗郊野的劳动锻炼；既有湖光塔影的校园漫步，也有电闪雷鸣的社会运动。有许多事情的细节随着时光的流失而遗忘了，但有些事情

依然保留在记忆里，在不成系统的片断的信息中折射出时代人生的轨迹。

初入北大情景

我是在山东烟台二中读完初高中课程的。那是一所历史悠久、教师力量雄厚、办学水平很高的著名中学，我有幸在那里接受教育，德、智、体得到全面发展；在生动活泼的校园里成长，毕业前成为全校"三好"学生，为进入大学打下了良好基础。我喜欢文科，但当时不像现在的中学生，高考的信息发达，专业的思考深入，我只有朦胧的意识，觉得自己将来适合于理论工作，不适合实际工作。看了于光远和胡绳、王惠德写的《社会科学基本知识读本》，对学习和研究社会问题发生了兴趣。当时对北大不了解，只知道是中国头号综合大学。对哲学也无深思，只知道毛泽东说的哲学是自然科学和社会科学的概括与总结，是很值得学习的。就这样第一志愿报了北大哲学系哲学专业，结果被录取了。父亲卖了他从青岛带回的一辆自行车，为我准备好路费。母亲为我缝制了四季的衣裤和被褥，这些衣被一直用到大四，才开始添置几件新行装。为了省钱，坐船先到天津，再换火车到北京。

1957年8月的一天，我从北京前门火车站下车，由北大校车送到燕园。初来乍到，一切都既新鲜又陌生。同船的北大历史系青年教师赵义平先生（他父亲住烟台）极富同情心。他看到我孤单一人，又是同乡，便把我邀到他在北大佟府的住所住了下来；还带我去拜访文科一些老师，请我到职工食堂用餐。夫妇俩对我关爱有加，使我刚到北大便强烈感受到北大是一个充满了爱的大学校。就这样过了一个多星期，直到系里有人来催促，我才搬进学生宿舍。当时大学生的费用基本上由国家包了，有困难的普遍享有助学金，生活有保证。我领了饭票，到大饭厅吃饭，过上了消费水平较低但衣食无忧的学习生活。记得在接待新生的场合，56级派来的代表洪成德同学热情地给我们介绍北大，提示在北大学习生活要注意的事项，他口若悬河、情理并茂，给我留下很深的印象，使我觉得老生水平真高，北大能出人才。北大有优美的学习环境，湖光塔影，柳林塘荷，真是个读书的好地方。

1957年全国高考招生十万七千人，是个低谷，能考上北大很不容易。哲学专业57级有两个班，70余人，大部分是各地高中优秀毕业生中喜欢文科和哲学而考来的，也有一部分是从北京俄语学院留苏预备部根据个人志愿转来的，还有一些同学是调干生，享受调干助学金，令我们羡慕。这样，在年龄和经历上形成明显的差异与互补。一批20世纪50年代入党又有工作经历的学生党员自然形成班级群体的核心，班党支部由经验丰富、政治成熟的党员组成，在同学中有很高的威望，真正是战斗堡垒，起模范带头和思想领导作用。年轻的未出过校门的同学不少人曾经是中学的学生干部或尖子，到了这里自然成为普通一员，围绕在党支部周围。我则是年龄最小的同学之一，自己觉得论觉悟不如党员，论外语不如留苏预备生，论出身不如干部子弟，论才气不如许多同学，政治上很幼稚，只是怀有一颗上进的心，愿意跟在这些老大哥的后面，努力学习和工作，不落后掉队而已。

1957年秋天，北大"反右"斗争已定大局，但运动的硝烟未散，批判右派的会议经常召开。北大的谭天荣，人大的林希翎，是已为新生们熟知的"大右派"。哲学系的羊化荣、龙英华等也是全校知名的"右派"。有资料说，江隆基书记掌握"反右"斗争时，全校划了200多名右派，被认为保守了。1958年陆平校长上任，补划右派，全校右派增加到800多人，翻了两番。哲学系56级某班，三分之一的学生成为右派，而许多右派分子比我年龄大不了一点。批判右派的激烈和被斗右派的狼狈使我惊心动魄，才知道青年学生也会遇到大风大浪，从而庆幸自己晚上一年大学，没有参与鸣放，是躲过一场灾难。否则自己也有可能由于错误言论而倒霉。回想起准备高考过程中，我喜欢上诗人流沙河的

《草木篇》，经常吟咏品味，至今能背上其中第一首《白杨》："她，一柄绿光闪闪的长剑，孤零零地立在平原，高指蓝天。也许，一场暴风会把她连根拔去。但，纵然死了吧，她的腰也不肯向谁弯一弯。"一咏三叹，觉得写人的骨气写得好。可是流沙河成为大右派，他办的《星星》诗刊则是右派刊物。想到这里，非常后怕，同时觉得自己政治立场不坚定，香花毒草分不清，因此要好好改造思想。

当时哲学系主任是郑昕教授，一位温和儒雅的康德哲学专家。总支书记是王庆淑老师，一位能干善言的女强人，对美学有研究。课程以马克思主义哲学、经典阅读、毛泽东著作为主，配以中国哲学、西方哲学、逻辑学、自然辩证法等。在政治与学术的交错起伏中，我开始了自己崭新的大学生活。

在学术沃土中成长

北大是一个大师学者云集、学术空气浓厚的地方，因而也是青年学子发育成长的一片文化沃土。当时一大批中外驰名的大学者都还健在，并且处在学术生命旺盛阶段。由于院系调整，全国哲学名家集中在北大哲学系，我入学时教授约有二十八九位，主要在中西哲学史教研室。冯定是马克思主义哲学家，他来到哲学系兼课，扛起了哲学原理学科的大旗。他讲科学社会主义，讲课果然有深度；他的《平凡的真理》一书成为同学的热读作品。黄枬森老师当时是讲师，理论修养深，讲黑格尔逻辑学和列宁《哲学笔记》，进行逻辑分析，一环扣一环，使我初步学会演绎推理和辩证逻辑思考。汪子嵩老师才三十多岁，已是副教授，同学们羡慕他有才气，讲毛泽东著作讲得生动深刻。原理与经典课还有张恩慈老师、谢龙老师，受到同学欢迎。中国哲学史、美学和伦理学学科有冯友兰、汤用彤、黄子通、张岱年、朱谦之、宗白华、周辅成、任继愈、朱伯崑等老师。西方哲学史学科有洪谦、郑昕、熊伟、任华、王宪钧、张世英、吴允曾等老师。冯友兰先生讲中国哲学史，任华先生、张世英先生讲西方哲学史，张岱年先生、郑昕先生、熊伟先生开设哲学史专题讲座。还有，朱德生先生讲俄国哲学史，杨辛先生讲美学，李世繁先生讲形式逻辑，孙小礼先生、黄耀枢先生讲自然辩证法。总之，教师阵容强大。我们后来才知道，前些年许多老教授是不能开课的，据说是由于他们的唯心主义世界观未改造好。1956年以来，学术空气宽松一些，老教授们才陆续走上讲台。

冯友兰先生也是长期不能讲课，直到三年困难时期，调整文化政策和知识分子政策，冯先生才被允许给本科生讲中国哲学史课，而听课的便是56级和57级的学生。冯先生名气大，北大又比较自由，慕名前来听课的系内外、校内外的青年很多，一个宽大的阶梯教室总是塞满了人，我们只能早早前来抢占头几排座位。冯先生给学生印发了一份讲稿，边发边讲，纸是粗黑的，但我很珍重它，装订成数册，加上牛皮纸外书皮，保存在身边，可惜"文化大革命"中丢失了。冯先生有点口吃，讲课速度不急不慢，偶尔穿插一些学者的趣事，由于逻辑性强，还是颇具理论的吸引力。他在讲述中国哲学的历史时重视学习方法的传授，如引孟子"勿忘勿正勿助长"的话，告诫我们，读书做学问切忌一曝十寒和揠苗助长，要日渐浸润，书读百遍，其义自见。我当时的感觉，冯先生讲课的兴致很高，但他做梦也未曾想到，关于他出来讲课背后是系里有专门报告请示上级批准的，而且报告里称让冯友兰讲课是为了发挥反面教员的作用。当1962年强调抓阶级斗争以后，上级便停止了冯先生的课，背后又一个报告，说冯友兰的反面教员作用已经告一段落。这两份报告在"文化大革命"混乱中散落出来，被外界得知，但愿打报告的人不过是找一个借口让冯先生发挥讲课作用而已。庆幸的是，我们年级的同学在一年多时间里从头到尾地听完了冯先生的课，边听边读书，获得了中国哲学通史的系统知识，我因此而喜欢上了这个学科，并在本科毕业后考取了中国哲学史方向的研究生。

当时老教授们大都是门前冷落人迹稀，同学们不大敢频繁前去求教，怕被人说成崇拜资产阶级学术权威，想走"白专"道路。但接触还是有的，只要同学主动一点，老教授们总是热情招待，真诚授业。有一次几个同学相约去朱谦之教授家拜访，朱先生非常高兴，忙着拿出茶点水果招待我们，又翻出许多书籍讲给我们听，恨不得把他知道的都教给我们，他待学生如此之好是出乎我的意料的。我在大学本科高年级时想写关于孔子的论文，去找黄子通先生请教。黄先生其时已七十多岁，仍十分健谈，不仅谈孔子，还谈诗词，谈西方哲学，他还把他即兴作的词吟诵给我听，我至今还记得其中两句："春色已染岸边柳，袅娜随风走"。我常去黄先生家里，知道他正在翻译文德尔班的《西方哲学史》，而文氏的书很有价值，中国人不够了解。我有幸保存了一张同学与黄先生在颐和园的合影，同学有陈绍增、张可尧、殷登祥与我。

北大有一个好传统，就是学生可以自由在外系听课，不用申请。从本科到研究生，我选听过中文系周祖谟、朱德熙两先生的课，历史系田余庆、许大龄两先生的课，经济系刘方域先生的课。使我印象深刻的是听朱光潜先生（属西语系）讲授西方美学史，一学期听下来觉得很新鲜很满足，知道了什么是美，什么是美学，西方美学讨论过哪些主要问题，真是大开眼界。朱先生是中国首屈一指的美学家，学问大，口才好，讲课生动严谨，没有废话，记下来便是好文章，娓娓动听，馨香满室，听者无不喝彩。他是我遇到的讲课艺术水平最高的一位老教授。

北大的学术讲座和名人讲座是很频繁的。国家高级领导人和学界名流经常来与学生交流。马寅初校长德高望重，名人无论地位多高，马老一请即来。例如我看到的便有彭真市长、郭沫若、周扬、林默涵、王若水等先生。有一次周总理陪同越南总理范文同来北大，走南门进入大会场，两旁同学自发夹道欢迎，总理频频向同学招手，最近处距离我们不过数步。又一次彭真、陈伯达从大饭厅讲坛出来后，同学们围上来交谈一阵，这种情况现在怕也不容易出现了。郭老偕夫人于立群在大礼堂讲过一次考古新发现。具体内容忘记了，但记得同学在议论，传言郭老又换了夫人，故此次来北大的目的主要是澄清谣言。美学家王朝闻来讲文艺欣赏，提出一个重要论点：文艺欣赏不只是对作品的品味和评论，而且也是文艺创作的继续，读者在不断地丰富作家的思想，扩大作品的空间。因此好的小说都是未完成的，例如《红楼梦》，留给读者想象的余地，让读者去补充，在欣赏中继续另一类创作。

在中国哲学学科的学习中，对我影响最大的无疑是冯友兰先生。他提出"抽象继承法"（陈伯达概括出来的），认为一个古代哲学命题其具体意义有时代性和阶级性，无法继承，其抽象意义或一般意义可以跨越时代，继承下来，再加上今天的新的具体意义，这样古典哲学便可以古为今用了。如"学而时习之不亦乐乎"，孔子所学具体内容，今天不能继承，而好学又按时加以复习的一般意义仍有价值，用这种态度学习今天的知识，便是抽象继承。我当时觉得这很有道理，认为哲学史遗产继承只能继承带规律性的成分。1958年陈伯达在《红旗》杂志上发表文章《批判的继承和新的探索》，批判冯先生的抽象继承法，主张"具体继承"，但说不清楚如何具体继承。有一次吴晗来北大作学术报告，讲道德继承问题，认为传统讲的"忠"这一范畴，其具体意义是忠君，不能继承，其一般意义是忠于职守和事业，可以继承，然后赋予其忠于祖国和人民的新的时代含义，"忠"便继承下来了。这实际上是论证冯先生的抽象继承法。但冯先生一直被批判，吴晗后来也遭批判。一直到1985年冯先生八十五岁诞辰庆祝会上，当时系主任黄枬森教授正式代表哲学系为冯先生抽象继承法平了反。

批判冯先生最积极的是关锋，他常来北大作报告，写过一本《反对哲学史研究中的修正主义》，几乎把研究中国哲学的资深学者一网打尽，都戴上修正主义的帽子。他的《论对抗》一文我在中学就看过。一方面觉得他把许多问题简单化，说服力不够；另一方面又觉得他有斗争性，是位战斗的学者，要学习他那种善于察觉错误思想、勇于与之斗

争的精神，来克服自己小资产阶级的温情主义。关锋批判庄子的相对主义对我也有影响，那时坚信我们已经发现了绝对真理，相对主义没有任何可取之处。我在潜意识里倾向冯友兰，而在显意识里倾向关锋，处在这样一个矛盾状态。

在友情关爱中生活

在北大过学生的集体生活，就像兄弟姐妹组成的大家，友爱团结，蓬勃向上，冲淡了社会政治风雪的侵袭。党支部是核心，张秀亭、贾信德、张可尧、徐荣庆、陈瑞生、陆学艺、李德顺、崔英华等老党员以身作则，又关心年轻一点的同学的进步。按当时的氛围，他们对同学政治上严格要求，但决不整人。处理所谓"反动"学生是上面压下来的任务，不得已而为之。我是共青团员，积极上进，被选为团支部宣传委员，书记是李绍庚，组织委员是戴凤岐。李绍庚是党员老大哥，事事带头，热情饱满，对我十分关心。应当说我是受到信任的，但热情有余，经验不足，积极上进，但幼稚轻信。组织上认为我出身上中农家庭，有小资产阶级温情主义，没有经过阶级斗争的严峻考验，所以要加紧思想改造，使自己成为有钢铁意志的真正的无产阶级战士。因此，我努力学习与工作，不断清理家庭出身的负面影响，站稳无产阶级立场，学会在斗争中辨清是非，态度鲜明。但温情主义克服起来真不容易，直到毕业，也没有使组织上十分满意。记得有一次系副主任邓艾民老师要我参加批判巴人（王任叔，曾是中国驻印尼大使）抽象人性论的活动（大约1961年）。我本来对普遍人性就有同情之心，勉强去批判，肯定写不好文章；邓先生看了初稿不满意，干脆自己动手写，要我以学生的身份去会上念一遍，算是完成任务。记得那次批判会是校党委领导崔雄昆主持的。

在学习之外，有许多社会活动。如三年困难时在学校中心区北大附小一块地上种胡萝卜，大家干起活来很卖力气，许多同学从农村来，对于种菜有些经验，使胡萝卜得到丰收。1958 年修十三陵水库，哲学系组成"保尔团"，任宁芬任团长，开赴工地，干得很出色。1960 年修十三陵北大分校铁路，同学们吃不饱，身上浮肿，却情绪高涨，一边搬运沉重的土石，一边还要编唱快板，鼓舞士气。我们班组成以李德顺为首的连队，成为英雄连，受到表扬。困难时期，北大团委调我去参加团委留学生组，任务是组织外国留学生周末舞会。于是我跟着团委的女同学学习跳交谊舞，然后去参加舞会，和中外同学一起跳舞，活跃一下当时由于经济困难造成的沉闷气氛。舞会有茶点招待，结束后工作人员可以享用未吃完的糕点，弥补一下肚子油水的不足，算是一种特权罢。我还兼任过一段《北大青年》（主编是周倜）的编辑，合写过一篇北大爬山队登珠峰的报道。

除了政治与社会活动，业余文艺生活也丰富多彩。一个时期班上掀起朗诵普希金诗歌热潮。在留苏预备部转来的和留苏回来的同学王树人、孙实明、车铭洲等带动下，我也背诵起普诗来，俄文的、中文的都会一些。如《纪念碑》："我为自己建立了一座非人工的纪念碑，在通往那儿的路径上，青草不再生长，它抬起那颗不肯屈服的头颅，高耸在亚历山大石柱之上……"《我曾经爱过你》："我曾经爱过你，爱情也许还没有从我心里消失……愿上帝给你另一个人，也像我爱你一样。"《致十二月党人》："在西伯利亚矿坑的底层，你们是忍耐和坚强的榜样，你们的悲惨工作和崇高意向，决不会就那样消亡……"有些段落至今能脱口而出，可见当时是下了工夫的。那时普诗翻译家戈宝权成了我们敬仰的人物。我们的同学中人才济济，有理论天才，有外语天才，有文艺天才，有幽默天才。如李德顺的山东快书《武松》连说带表演，十分精彩，在学校、在乡下都颇有名气。他的记忆力惊人，去逛一趟街，一溜店铺的名字就记住了。还有婚恋专家车铭洲，宣传婚恋经只有三个字："我爱您"。同学说他是口头理论家，因为大多数不仅是

光棍，而且还未找到对象。后来才知道，他偷偷回家恋爱结婚，对外保密，大家才知道他的婚恋经原来有实践经验的基础。吴亦吾年岁大，因病失音，但他善于绘画，自学成才，先后送我两幅画，保存至今。李绍庚的快板，赵福中、田福镇的独唱，都为我们的学习生活增添了欢乐的气氛。

当时系里的青年教师汤一介、韩佳辰、冯瑞芳、任宁芬、孔繁、孙小礼、谢龙、李清崑、宋文坚等先生，对同学很关心，经常到同学中来问寒问暖，同学也常去他们的住处聊天。由于年龄差距不大，在同学心目中他们像大哥大姐一样亲切。汤一介先生就专约我就研究生如何学习的问题单独谈过一次话，传授做学问的经验，如何收集资料，如何鉴别真伪，如何借鉴他人成果，如何推出自己创见，使我受益良多。韩佳辰先生热情待我，一起谈过多次，特别把他做卡片资料和分类积累的方法教给我，使我掌握了独立研究的一种基本功。虽然对于他积极批判马寅初"人口论"并不认同，但感谢他对同学的一片热心肠，直到他调去北京市《前线》杂志工作以后，仍然保持着来往。李清崑先生像兄长一样关心我的学习和生活，友谊长期保持不减。宋文坚与孔繁二位先生都是山东同乡，说话乡音很重，却倍感亲切，常在一起谈学习。多年以后，孔繁与我在世界宗教所工作，他当领导，在国际儒联共事，对我爱护有加，遇到外界冲击时对我加以保护，这是我永远不能忘记的。

在郊区田野中磨炼

1958 年到 1959 年，哲学系在"大跃进"中实行开门办学，全体师生下放到大兴黄村，我们班在西芦城。其时老教授洪谦、冯友兰等先生也下到芦城，对较老的先生的优待是干活量力而行，吃饭包在一间小饭馆里。而一般教师则与同学一起住在老乡家里。我住在支书李春生家里，一段时间与齐良骥先生、汪子嵩先生睡在一铺炕上。师生关系融洽。齐先生温良谦和，虽然身体病弱，却在生活上尽力自理，不愿麻烦同学，还能参加一些轻微体力劳动。汪子嵩先生工作繁忙，还经常与我聊天。不久他调走参加北京市组织的河南河北调查组，任中层领导，最高负责人是从人民大学调任北大副校长的邹鲁风，哲学系56级部分同学参加了调查组的工作。过了一阵，传来调查组的消息，说就人民公社和公共食堂等问题提出许多建议。庐山会议批判彭德怀以后，河南河北调查组受到批判，邹鲁风副校长自杀，汪先生被打成"右倾机会主义分子"，受到处分，56级部分参加调研的同学则在系会上作检查。

我与陈瑞生、刘玉华三人住在李春生家有大半年，与老乡同吃同住同劳动，与春生一家结成深厚情谊，把春生母亲当做长辈，把春生与夫人当做兄嫂，他们则视我们三人为一家人，给予多方关照，直到几十年后，见面还十分亲热。西芦城生产队长刘宗祥，要我当学生副队长，负责安排学生劳动并与生产队协调。我由于个头高，从十九岁下到大兴，同学和老乡都称我为"老牟"，一辈子未听人叫我"小牟"。当地不断有下放干部和实习同学去，唯独北大学子给老乡留下了磨灭不掉的印象，离开很久以后，一提起"北大学"（北大同学），老乡便怀念不已。

当时搞"大跃进"，提出农业"八字宪法"：水、肥、土、种、密、保、工、管。土地深翻到两米，把阴土翻到阳土上面。密植一分地撒几十斤种子，我参加过这样的试验田劳动，最后赶紧间苗，连本也没有捞回来。还有，经常搞夜战，学生也要参加，不让大家休息。农民很反感，在地里一看村干部不在，就找林秸窝睡觉，半夜看村里没动静，全悄悄溜回家了。乡里敲锣打鼓欢庆人民公社成立，强调一大二公，自留地、自养猪鸡，全部充公，吃饭不要钱，外加发一点零花钱。于是社员都不好好干活，地里庄稼丰产了，却没有丰收，许多地瓜玉米散烂在地里没人管。吃公共食堂，每家围一个小桌子吃大锅饭，病人老人搀扶着也得来吃。我当时想，如果这就是共产主义，那不值得羡慕。当时报上宣传共产主义是天堂，人民公社是桥梁，私人财产都要充公，如马雅可夫斯基的诗所说，一切都是公有的，除了牙刷。据二班同学说，与他们一起的汤一介老师最担心的是他父亲汤用彤老留下的一屋子书，怕充公，难以割舍。有一位农民底下给我说："老牟，共产党这一套（指人民公社化）不行，搞不好。"我问："你看怎么办？"他说："就一个办法，包产到户。"他出身上中农，这种言论会被认为是自发资本主义倾向而受到批判的，所以我没敢跟任何人说。但实践证明，二十多年以后农村实行联产承包，才真正解放了农业生产力，那位农民是对的。我不禁想起毛泽东的名言："群众是真正的英雄，而我们自己则往往是幼稚可笑的，不懂得这一点，就不能得到起码的知识。"

吃大食堂不久，粮食吃光了，就开始饿肚子，食堂不得不解散，人民公社不得不退回到以生产队为基础，再往后允许种自留地和养鸡养猪，正是靠的这点小自由，农村才度过了灾荒。这个过程，我们亲身经历了，才知道什么是"乌托邦"，它的危害性在哪里。最困难时，我们已回到学校，虽然青年学生饭量大、吃不饱，但粮食定量有保证，不知道芦城农民是怎么熬过来的。

在西芦城，我与陈瑞生、刘玉华结成深厚友谊。陈瑞生岁数大一些，是高干子弟，但从不在同学面前炫耀其父母的功绩和地位，没有高干子弟通常惯有的优越感和骄气，为人质朴坦诚，把我当成小弟弟加以爱护，与房东的关系亲密无间，给我做出了榜样。刘玉华是北京男四中毕业的优秀学生，有主见，一向沉默寡言，不善交际，却能埋头苦干，以诚待人。我们三人与房东留下好几张合影，至今珍藏在身边，这大约是心理专业徐国器老师下乡拍摄的，所以要感谢他。刘玉华后来被打成"反动学生"，开除学籍，劳动改造。此事经过我一无所知，后来听说是因为他在北大与胡风的女儿有来往，到胡风家里借书看，被盯上了，牵扯进去。二班也揪出两个"反动学生"张帼珍、赵又春。几十年以后给他们平了反。事实证明，他们当时是好青年，后来是好公民，却受了二十多年的冤屈。

刘国瑞是 56 级的退班生，因肺病休学一年，退到我们班上，陆平校长来北大补划右派把他补上了，于是他成为我们年级唯一的右派。下放到芦城，刘国瑞与我分在一个组，而我分管同学的劳动，也安排他的活动。我觉得刘国瑞这个人表现不错，又是少数民族白族，身体病弱，便在劳动、生活上加以适当照顾，也留下了合影。回到学校，继续友情，毕业时我赠书给他以为纪念。这些事很普通，我后来忘掉了。改革开放以后他从四川来京学习，特意前来看我，我恰巧不在北京，他回去后写信给我，提起当初我如何平等待他，如何关照他的身体，使他感动，深表谢意。由于我在"文化大革命"中也遭过难，得到一些朋友的及时安慰，挺了过来。有了这样的经历，刘国瑞的来信，使自己感慨万千。想到对朋友不必锦上添花，而要雪中送炭，友谊在艰难时刻会产生巨大力量。20 世纪 80 年代我去重庆，特地到九龙坡铁路中学看刘国瑞，他获模范教师称号，过得很好，我很宽慰。可惜他已过世，不能再见面了。

1960 年我们一些同学又被派往大兴宣传人民公社六十条，王树人、陈益升与我一组住在孙村，王树人是组长。每天晚上各自去一个村，半夜独自回来，经过荒野和坟地，小河沟结冰不时塌陷，发出喀嚓的声响，有点害怕，但是凭着一股革命热情和无神论的信念，不把这点困难放在眼里。

大兴是我们的另类课堂，它使我们经受了风雨，接触了劳动人民，不管那种社会变动如何曲折，我们都得到了锻炼，增长了见识，一切经历都可以成为人生的财富。

研究生的日子

1962 年秋本科毕业，我考取了研究生，又在北大生活了三年多。62 级研究生中，由冯友兰、任继愈先生指导的中国哲学史方向的有金春峰、牟钟鉴；由王宪钧、何兆清先生指导的逻辑学方向的有武葆华、陈炳泉、林鸿复；由冯定先生指导的历史唯物主义方向的有徐荣庆、于本源、邹永图、苏振富、张秀华；由于光远、龚育之先生指导的自然辩证法方向的有李惠国、陆容安、殷登祥、严永鑫、朱相远、余谋昌、陈益升、朱西昆；由郑昕、洪谦先生指导的西方哲学史方向的有高宣扬、李步楼。这一届研究生大部分是北大哲学专业57级毕业生考上的，一部分来自武大、人大等院校或非哲学专业。研究生的生活有两部分：一是在学校读书，二是参加郊区"四清"工作队搞社会主义教育运动。我先后参加了一期半"四清"，去过北京朝阳区双桥农场所属的双树南、双树北、么铺等村庄，和通县马桥公社马驹桥大队杨秀店村。在专业学习方面，冯友兰先生是中国哲学史教研室主任，负责指导金春峰和我的学习，任继愈先生具体指导我的论文。冯先生针对当时校内外运动不断和粗暴批判的情况，对我们的学习提出两点要求：一是要按部就班，循序渐进；二是要涵泳其中，先学后评。他要我们坐下米读书，按照古代哲学家的思路去想一遍，得其真义，再作评论，不要先入为主，一知半解就作裁决。我曾作过一首诗，其中两句："冯师论学谈涵泳，陆校报告讲爬山"，前一句就是说的冯先生的上述辅导，后一句指陆平校长给全校研究生作报告，称北大五百名研究生为攀登科学高峰的爬山队。任继愈先生那几年忙于主编《中国哲学史》四卷本，常住中央党校，隔一段时间回家一次，约我去谈话。他重在原则性的指导，如强调观点和资料的统一，要运用马克思主义的观点去揭示中国哲学的发展规律。北大哲学系有一个好传统，就是既重视文献资料的收集考证，又重视理论的提炼和哲学的思考，任先生认为两者不可偏废。朱伯崑先生负责我们的日常专业授课。听课的除了金春峰与我，还有进修教师钟离蒙、张儒义。朱先生讲中国哲学史史料，从先秦开始，选重点文本，一篇一篇讲下去，每周半天，周周不缺，有时从上午八点讲到下午一点多，忘了吃午饭。

朱先生对史料如数家珍，我很佩服，不知道他怎么能熟读那么多古书。他让我们标点和今译一些古文，借以提高阅读古典的能力，记得自己翻译过王勃的《滕王阁序》。这样持续了一年，使我获得大量的中国哲学史史料知识，为后来的研究打下良好基础，所以我特别感谢朱先生，他诲人不倦的精神也影响了我后来的教学生涯。研究生期间我与徐荣庆住在一个房间，他阅历多，思想比较成熟，为人质朴热情，与我结成深厚友谊，对我的帮助是很多的。

1963年12月毛泽东作了一个研究宗教的批示，大意是：世界三大宗教影响着广大人口，而我们却没有知识。任继愈用历史唯物主义写的几篇佛学文章犹如凤毛麟角。不批判神学，就写不好哲学史、文学史和世界史。他提出用马克思主义研究宗教的任务。根据毛泽东的批示，1964年成立世界宗教研究所筹备处，先设在北大，后归哲学社会科学部，借住在西颐宾馆。我常去玩，里面有许多哲学系的老师和同学，如黄心川、金宜久、戴康生等。任继愈先生任常务副所长。由于上述机缘，我在研究生毕业后，分配到世界宗教研究所工作。

我生活在北大八年半，"文化大革命"前夕离开北大。在大学里，同学们互相关爱，茁壮成长，在读书的同时，憧憬着美好的未来，打算毕业后为国家的文化建设显一番身手。谁曾料到一场酝酿已久的席卷全国的政治大风暴——"文化大革命"即将来临呢！大家将不得不接受这场为时十年的空前浩劫的严酷考验和磨炼，62级研究生们只能迎着暴风骤雨走向社会。但我们57级是幸运的：在校的五年或八年，得到一流学者的熏陶；后半生又赶上了改革开放，亲眼看到中国发生的巨大变化。更使我们宽慰的是我们的同窗友谊持久地保持下来，它没有褪色，反而由于风云变幻的经历而显得绚丽多彩。

2007年同学们聚会北京，庆祝五十年同窗友谊，感慨良多，遂赋诗一首，不成韵律，写在这里，作为纪念。

北大哲学专业 57 级同学欢聚有感

沧桑历尽友情在，初逢弹指五十年。

燕园学海探文宝，大兴田野炼心丹。

生聚何须悲白发，神会方能悟涅槃。

风雪已过大地暖，喜看春色来人间。

附：刘国瑞致牟钟鉴的信

钟鉴同志：

你的来信早收到了，直到今天才回信，真对不起。

去年暑假我到京学习，因你去兴城疗养，未能见面，甚为遗憾。

听老徐讲你和爱人都有病，儿子只好回老家山东学习，对你们的处境我深表同情。

我在大学时所受的委屈，已成往事。"文化大革命"中的遭遇也改变不了我的信念。我终于在 1983 年参加了中国共产党，实现了我二十多年的愿望。

你在信中讲"咱们在大学期间相处融洽，情谊深厚"，的确是这样。当时我身处逆境，但我处处感到你对我的同情，感到你心地纯正、善良，无论是在北大的日日夜夜，还是在芦城劳动时的朝朝夕夕，我总感到你对我的同情、安慰。在毕业前夕你送给我的《北魏文学作品选》等几本书，至今仍保留在我的书架上。在当时你敢于送给我两本书，我真钦佩你的勇气。

毕业后，我分配到重庆铁路运输学校（中专）教语文。直到十一届三中全会后，我才改教政治。刚毕业时，我为争取搞哲学专业也要求过领导，在"左"的影响下，我的愿望不能实现，于是把专业书籍也只好当废纸处理了。十多年来没有摸专业，学的大部分已经忘记了。这对国家对我都是一个损失。我还真羡慕你们有条件把学了的东西能用在实际工作中。我在中学教书一般是教四个班，共 12 节课。整天忙于讲课改作业，没有时间进修，也没有多少休息时间，基本上是吃老本。教学效果一般还可以。只是年龄大了（今年 54 岁），精力不行了。我的肺结核病于 1962 年在北京动手术后，一直效果很好，"文化大革命"中又复发，1982 年中去休养了几个月，现在基本上好了。目前主要的病是高血压，只好在紧张时尽量找机会放松一下。

我爱人在小学教书，我们有一个女孩因成绩不好，初中毕业后待业，现在小集体工作。我们学校在郊区（九龙坡区黄桷坪），离市中心 0.24 元的汽车费，交通还不算困难。今后你们有机会，请一定到我们学校来玩。

见到老同学，请代我向他们问好。

祝你们全家

春节快乐！

老同学　刘国瑞

1986.1.6

动荡年代北大的学习生活

金春峰

临时决定投考

1957 年夏天，我匆忙、突然地决定报考大学了。

我 1954 年高中毕业，因病未能高考。暑假，参加邵阳地区中学师资培训班，一个月后分配到邵阳市立第四初级中学教书。1956 年任副教导主任，工资行政二十级，每月 64 元，比从湖南师院分配来的大学生工资还高两级。当时要负担母亲和弟弟的生活费，我是可以不必再去读大学的；但 1956 年向科学进军和中央关于加强培养又红又专的知识分子大军的决定，对我产生了深刻影响。1957 年夏季"反右派"斗争和党要培养大批无产阶级理论家的号召，更似一股强大的力量吸引着我，我决定要去报考大学了。报名日期已经截止。负责招考的唐何先生是我高中的英文老师，正好在收拾办公室准备离开，给我补报了一个名。如果迟疑一点点，就无法报名，今天的处境和命运又不知会如何了。当时还下了决心，如果北大不录取，就不读大学了。事情真是幸运，考上了。

收到北大的录取通知和校团委及学生会给新录取同学的信，心情无比激动。北大，在我们年轻学子的心中是神圣的。一提起它，就想到"五四"新文化运动，想到新青年，想到科学与民主的旗帜，想到陈独秀、李大钊、蔡元培、鲁迅、胡适，想到红楼和北大学生的救国游行队伍。现在我也有幸能成为这队伍中的一员了，多么幸运。"让我们为祖国增加了又一批未来的红色科学工作者和光荣的人民教师而欢呼吧！"这也成了鼓舞自己学习的动力和目标。

办好单位的离职手续，坐汽车到长沙，换上京广路的火车北上。车到武昌，把行李搬下，坐轮渡过长江，再在汉口乘火车。长沙，我曾在这里参加省青年团团校的寒假培训。汉口，我在这里参加1952年中南团校暑假学生干部培训，团校校长是胡克实。重经两地，又回想起当年的情景。那时还是中学生、中学团干部，现在则要去读全国最有名的大学了。浮想联翩，心潮起伏。出了武圣关，望着一望无际的华北大平原，几乎彻夜不眠，有时还把头伸出窗外，望着月亮和星空。祖国壮丽广阔的山河，伴随着年轻人也只有年轻人才有的激情，现在还依稀留着一份冲动。

到了前门车站，陈瑞生同学一把扛上我的行李，带我上了迎新专车，来到北大，帮助办好一切手续。那份亲切、关心之情，现在还温暖着已年迈了的心。"忆昔飞车到前门，迎我瑞生好热情。多少往事别梦稀，惟有此景绕心中。"发起同学有言："最美莫过同窗情。"确是如此。

全新生活的开始

现在北大换了地方，是原来的燕京大学。进入校园，那美丽的校园风光，湖光塔影，楼台亭阁，杨柳依依，令人赏心悦目。沿未名湖、临湖轩到俄文楼、西校门，山林丘壑，美景如画，赛似颐和园。和我当时经过的天安门广场，灰扑扑的，陈旧脏乱，适成鲜明对照。以后我常常流连其中，听松涛，读诗赋，漫步俯仰，自由陶醉，成了最大的精神享受。小食堂、燕南园、宿舍之三角地带有一商店卖日用品、文具，其中

校景书签，选择未名湖、西校门、南北阁、图书馆等十景，黑白色，秀丽可爱。元旦时，我特别买了寄给淑贞。

开学典礼隆重而热烈。马校长矮胖胖的，和蔼可亲，提着一个矮座肥大的竹壳热水壶放在主席台上，向我们进行理论联系实际、学习应为工农大众服务的教育。又介绍健身法：洗热水又洗冷水，不久我也就学着，实践着马老的训示。真感到自己成了大学生，要担负起与以前不同的重大责任了。古代有冠礼，表示成人。好像这也是我们学子的冠礼。

图书馆180多万册藏书，在高校首屈一指，令人骄傲。跑图书馆，抢占座位，埋头攻读，从此也成了日常生活的一部分。

冬天是苏联"十月革命"40周年，周总理来作报告，我们列队欢迎总理来校。现在还记得总理的身容。这时苏联第一颗人造卫星上天，社会主义空前强大，很令人鼓舞。

但"反右派"刚过，大食堂小食堂前仍有大字报，乱乱的，"反右"留下的火药味还未消散，不过周末有舞会，有音乐欣赏。舞，我虽想却不敢去跳，听了好几次西方的乐曲，沉浸其中，也算是移情养性，增加了一些文雅之美的教育！

就这样，由偏僻的小城到了首都，到了北大，打开了一个全新的人文和知识的大世界，完成了我人生的一次大转折。

下放康庄

1958年，这是学校大动荡大改变的一年，旧的教学体制、秩序和道路完全被改变了。

先是同学们参加修十三陵水库劳动；我因病住院未去，赶上了消灭"四害"的全民大作战。《人民日报》发表《北京市最近一周内消灭麻雀》的报导。4月19、20、21日，北京发起连续三天的战役。北大动起来了，我也参与其中。可是校园那样大，树木那样多，麻雀的回旋空间不小。大家拿上脸盆、竹竿、木棍，挥舞旗帜，敲盆的敲盆，呐喊的呐喊，红旗不停飞舞，想让麻雀心惊胆战，无处停留，体力不支，疲劳而死。不过一天战斗下来，我没有看到一只麻雀落地死了或被捕捉了。好在以后麻雀从"四害"中除名，代之以"臭虫"顶罪。北大校园也没有再开展打捕麻雀的运动了。

这年"大跃进"开始，15年赶美超英，钢产翻一番，令人鼓舞。亩产小麦一万斤、几万斤、一百万斤的报导也不时在报上出现。我们的西校门内也搞了一块实验田，禾苗上挂满了电灯，晚上灯火通明，说是要增加光照时间，让水稻不停地进行光合作用，使亩产超万斤。那禾苗上灯火通明的景象今天似乎还在眼前。"我们正在做我们的前人从未做过的事业"，我真觉得一个新世界很快要来了，心潮起伏，再也没有心情到图书馆坐冷板凳了。

"教育与生产劳动相结合、教育为无产阶级政治服务"的新教育方针提出来了，全系展开学习和辩论，然后到小营、芦城、康庄半工半读。9月，我和班上部分同学来到康庄。我、向延光、殷登祥加王太庆先生住在西边一个炕上。老太太、儿媳、小叔子、小孙子住东边炕上。一边读书，一边劳动。人民公社，总路线，"大跃进"，热火朝天。令人印象深刻的是展开班级讨论，怎样加速进入共产主义，消灭资产阶级法权，好像共产主义真的很快就要实现。我的政治热情空前高涨了。共产主义谁也没有见过，它就要来了，全民实行供给制，一律平等，怎能不高兴呢？"无产阶级失去的只是身上的一副锁链，得到的将是整个世界。"我们身无半文，正是名副其实的无产者！有什么好担心和不高兴呢？记得联系实际，学习和讨论生产力与生产关系、经济基础与上层建筑的关系的讨论会上，我还在全班大会上作了发言，论证人民公社的"一大二公"如何能够解放生产力，促进生产力的发展。实际上"一大二公"就是"一平二调"，刮共产风，打乱生产秩序，破坏了生产力的发展。像办食堂，办大猪场，都造成浪费，很快都失败了。现在想来，

我那时真是一个只是在书本中讨生活的人。对于公社化的实际情况，农民究竟有什么想法，是否满意，是否有实际成效，我是一点也没有调查和研究的。理论联系实际，我联系的只是报纸上书本上的实际而已。

我们的劳动热情是高涨的。晚上常常加班。加班后即在食堂吃煮花生。合作化时曾批判"两亩地，一头牛，老婆孩子热炕头"。这时热炕头的煮饭功能被食堂代替，变成单纯的取暖。生活成本实际增加了。食堂又成了随便大吃的工具。它的不能维持是必然的。那时芦城新改了水田，种了京西稻小站米，秋天刚收割，煮出的米饭分外香。一天，我赶车出差到那里，正值中午。走进食堂，吃饭不要钱，拿起碗来就吃，香喷喷的，一口气不知吃了多少碗。饭后突然提心吊胆，好像肚子要胀破了。大家都这样吃，芦城的食堂也很快办不下去了。

除了劳动，系里也组织了人民公社的调查。办了红专大学，一些同学在那里给农民讲课。办了墙报，办了有机肥料厂。有的同学参加食堂管理和生产队领导，增长了才干，丰富了实践经验。短短的九个月，是我们一次很难得的学习机会。

1959年5月，我们离别回校，临行，大家和老乡都热泪盈眶。那景象至今记忆犹新。

暑假出海

学校对我们的培养形式是多样的。

1959年暑假，我和高宣扬同学一起被选派参加首都青年慰问团，到山东长山列岛前线慰问解放军，这是又一次难得的学习机会。

长山列岛位于渤海、黄海交汇处，胶东半岛和辽东半岛之间。共有大小32座岛屿，就像32颗珍珠散落在渤海海峡，在地图上被称为庙岛群岛。1945年8月这里被解放，被命名为长山列岛，简称长岛。长岛素有蓬莱、瀛州、方丈海上三神山之称，古人有"曾在蓬壶伴众仙"

的诗句，传说中的蓬莱仙岛指的就是长岛。

当时我们从天津出海，到塘沽，正值午后。但正要起航时，大风暴来了。乌云滚滚，潮水掀起巨大的浪花。但暴风雨中却见海鸥迎风高翔。高尔基的《海燕》，这时宛如眼前。风停雨过，正式起航已是月夜了。

我们乘坐的是解放军的一艘最大的登陆艇，3600多吨，是国民党海军起义过来的。平生第一次坐这样大的船在海上航行。蔚蓝的大海，波涛汹涌，一望无际。天空，月光如昼，甲板上灯火通明，首都文工团表演着歌舞节目。真是很难得的精神享受。

一夜航行，第二天迎着晨曦，我们登上了庙岛。军队排队欢迎。司令员是大校，高大英武，和蔼可亲。以后的日子是参观部队的坑道和炮火表演。坑道像朝鲜前线一样，有上下两层。前面的口子，面对黄海，后面通向渤海内地，真乃京津的天然门户。坑道，这么大的工程，全是部队用人力挖成的，真是钢铁般的意志和毅力。我深深地为之感动。解放军带我们操练，打靶，又集体到蓬莱阁参观，遥想八仙过海的情景。二十天的丰富多彩的生活，使我受到了一次生动深刻的爱国主义教育，也留下了青春年华的一段极为美好的回忆。这是五年中最美好的暑假。

上课与讨论

北大哲学系专家学者云集，师资力量特强。1952年高等学校院系调整改制，全国只有北大有哲学系，各高校六十几位教授都集中在我们系里。1957年虽陆续调到武汉大学、中山大学、复旦大学等高校和哲学社会科学学部，但仍留下了主要的专家学者，如汤用彤、冯定、冯友兰、黄子通、张岱年、任继愈、黄枬森、汪子嵩、朱谦之、宗白华、周辅成等，西方哲学史洪谦、郑昕、熊伟、任华、王宪钧、张世英、吴允曾也都享有盛名。邓艾民、汤一介、韩佳辰、冯瑞芳、孙小礼、谢龙、赵光武、宋文坚、高宝钧等中青年老师也为我们开课。冯友兰先生讲中国哲学史，任华先生、张世英先生讲西方哲学史，李世繁先生讲形式逻辑，孙小礼先生、黄耀枢先生讲自然辩证法。杨辛、甘霖先生讲美学。冯定、谢龙和赵光武先生讲"毛选四卷"，讲毛泽东哲学思想。冯定先生是老革命，讲课犹如聊天，讲解放区的见闻，增加我们的感性知识。谢、赵两先生则条分缕析，逻辑严密。常说这是"核心中的核心，红线中的红线"，令我印象深刻。杨辛先生讲美学，时代与生活感特强。"我们时代什么东西最美？三面红旗最美"，今天还记忆犹新。没有哪一个高等学校哲学系有如此强大的教学与科研学术阵容，为我们学习和研究哲学打下了很好的基础。但我们逢上的是一个革命和批判的年代。批南斯拉夫修正主义纲领，批伯恩斯坦、考茨基的修正主义，批巴人人性论和苏联修正主义。学校运动不断，加上到下面半工半读等，教学秩序是很不正常的。老师们的教学虽然十分认真，但回忆起来，教材和教学内容也存在不少问题。有如教中学，塞给学生的是太多的教条、知识，而缺少启发性，很少出题目要学生自己看书、准备、在课堂讨论。像一年级黄枬森老师的"辩证唯物主义"课，用的是翻译的一本苏联教材，极为繁琐枯燥。四年级时黄老师开列宁《哲学笔记》课。黄先生是这方面的专家和大师，在全国高校也只有北大能开出这样高水平的课了，又讲得非常认真。但我却引不起兴趣。看列宁的原著，许多摘记和评论、概括，是很精炼、深刻的，如"辩证法十六要素"。但一当把它系统、讲义化，就觉得烦琐了。今天我应该检讨，向黄老师坦承，我没有好好听课，往往思想开小差，在忙着构思自己的东西。但我想如果能多让学生看一些有关资料，多一些启发性的讨论，效果是否会更好？又如任华先生的"西方哲学史"，不是从古希腊开始，而是断代，主要讲法国唯物主义。任先生是有名的西方哲学史专家，可惜我听下来，也觉得是一堆教条和知识。实际上，法国唯物主义是在批判唯心主义、神学迷信的斗争中产生的，不讲它的对立面和先前的哲学，如何能把它讲得有滋有味、有血有肉呢？哲学是观点和方法，教人怎样抓住事物的本质，思想变得更为深刻，不是死的教条，一旦变成知识的罗列，让人去记，就失去哲学的本意了。

我感兴趣，觉得收获很大的，是自学的东西。开始是读俄国革命民主主义的小说，以后是读马恩、列宁、普列汉诺夫、车尔尼雪夫斯基、费尔巴哈、贝克莱、黑格尔等的著作。第一个引起我震动和思索的，是贝克莱"存在即感知"这句名言。我觉得这真正是难于从逻辑和理论上驳倒的。它是违反常识的。但逻辑上是可以说这句话的。"布丁之味在于吃"，但吃的味道还是一些感觉。"物质是在感觉中给予的客观实在。"但还是要通过感觉，你无法抛开感觉而断定和确知那个"客观实在"，何况"客观实在"也不是能感觉到的。以后休谟提出了"不可知论"。我读了，明知道是不对的，但不知如何反驳！只觉得这倒很有启发，哲学原来就是研究和解答这一类问题啊！

我自学了很多马恩列斯的著作。读《论共产主义左派幼稚病》《国家与革命》《共产党宣言》《法兰西内战》《波拿巴政变记》《政治经济学导言》《联共党史》及许多论战和批判的小短篇，等等。也读《鲁迅选集》。病了，在北大医院住院，边读边想，应该如何用这种立场、观点、方法观察我们当前的现实问题？这当然是我力所不能及的。但我真正感到了马列思想的深刻性，为其革命的批判的精神所感动。辩证法就是和中世纪的一切愚昧、黑暗、陈腐的偏见和教条进行毫不调和的斗争。列宁的这句话及马克思无所畏惧和全身心地追求真理和人类解放的精神，成为自己内在精神的鼓舞力量。"没有东西是不会不灭亡的。永恒存在的只是运动本身。""在科学的入口，如同地狱一样，只有在攀登上不畏劳苦的人，才有希望达到光辉的顶点。"这些名言，真正是对我的最好的启蒙。

也有一些课堂学术性的讨论，我都是积极的发言者。这很有助于提

高分析批判能力；可惜政治性太强了，只能正面理解。发言稍有出格，就可能被批，上纲上线，戴上"白专道路"的帽子，被作为"白旗"拔掉。今天看，一个大学，要培养学生的独立思考能力，真正自由的学术风气是至关重要的。形形色色的政治挂帅，政治干预，是学术发展的阻力，一定会妨碍高质量人才的成长。

教学检查

我以后选择从事中国哲学史研究，这要感谢冯友兰先生，作了我的引路人。

1959年从黄村芦城回来，冯先生给我们开中国哲学史，从头到尾，从孔夫子到孙中山，真正是一门完整的中哲史。冯先生写好讲稿，由校印刷厂先活页铅印了出来，学生人手一份。上课时，冯先生照本宣科，加上有点口吃，不额外生动地讲点什么，所以我对冯先生的讲课兴趣缺如。留给我的印象，只是中国的哲学太简单贫乏了，哪里有资格称为哲学。气、气、气，自始至终，气来气去，真是令人气闷。但课堂外，报刊上有老子、孔子及庄子的讨论，令我感兴趣。冯先生关于这些问题的文章，每篇都是我必读的。在论战各方中，我觉得真正讲得清楚明白而有道理，具说服力又能引人入胜的，是冯先生的文章。任继愈先生的文章也给我很深的印象。冯先生的文章清楚明白、条理井然，严密的逻辑分析，理论与资料的恰当的结合，这些都给我以长远的影响，为日后的研究进路与风格，作了受用无穷的示范。

冯先生对学生真正是关怀爱护的。有一件事令我印象深刻，永志难忘。那是1960至1961年，全校掀起了批判苏联修正主义和批判巴人的人性论的思想运动。学校提出要深入教育革命，要求文科各学科都要以毛泽东思想挂帅，开展教学检查。冯先生的中国哲学史，成了教学检查的重点对象。系里发动学生对冯先生的教学讲义进行批判。我被指定重点准备。于是我翻阅各项资料，抓住冯先生的"庄子"一章上纲上线。一天下午，中哲史教研室开会，我被叫到教研室，面对冯先生，对其庄子一章，作发言。我看也没看冯先生，对着准备好的稿子急速地念了一遍。说实在的，以当时的水平，究竟讲了一些什么，自己都弄不大清楚。特点无非是尖锐、猛烈，对庄子思想上纲上线、彻底否定罢了。讲完后就出来了，由教研室教师们自己讨论。不久，孔繁先生告诉我，冯先生在会上表态说，这发言是十几年来他听到的关于庄子思想最深刻的分析。这令我大出意外。于是，1961年上半年，系里要我把发言稿加以整理，3月17日在《光明日报》的《哲学副刊》刊出了，题目是《庄子哲学相对主义的实质》，署名革锋，后收入中华书局出版的《庄子哲学讨论集》。文章内容，集中抨击冯先生把庄子哲学的相对主义讲成了辩证法，极其错误，云云。我想冯先生是知道这篇文章是我写的，对这些措辞尖锐的批判，也会留有深刻的印象的，很有点担心，怕这样得罪了冯先生不好。但不久，当我拿着另一篇文章请冯先生指教时，我的担心就完全去掉了。冯先生不仅没有丝毫的不快和计较，相反，鼓励有加，似乎我从来都没有批判过他似的。文章是我写的一篇读《庄子》的小论文，大约有两千多字，集中分析《庄子·秋水篇》的思想。一反我《庄子哲学相对主义的实质》一文中把《齐物论》和《秋水篇》一概认为是相对主义的观点，认为《秋水篇》和《齐物论》是对立的。《齐物论》是相对主义，《秋水篇》的思想则是唯物主义和符合辩证法的。文章有理有据，清楚明白，冯先生看了，鼓励说："读书有间"，并推荐给系里打印出来，作为正式参加系"五四"科学讨论会宣读的论文之一。

冯先生说，读书就怕读了半天也看不出其中的问题。"读书有间"就有希望，就能写出东西来。他似乎确实很高兴，给我讲了一个笑话，说："从前有个秀才，就命题写文章，坐在书房发愁，几天也没有写出来。他太太在旁直着急，说，'怎么，你写文章竟比我生孩子还难？'

秀才说,'可不是,你肚子里确有东西,我是肚子里没有东西呀!'"冯先生只说不笑,我却不禁失声大笑起来。我真正从心里高兴,冯先生对我对他的批评文章一点也没有放在心里。1962年研究生招考,我就报考他的研究生并有幸被录取了。先生爱护学生,培养学生,一心希望学生成才的高尚品德深深感动和温暖着我年轻的心。如果不是冯先生这样胸怀坦荡,亲切鼓励,也许我就不会报考中哲史研究生,不会走上中哲史研究之路,今天的一点微小成绩也就不会有了。

民主自由学风的亮光

经历了三年"大跃进"的破坏以后,1962年,全国进入了调整、巩固、充实、提高的新时期。高教部颁发了《高教十六条》,要求把北大变成东方的莫斯科大学,一切工作要走上正轨。北大哲学系决定招考三年制的研究生。中国哲学史专业招考两名,导师是冯先生和任继愈先生。

任先生是全国著名的佛学哲学专家,毛泽东接见过,名气很大,又为我们开佛教选修课。大学时,任先生对我也特别关心。我拟发表的文章,他有时把我叫到他家里,帮助修改、指点。但他发给我们的那些佛教讲义、原始资料,令我感到佛学十分烦琐、枯燥,与我的兴趣大不相投。我怕报考任先生学佛学,于是就报考冯先生了。冯先生虽是当时全国最负盛名的老教授、著名哲学家与中国哲学史专家,但1957年"反右派",1959年"反右倾""拔白旗",冯先生都是被批判的对象。"左派"理论家关锋等人给冯先生扣的帽子是蒋介石的御用哲学家。所以稍有政治敏锐性的人是不愿意报考冯先生研究生的。但我当时对政治不是十分热衷,纯学术研究的兴趣很浓,就不经任何思考地决定报考冯先生的研究生了。

考试题目,记得是分析《庄子·齐物论》的思想。我直抒己见,拿起笔，一气呵成，写了许多。不料竟被冯先生录取了。

1962 年 9 月开学，正式开始三年的研究生生活。我去请教当时的系党总支书记王庆淑同志，应如何当研究生。她讲了不少，大要是冯先生是著名的资产阶级哲学家，在学术观点上，他是唯心主义，我们是马克思主义、辩证唯物主义，是没有什么可学的，需要的是头脑清醒，划清界线，不受影响。但冯先生搞了一辈子中国哲学，有丰富的知识与资料，是可以拿过来的。这样的教导，在 1962 年那样要求学生又红又专的年代，当然使我一开始就把冯先生这样的导师当作了思想与学术上的对立面了。这使我和冯先生在思想上一开始就有了疏离和隔阂。若即若离，成了随后我三年研究生和冯先生关系的特点。

但我心里对冯先生是很尊重、佩服的。开学之后，我和牟钟鉴及其他专业的研究生一起去见冯先生，请求教益和指示。冯先生很高兴地和我们谈了很多，说研究生和大学生不同，主要靠自己钻研、研究，有了研究生资格，好像有了渡船，能否划到对岸，就全看你们自己了，等等。不过印象特别深刻的是下面两点，一是冯先生说："阅读和研究古人的著作，要不抱成见，优游涵泳。"一是做研究和论述，只要"言之成理，持之有故"，没有其他的要求和标准。这两点是他的经验之谈，实际上也是所有文科老先生们做学问的经验之谈。在我们这些经历了连续不断的学术与思想批判以后、头脑仍然很热的年轻人听来，真如一股山泉，令我们格外清凉。冯先生的谈话，让我清楚地看到，虽然经历了思想政治运动和左派理论家激烈的批判，书面上他也不断地检讨，但实质上却是依然故我的。在他自己的范围内（关门和学生谈话），他仍然是他自己。

"优游涵泳"，是程颐、朱熹提出的。朱熹教导学者们对圣贤经传，要优游涵泳，潜移默化，使之成为自己的德行与人格生命，常说："读书须要涵泳，须要浃洽"；"某所学，多于优游浃洽中得之"。曾国藩在家书中也反复叮咛子弟读书要"虚心涵泳，切己体察"。说："涵者如

春雨之润花，如清渠之溉稻。雨之润花，过小则难透，过大则离披，适中则涵濡而滋液。……泳者，如鱼之游水，如人之濯足。善读书者，须视书如水，而视此心如花、如稻、如鱼、如濯足，则涵泳两字庶可得之。"（《谕纪泽》）冯先生把这些程朱理学的常谈转介给我们，原是希望我们能在研究生期间，冷静沈潜，专心于做点学问。但随后不久，在北戴河召开的八届十中全会发出了"阶级斗争，一抓就灵"的号召，政治形势一日一日吃紧，冯先生对我们的希望也就完全落空了。我不仅没有变得冷静、沈潜、从容；相反，更加急迫、褊狭了。我的三年研究生生活，除了第一年外，基本上是在批判中度过的，最后则以在《北大学报》发表的批评冯先生的孔子新论而结束。

"言之成理，持之有故"，一度在国内作为资产阶级的客观主义和反马克思主义的党性原则被点名批判过，但冯先生却又一次把它作为对我们的要求提出来。我虽然也知道它不大符合马克思主义，但倒确是接受了的，成了我一生从事学术研究的格言。"吾爱吾师，吾更爱真理。"这是学术的独立和尊严，也是学者人格的独立和尊严的表现。冯先生语重心长，一开始就给我们指出了这一点。这也是北大兴学术思想、民主自由传统的亮光。

研究生生活

回顾三年的研究生生活，开始时学习气氛是很浓烈的，每天认真地读俄文，读经典著作，读中国历史和哲学史的资料及有关论文。也到历史系听邓广铭先生的宋史课。系里和学校也请了许多专家来开课或作报告。贺麟先生讲黑格尔《小逻辑》，关锋、吴传启、陈先达等讲"辩证逻辑"。1962 年长沙开全国性的王船山学术讨论会，曲阜开孔子学术讨论会，全国有名的中哲史专家学者都参加了，争论激烈，很有百家争鸣的气氛。后来也请关锋来给我们作报告，讲两个会上的哲学路线斗争。

王若水在《人民日报》发表《桌子的哲学》，讲认识论，讲理在事中，批判唯心论的理在事先。学校请王若水在办公楼礼堂作报告，冯友兰先生等都来参加。关锋还发表《庄子内篇译解》专著。关于庄子、孔子等学术讨论一时很是活跃。但八届十中全会后，正常学习秩序也无形中被打断了。

我和冯先生的接触交谈很少。真正带我们读原著、辅导训练、打基本功的是朱伯崑先生。朱先生脚踏实地，勤勤恳恳，不跟潮，不追风，甘坐冷板凳，孜孜于教学、著述；带我们研读《中国哲学史资料》，一节一节，条分缕析，如燕反哺，令我们受益良多。汤一介先生对我也很关心，曾带我一起讨论中哲史问题并写作论文，鼓励很大；邓艾民先生是我的同乡，我也常常向他请教。这时，冯先生关于孔子的新说法，如"仁"的普遍性形式及其在当时的进步性等，受到了越来越严厉的批判。1965年，我研究生毕业，论文题目是"论朱陆异同"。但在这种大批判高涨的年月，我哪有心思坐下来写这种纯学术性的东西呢？所以只是草草交卷。真正写的是批冯先生的论孔子仁的普遍性形式的论文。文章在《北大学报》1964年第3期发表。文章本来有三部分，第二部分是批关锋的《庄子内篇译解》，可能并未讲清观点，也不合时宜，没有被采用。

和大学时期我对冯先生批评他不存一丝芥蒂在心一样，1965年我毕业时，冯先生仍然十分关心我毕业后的分配。一天他告诉我，他已推荐我去学部哲学研究所中哲史研究室工作。但那年，哲学所不要人。我虽没有去成，冯先生对我关怀备至的心情，却一直留记在心里。

生命中难以忘怀的记忆

黄福同

就读于北京大学的五年是我一生中最光辉灿烂、绚丽多彩、富有诗意、受益良多的宝贵时光。在母校有高水准的诲人不倦、循循善诱的师长，有亲如兄弟姐妹的同学，有历史悠久的革命传统，有科学民主开放进取的革命精神，有尚实求真开拓创新的良好学风，有博大精深的知识宝藏和严谨治学的科学态度，有不断占领科学巅峰的领军将帅和海纳百川有容乃大的博大情怀，有世界一流的教学设施和隽雅秀丽的绿色校园。凡此种种都给她的学子以教育、感染、熏陶，造就出一代又一代的北大人。

像我这样从福建山沟里来的，从小只随父亲读点"四书"，尔后读了五年半中学，便以第一志愿考入北大，成为我老家家族中的第一人来说，是人生的一大飞跃，是生命的新起点。所以我更加严格地要求自己，刻苦学习，努力工作，奋发向上，不断进取，做一个合格的北大人。在这五年的日日夜夜里有抒不尽的情怀；在这五年所经历的风风雨雨中有理不清的思念与记忆。我从中撷取三个记忆碎片赘述如下。

芦城墙画与展览会

1958 年夏天哲学系在北京市大兴县黄村人民公社芦城大队办学

时，全部都住在老乡家。我和苏振富等几个同学还有汤一介老师住在生产队盛队长家。我们跟农民同吃、同住、同劳动，白天下地干活，深翻土地，摘茄子，砍芦苇，晚上挑灯夜战，跟着老把式赶大车，送肥到田里。反正农民干什么我们就跟着干什么。从农民那里学到了书本里学不到的许多宝贵东西，有的是受用一辈子的。在劳动之余，有时上面也给同学派个任务什么的。记得初到芦城不久就给我派了个画墙画的任务：就是在芦城东边一进村的大墙上画一幅画。据说是为了美化社会主义的新农村，为了配合当时"三面红旗"的宣传教育。这对于我只在儿时按《芥子园画册》临摹和初中上美术课的一点皮毛，怎敢画这么大的画？还好当时正在搞"大跃进"，破除迷信，解放思想，敢想敢干，胆子大是那个时候人们的特点，我也不例外。还有就是听党的话跟党走，党叫干啥就干啥是我们同学共同信奉的格言。所以我也就大胆地接受了这个任务。到底画了一些什么，在我的记忆里留下的只是太阳、向日葵、蓝天白云、引吭高唱的公鸡等印象。也就是雄鸡一唱天下白，朵朵葵花向太阳。因为这是那个时候的主基调。当我正在画画的时候，陈文伟同学还给照了一张相，至今我还保存着。

当时我们除了参加劳动，也上点课、听报告、学习讨论。那时正在搞"大跃进"，赶美超英，一天等于二十年，快步进入共产主义。在此背景下，我们学习了马列《论共产主义》等理论书籍，对资产阶级法权问题进行了热烈讨论，似乎共产主义就近在眼前。当时正赶上人民公社大办食堂，放开肚皮吃饭，而且吃饭不要钱，可是还有人不满意，有的还有怨言。于是就要进行宣传教育，引导大家回忆对比、忆苦思甜。在访贫问苦的基础上，领导上要我和同学们搞个展览会进行形象化的教育。记得一天上午在我宿舍里为一个老贫农（可惜姓名忘记了，形象还模糊记得）画肖像，整整画了半天，别人看了以后都说很像，那是鼓励我，其实也就六七分像。然后根据他的家史画成连环画。大意是他在旧社会如何受地主老财的剥削压迫，新社会分田分地当家做主人，说明新旧社会两重天，翻身不忘共产党，幸福全靠毛主席，要不忘阶级苦，牢记血泪仇，要高举三面红旗，做人民公社的好社员。整个展览会就在一个临时搭建的棚子里，面积大概有四五十平方米。一进门就是那幅老贫农的肖像画，而后就是一圈的连环画，总共有十几二十幅。展览会究竟有多少人参观，又有什么反应，效果好不好，在我的记忆里已找不到这些了。我那么一点三脚猫的功夫也就是这一次派上了用场。以后就再也没有这个机会了。这是我生平的第一次，也是唯一的一次。

军训与民兵方阵

1959 年是新中国成立十周年，是中华人民共和国的第一个十周年大庆，其重要性可想而知。为了热烈庆祝这个光辉节日，上级领导决定由北大哲学系学生组成重机枪民兵方阵，参加天安门国庆游行，接受检阅。我和同学们一听到这个喜讯高兴得跳起来。这是大家做梦也没想到的。不久部队派来一个营级干部对我们进行军训。一开始从单兵、一个班、一个排进行列队、立正、稍息、齐步走、正步走等最基本的训练。虽然最基本，做好也不容易。一天训练下来也累得够呛。体会到了当一名军人也真不容易。基本训练进行了一段时间，然后三人一组抬上马克辛重机枪，进行正步走训练。我抬的是重机枪的左脚，右脚好像是常治兴同学，后座好像是戴祺同学。一挺重机枪几十斤重，虽然三个人分摊，但压在肩膀上还是很沉很沉的。特别是三个人的协同动作最重要，否则机枪会更重。就这样从单兵训练到成排训练再到整个方阵的合成训练。成百组的重机枪方阵，随着教练员的口令，踏着正步走的步子，按照进行曲的旋律行进！行进！又是一天、两天，一周、两周……差不多两个月时间的严格军训，我和许多同学一样肩膀红肿了，磨破了，不叫苦、不叫累，一个个精神抖擞、斗志昂扬。大家怀着无比激动的心情和高昂的斗志，热切地盼望着那激动人心的时刻的到来。

十月一日的天安门广场是一个红旗的海洋，花的海洋，欢乐的海洋。当我们这个方阵以齐刷刷的步伐，意气风发地从长安街的东头向西边行进的时候，特别是走近天安门的时候，那种激动的心情更是无法言表。和同学们一样，我在 1957 和 1958 年曾两次参加天安门的国庆游行，见过毛主席，那是在北大学生队伍里，是作为群众队伍而参加游行的。而这次是身穿白上衣蓝裤子、肩扛重型机枪代表着亿万中国民兵的威武之师，是作为捍卫新中国的武装力量而接受检阅的。因而那时心里就充满着无比庄严和自豪的情怀，迈着刚健有力的步子，以共和国的捍卫者的姿态接受毛主席的检阅。当我们这个方阵以每秒 0.7 米的速度行进到天安门城楼下的时候，按要求向天安门观礼台的领导行注目礼。我们当时激动极了，仿佛整个心都要蹦出来似的。能够第三次见到毛主席，也算是最幸福的人了。一种自豪感、光荣感、幸福感涌上心头（当然同时也看见赫鲁晓夫站在毛主席身边，光着脑袋，后来读赵朴初先生的《哭三尼》的时候，让我对这个北尼的印象更加深刻了），这种感觉持续了好长一段时间。特别是那铿锵有力、催人奋进的解放军进行曲旋律，时不时地在耳边回响，在胸中荡漾，下意识地在不经意间哼起……一直绵延了几十年，可以说它将伴随我这一生。这种经历是铭刻在我生命中的唯一。

留学生辅导组与友谊队

记得大三上的时候，有一天比我高一个年级的王义近同学找我谈话。他是代表系党总支，要我担任留学生辅导员工作。我所辅导的留学生是从冰岛来的，中文名叫玛迦努逊·斯古力。他选修中国哲学史。而组织上认为我在中国哲学史方面有所长，所以就让我来干。同时哲学系还有从日本、喀麦隆、乌干达等国家来的留学生，也配了辅导员，好像有大四的于成吉、大二的翟荣凯、赵林祥等，组成辅导小组，并要我担任组长。主要工作是上情下达、下情上传。"上"就是校留学生办公室有什么布置；"下"就是各个留学生有什么反应和要求。辅导员的工作主要是每周半天（1~2课时）到留学生宿舍对留学生进行辅导。我所辅导的冰岛留学生对中国古代汉语非常感兴趣，为此我还加修中文系王力教授的《古代汉语》，想给他多一点帮助。就这样，辅导工作持续进行着。虽然平凡琐碎，但我们每个辅导员深知肩负的重任，我们对自己的各方面有了更高的要求。既要在学习上对他们有帮助，而且要用自己的形象展示中国同学的精神风貌和才华，赢得来自异国他乡的留学同学的尊重，不断促进国与国同学之间的了解与友谊。我所辅导的留学生是出身渔民家庭。家里有一老母一个姐姐，家境贫寒，无力供他来留学，是冰中友协出资培养他。所以他学习努力，特别热爱中国古代文化。毕业回国时带了几大箱子的古籍，以便深入研究介绍给西方。当然他对当时的一些方针政策有怀疑、抵触的情绪。这也难怪。

在接受辅导员工作后不久，留学生不断增多，特别是来自非洲的留学生增加得最多。他们天性爱跳舞，而当时留学生的课余文化生活非常单调，已出现了一些不该出现的现象。同时中外同学之间也没有正常的联系交流渠道。为了改变这一现状，加强组织领导，学校留学生办公室决定从文科各系抽调政治可靠品学兼优的优秀女生60人组成友谊队。校留学生办公室通知我，由我出任队长。其任务主要是活跃留学生课余文化生活，增进中外同学之间的交往和友谊。每逢节假日或需要的周末举办留学生舞会，友谊队员作为舞伴参加舞会。组织上给我的任务就是带好这支队伍，参加好每一次舞会，不许出问题。这是组织上对我的高度信任和重托。任务既光荣又艰巨。因为它属于外事工作的范畴，外交无小事，来不得半点差错。但那60个女同学一个个都是豆蔻年华的女孩子，处在三年困难时期的她们，要面对外国留学生相对富裕的生活，实在有太多的诱惑。该怎么管？我清醒地认识到组织上交给自己任务的分量有多重，来不得半点马虎。怀着如履薄冰的心情，处处小心，谨慎从事。按照组织上的要求，她们既要热情友好，又要端庄得体，注意把握分寸，避免不友善、不文明的行为发生。舞场都是设在留学生食堂。我是每会必先到会。舞会开始后，只是静静地坐在一旁观看。随着一曲曲圆舞曲的旋律响起，看着一对对舞者从我眼前掠过，时刻注视着舞场里的一切，生怕有什么情况发生（记得只有一次，有人反映有个留学生从舞会上把一个女生约请外出很久，第二天我就找了这个女同学了解情况，还属正常，终于放下心来）。还好，一个舞会又一个舞会在顺利进行着。刚开始时女同学们都比较羞涩，比较拘束，经过几次也就好了。事实证明，我们友谊队的女同学个个都是好样的。我从心底里感谢我的这些学姐学妹们。她们以良好的文化素养和精神风貌赢得了留学生们的尊重和赞誉。通过她们的努力，既展示了中国学生的优秀品格和文化涵养，又大大增进了中外同学的了解和友谊。友谊队在北大起到了沟通中外同学之间交流和友谊的桥梁作用，为学校作出了贡献。就我来说，虽是友谊队长，但却从不跳舞，成了一名地地道道的"观舞者"。我想只有这样才能圆满完成组织交给我的光荣任务，也才不辜负组织对我的信任和重托。每次舞会完了，我都会长长地舒口气。写到这里更是长长地舒了口气。

1960 年元旦是个难忘的日子。这一天学校决定在留学生食堂宴请各国在北大的留学生，并且让我们辅导员出席作陪。每桌八个人：四个留学生，四个辅导员。整个留学生食堂摆了几十桌。每桌都是坐得满满当当的。菜肴是中西合璧，有西点，有中餐，有饮料，虽不能说很丰盛，但别有趣味。大家虽然有点拘谨，但还是显得很兴奋、很开心。大家都吃得津津有味。席间气氛热烈中蕴含着斯文得体，中外同学间充满着友善和礼让。宴会完了以后还有更令人高兴的事，那就是学校用校车把我们送到人民大会堂，去那里参加晚会。出发前叮嘱每个人的鞋底不能有钉子等等的一些注意事项。当我们从人民大会堂北门拾阶而上进入会堂时，真是令人眼花缭乱，它虽然不像故宫那样金碧辉煌，却是那样宏伟、壮丽、大气。我们走过了铺着红地毯的宽阔的阶梯，再穿过走廊，便到达了晚会的现场。那里有舞厅，有游艺厅，有各种各样的游戏等着你去玩。大家玩得都很开心、很尽兴，一直玩到深夜，校车才把我们接回学校。回到宿舍，同学们都早已熟睡了。我躺在床上浮想联翩，久久不能入眠……这是我这辈子经历的第一次，也是唯一的一次。

未名湖塔，博雅燕园，我心中永远的眷恋。虽然时间已流逝了半个世纪，但回想起那五年的北大生活，还是那么令人激动，那么令人难忘。从进北大前的梦寐以求到离开北大后的魂牵梦绕，母校给每个学子的关爱、教育和培养，我永世难忘。北大人的素养、风骨、情怀，深深嵌入我的生命之中。我为自己是北大的学子而骄傲自豪，更为母校今天的更加兴旺发达而欢欣鼓舞。我的二女儿是英美葛兰素·史克公司的高管，去年曾三次到北大参加高级研讨班，回来后对我说的第一句话是："北大真是太美了！北大学子太了不起了！"同时送给我三件印有"北大"徽记的圆领衫。我当即穿上它，我太高兴了！

燕园往事今回首

王善钧

1957 年初秋的金色的一天，一辆北京俄语学院的校车，缓缓驶入北大燕园，把我和张秀亭、翁熙等同学送到哲学楼前。我们下车后，就来到二楼哲学系办公室报到和办理转学手续。本来已是大二的学生，我们却没有去三年级插班，而是选择从哲学系一年级开始学起。

我也说不清楚，自己为何对哲学有如此的兴趣。可能是中学当学生干部，养成一种遇事总爱"打破沙锅问到底"的思维习惯吧。我没有哲学天赋，只是文理各科学习比较均衡，因而对"哲学是自然科学与社会科学的概括和总结"一说，颇为认同。这大概也是我对哲学感兴趣的一个原因。

我没有想到，自己北大毕业就分配在高校，一生以哲学为业。开头教公共课，"文化大革命"后转到厦大哲学系教专业课（现代西方哲学），还带上了硕士研究生（系里没有博士点）。回顾自己，实在乏善可陈。一晃几十年过去了，行色匆匆，从青春年华到满头白发。然而，这一生能与哲学相伴，直到如今，我已知足了。

燕园的五个寒暑，如今确实变得遥远了，但有许多不平常的记忆，却永远留在我心中，令人回味和怀念！

难忘的马校长

刚到北大，使我们终生难忘的，是在新生的开学典礼上，有幸见到了马寅初校长。记得那天，马校长身穿吊带裤，不拿讲稿，即兴发言，张口第一句话就说："兄弟我，浙江人……"他的浙江官话，立刻引起台下的新生哄堂大笑。在燕园里，我们也时常见到马老在与学生聊天，和蔼可亲地与同学交流，大家一见到他都会报以尊敬的目光。

北大新生入学训练，还有一个保留节目，每年请侯仁之先生（地质地理系主任）为新同学讲述北京的过去、现在和将来。侯先生对北京的历史地理，如数家珍。他讲到，八百多年前，蒙古族首领忽必烈，率领千万铁骑，浩浩荡荡，一举把宋军阵地摧毁，便长驱直入，攻占了中都（北京）城，建立起"元大都"。侯先生还讲了"京杭大运河"。这条水上运输大动脉，北起涿郡（北京），南到余杭（杭州），可将南方出产的粮食，直接运抵北京西直门前的积水潭码头。所有这些，都留在我的记忆中。

时代给予了我特殊的际遇，能够上北大哲学系，自然会感到很荣幸、很骄傲，也深知掌握知识的重要性，所以十分珍惜这个读书机会，学习非常用功。每天都起早贪黑，背外语单词，对课堂笔记等。大清早，为了上课能抢到前排座位，或为了跑图书馆借书，抢到阅览室的座位，我常步履匆匆地拥进饭厅，书包里碗筷丁当作响听不到，身后蹭满一屁股粥巴也不知道。

在北大度过的第一个新年，也是终生难忘的。1957 年的最后一个夜晚，当时钟的指针转到了零时零分，中央人民广播电台的钟声响了，未名湖边的钟声也响了！在师生的欢呼声中，缓步登上大饭厅讲台的马寅初校长，用浓重的浙江口音，向大家祝贺 1958 年的新年！

批判"白专道路"

刚入学时，北大"反右派"斗争已进入尾声。只是我们新同学还要参加一些批判"右派"的会议。我和几个同学还去哲学系56级一个班帮助誊写材料，使我们感到震惊的是，这个班只有33个同学，竟划了11个"右派"，占去了三分之一。

第二年，即1958年春天，开展了"反浪费，反保守"的"双反"运动。正处于全国"大跃进"、公社化运动的激流中的"双反"运动提出了实现教育革命，教育和生产劳动相结合，创办共产主义新北大的方针。

在这场"教育革命"中，首先是组织学生和部分年轻教师，对各学科领域的"学术权威"进行批判，这就是所谓"拔白旗"运动。因为这些"学术权威"被认为是走"白专道路"，还引导教师和学生跟他们走。当时系主任郑昕教授以及冯友兰、洪谦、朱谦之、熊伟等教授都受到了错误的批判。

我们班就专门组织过对冯友兰《新理学》的唯心主义体系进行批判。在学校召开的座谈会上，冯友兰先生也不得不检讨说，他"实际上是一个有资产阶级思想体系的人物，解放前与马列主义对立，解放后基本上还是没动"。

不仅如此，这场"教育革命"也对学生中的"白专道路"进行批判，清算他们头脑中"只想搞业务，想成名成家"的"个人主义名利思想"。在全校"红专"辩论中，哲学系更得出"个人主义是万恶之源，百病之门，必须连根拔除"的结论。

在"双反"运动中，哲学系还组织全系师生参加修建十三陵水库的劳动，组成"保尔战斗团"，胜利完成了任务。大家很高兴，而且认为我们充分表现了"决心铲除个人主义，树立集体主义的共产主义劳

动精神"。

最后，这场"教育革命"，需要落实"红专"规划，向又红又专道路"跃进"。在哲学系里制定的新的教学大纲中，明确了我们系的培养目标不是专家学者，而是党的奋发有为的驯服工具，是普通劳动者。

怎样培育奋发有为的"普通劳动者"呢？就必须遵照毛主席提出的"哲学要从哲学家的课堂中解放出来，哲学工作者要到工农群众中去""要与生产劳动相结合"的指示，把课堂搬到田间地头去，参加农村人民公社化的实践活动。

下放学习

1958 年 8 月 25 日，这一天北大哲学系全系三百多名师生，从清华园车站乘京郊列车，来到北京市南郊大兴县县政府所在地——黄村开门办学，参加当地公社化运动和进行教育革命。

我们 57 级，一班同学下到芦城大队，二班同学下到康庄大队，两个大队离黄村只有十多里地，走路不要一个小时就到。

时值秋收大忙季节，第二天我们就下地干活。先是抢割水稻，刨花生，挖白薯；接着是大面积抢种冬小麦；晚上还忙着给牲口铡草、整修农具等。每天，同学们就是这样，干了睡，睡起来又干。连续四十多天的超强劳动，总算忙完了秋种秋收，大家的手磨破了，个个脸蛋瘦了一圈。

刚下来时，系里认为，先要在劳动中解决安心在农村办学的思想问题，因此，关于学习问题，只作了每双周集中到公社听一次报告的安排。比如，听冯定先生作时事政治报告，或者听县、社领导作有关公社建设问题的报告。

那时，正在号召全民学哲学。汤一介先生与我们一起下乡，还兼任学生支部的宣传委员，他结合农村的生动实例，为我们作了多次的

"学哲学，用哲学"的示范讲解。

直到十月中旬，秋收大忙过后，系里才布置下来一个比较具体的教学方案。规定每天上午学习，下午劳动，每两周休假一天。学习上是集中开三门课：一门"马恩列斯论共产主义"，由与我们一起下乡的朱伯崑先生作辅导；另一门"历史唯物主义"，系里安排赵光武先生讲专题；再一门"俄语"，每天早上学习一个小时，由一起下乡的颜品忠先生辅导。

那时，在乡下的所谓"教学"已经不需要规范性的讲授，实际上，它只是一边参加公社化运动，一边结合当下时事政治作一些专题性的讨论。

同学们讨论最多的第一个问题是：人民公社是怎么产生的？它有什么优越性？

我们曾经对黄村、芦城和康庄等乡作过调查。新中国成立前，这一带农民，因受永定河的水泛灾害，生活极度贫困，纷纷外出逃难。新中国成立后，通过土改、合作化道路，在国家扶持下，挖水渠、建水库，蓄水灌溉，将大部分盐碱地改造成水稻田，将沙地改造成能种花生与大豆的农地。因此，产量逐年增加，生活有了较大改善，不再需要像过去那样，靠割草、捕鱼和逃荒过日子。当然，生活水平并不很高，没有水田的乡（社）还是要吃国家的救济粮。

我记得，当时的讨论课上，大家就曾用"生产关系要适应生产力的发展"理论结合当地实际，以求说明人民公社产生的必然性。

农民对我们说得最多的是，农忙时频繁发生的争水闹矛盾的事例。去年冬季，这里掀起了以兴修水利为中心的冬季农业生产高潮。为了引水灌溉，队与队、社与社频繁发生激烈的争执，甚至酿成群体性的斗殴事件。于是，就形成了这样一种看法：产生这些问题的原因只有一个，就是社、队生产规模过于狭小，不适应当下生产的发展；要想大规模地发展生产，只有小社并大社，小队并大队——"组织起来力量大"。当

时人民公社就是这样产生的。

我们知道，黄村一带有水田，是有名的京西（南）稻米产区，当年水稻长势很好，产量不低，那里正是一派丰收景象。

当时，我们全都参加抢割水稻的劳动，在大毒太阳下，要弯着腰割，有时要淌水，腿部还被蚂蟥叮。尽管同学们个个疲惫不堪，但下来后，到公共食堂里吃着"小站稻"白米饭，心里还是感到丰收的喜悦，也认为这就是"人民公社的优越性"。

同学们讨论最多的第二个问题是：人民公社与共产主义社会的关系是怎样的？

当时，《北京日报》在头版头条上，以《北京郊区跑步奔向共产主义》的通栏标题，报道了京郊农村大跃进实现公社化的情况。

"共产主义是天堂，人民公社是桥梁"的口号广泛流传。通过"大跃进"，人民公社化，眼看着共产主义就可以在我们这一代人实现了。

印象最深的是，《人民日报》登载了毛主席在北戴河的谈话，说人民公社的特点是"一大二公"，实行"供给制"和"工资制"相结合的分配制度。粮食多了可以搞供给制，吃饭不要钱，有利于破除资产阶级法权。

随后，《人民日报》又转载张春桥《破除资产阶级的法权思想》的文章。该文的核心是，反对现行按劳分配（工资制）中的所谓"资产阶级等级制（即资产阶级法权）"，因此，它主张现在就实行"供给制"，逐渐替代"工资制"，以破除资产阶级法权。

关于"按劳分配和资产阶级法权"的这场争论，同学们都很感兴趣，讨论也很热烈。

为了弄清问题，一起下乡的张世英先生，还特意帮助整理了报刊上有关争论的不同论点。

大家认为，毛主席说的人民公社"一大二公"的特点，就是指的"社会主义""共产主义"因素。对张春桥文章中"供给制替代工资制"的观点，也表示十分赞同。

联系黄村的实际，即公社大办公共食堂，吃饭不要钱，对社员施行"包吃""包医"和"包'生老病死'"等十几包，每个人每月还发6元零花钱的情况，同学们都以为，这是公社在实行"供给制"，已经体现了共产主义按需分配的原则，或者说，我们已经踏进共产主义大门了。

其实，朱伯崑先生在为我们辅导《马恩列斯论共产主义》一书时，就对其中马克思《哥达纲领批判》提出的"资产阶级法权"的观点作了详细讲解。马克思认为：只有经过"各尽所能、按劳分配"的社会主义阶段，达到"社会产品极大丰富，人民觉悟极大提高"，才能破除资产阶级法权，而进入"各取所需"的共产主义社会。

而且，系里在布置学习斯大林《苏联社会主义经济问题》一书时，还专门请来北大经济系知名教授樊弘先生为我们作报告。我记得，面对当时以供给制取代工资制的主张，樊先生是持有不同观点的，他着重指出了实行供给制带来的消极影响。他认为，供给制包得太多，因为生产力水平低，事实上是办不到的，并且也脱离人们的思想水平，挫伤大家的生产积极性。他说，现在还存在货币和商品流通，包死了既不利于促进生产，也不利于商品流通，特别是极容易陷入平均主义泥坑。

一直到11月中旬的一天下午，中宣部副部长周扬、许立群和于光远等领导，亲自下来看哲学系师生，并且在西芦城小学大院给我们作报告。周扬传达了毛主席在（第一次）郑州会议上的讲话精神。毛主席指出："社会主义与共产主义之间应有一条线，我们目前仍是站在社会主义这条线内，而有些人不是这样认为的，他们要搞共产主义，大包大揽。这是错误的。"实际上，中央已经开始在纠正刮"共产风"的错误倾向。

从此之后，同学们关于"按劳分配与资产阶级法权"的这一次讨

论，就以不了了之而告终。

同学们讨论最多的第三个问题是：为什么公社化后期需要开展整社工作？

1958 年 11 月下旬，系里传达陆平校长的指示，哲学系仍留在黄村，但师生要相对集中，便于管理。因此，系里决定，我们 57 级二班在康庄不动，但把分到北程庄的点撤掉。于是我和武葆华、赵福中这些原来在北程庄的同学，就调到 57 级一班的东芦城（南队）。我与贾信德、陈哲仁和陈炳泉四个同学，挤在老乡家一间小屋的土炕上。

老贾（信德）为人朴实、正直和诚恳，他担任支部组织委员，认真工作，带头劳动，与我们同学相处融洽，也深受老乡的信任，东芦城乡大人小孩没有不认识他的。

1959 年 3 月 19 日这一天，全系师生集中在黄村公社的大院，参加大兴县委召开的县、社、大队和生产队四级干部会议。传达中央郑州会议上（第二次）毛主席的讲话精神。中央要从公社内部的所有制问题（经济核算单位）入手，开展整社工作，纠正"共产风"。

黄村人民公社是 1958 年 9 月 8 日正式成立的。公社由原来 31 个贫富不同、条件各异的乡（高级合作社）合并而成。当时，这些乡（社）的一切财产都必须上交公社，就连社员的自留地、家畜、果树等，也被收归社有，在全社范围内统一核算，统一分配。

黄村公社这种形式，名为扩大和提高公有制成分，实际上，它是贫富拉平，让"穷社"（合并后叫大队或小队）共"富社"的产，严重挫伤社员和干部的积极性，破坏了生产力的发展。

因此，按照二次郑州会议的整社精神，黄村公社必须从内部调整所有制，改现在的"以公社为经济核算单位"为"大队或生产队为经济核算单位"。

整社工作结束不久，黄村公社作出了一些重大的决定：确立生产队为公社的基本核算单位，并且解散公共食堂，解散集体养猪场，托儿所因有利于妇女参加劳动，还继续办下去；保留和扩大社员的自留地，允许各户养牛、养猪和养鸡等。这些宽松政策，有利于调动社员和干部的积极性，促进生产的发展。

我想说我自己在东芦城遇到的一件难忘的事情。

我们到东芦城后，最先遇到的最棘手的问题，是公共食堂办不下去了。其实，那年水稻是大丰收，社员全年口粮供应绰绰有余。开始时公共食堂（当时包纪耀同学担任助理管理员）办得很不错，每天都有"小站稻"的大米饭和白面馒头，过中秋节，还放开肚子吃炸油饼。当时有个口号："放开肚皮吃饭，甩开膀子干活。"然而，好景不长，不久食堂就已经供不出大米饭，而是只提供把稻子带壳磨成粉蒸出的黑窝头，往后甚至连这个也接济不上了。

那么，农民辛苦增产的粮食到哪里去了呢？由于公社是经济核算单位，所以收割下来的全部稻谷，就完全由公社来统一支配（大队自己根本无权支配）。因此，在公社范围内，所有缺粮的大队，只要到公社开个白条，就随时可以到你这里来把粮食调走。

我自己原来在北程庄时，就在公共食堂当过助理员。我曾经几次陪食堂管理员到芦城调拨过粮食。

当年，我亲自参与搞"平调"，但对其产生的恶果，却未能很好地认识，至今，都令我悔恨莫及。

我还想说，我当年在南程庄，因头脑发热而干出的另外一件愚蠢的事情。我和王树人、陈益升等同学被分配到这里，刚刚进村，在"大跃进"的浪潮中，我们头脑极度发热，也去"大炼钢铁"。我们在村头找了个小屋，用泥巴在灶上砌起一个炼铁炉和直穿屋顶的烟囱，准备找材料炼钢。但我们来得太晚，社员家里的铁锅早已捐献去炼钢了，再难找到破铜烂铁来炼钢了。

不仅如此，我们头脑发热和膨胀到还想去"放"小麦高产"卫

星"。

征得队里同意，我们圈了一块麦地，作为"试验田"。从报上得知，小麦高产，一靠深翻，二靠密植。开始"深翻土地"要下挖三尺，几个人用铁锨翻了半天，才挖出一条不到一米高的深沟；后来，我们还准备去打狗，将死狗埋在地里当肥料。不过，我们"深翻"尚未做好，"密植"更未开始，就匆匆离开了南程庄。临走时，社员才对我们说实话，你们把上面多年培植的"熟土"埋下去，却把下面不见阳光的"生土"挖上来，那样，根本长不出庄稼。

当年，我参与搞这些"浮夸"举动，影响很不好，是我个人一生中，至今难忘的一个教训。

到了1959年5月初，系里布置有关离开黄村准备返校的一些事宜。规定每位同学写一篇学习心得，算是通过历史唯物主义考试；而俄语则是翻译一段俄文版的文字就算通过了。最后，系里还集中安排两周时间，让学生有针对性地对黄村地区的历史、新中国成立后的合作化情况以及黄村人民公社成立前前后后的情况，进行一些系统的调查研究，并且规定每位同学要写一篇下乡总结报告，还要在小组会上作汇报，然后由班级写出鉴定意见。

至于班级和小组，则要写一份调查报告，回校之后，班级或年级还要开大会进行交流。

校合唱队

1959年5月29日返校后，哲学系师生马上就投入筹备国庆十周年的活动。

我和徐荣庆等同学，有幸被抽调去参加北大与清华一起组成的"首都民兵师"接受检阅的重机枪方队训练。几乎操练了一个月，有时在清华西大操场，有时在北大"五四"广场，虽然天气很热，也很累，但大家都不叫苦，四个周末的晚上我们都到天安门去接受预检。

"十一"那天，我和荣庆同学走在重机枪方队的最前面，一左一右扛着"马克辛"重机枪，在雄壮的解放军进行曲中步伐整齐、威武地通过了天安门，毛主席在城楼上向我们挥手，而我们则激动地向城楼上他老人家行庄严的注目礼。

这时，我心想，新中国成立才十年时间，就有这样巨大变化，再有十年或二十年，还会有什么样的更大变化啊！

1960年冬天，我们哲学系学生又被派去参加抢建昌平十三陵西山口"北大分校"的铁路。那个时候，尽管大家依然情绪高涨，干着十分劳累的搬运土石的重活；然而，我们却是饿着肚子，身上浮肿。我自己的风湿性关节炎也浑身发作，几乎走不动路。

只有到了这时，饥饿对于在"大跃进""公社化"幻影中头脑膨胀的领导干部来说，才是一剂使之逐渐醒悟的苦药。

我记得，作为学生党员干部，在哲学楼梯形教室的分会场，听到陆平书记（校长）向全校党员干部发表的讲话，说他在1958年头脑也曾经发热过。他说："去年凡是每亩二三千斤以上的产量，都是假的，更不用说那些所谓亩产多少万斤的'高产卫星'了。我们其实并没有那么多粮食，会饿死人的！"他还特别强调说，"问题是我们的党员干部要振作起来，带领群众渡过这次自然灾害的难关。"

为了减少能量的消耗，学校体育课甚至一度停开。在"大跃进"的声浪中，几乎销声匿迹的校园社团文化活动，如诗社、京剧社、美术社以及合唱队、舞蹈队、管弦乐队、民乐队等又悄然兴起。社团文化活动的蓬勃开展，那些轻歌曼舞，给大家带来缕缕温情，好像也能代餐而缓解饥饿一般。

我正是在这样的时候，被抽调去担任北大学生合唱队（团）的队长。合唱队是北大十分活跃的最大的社团之一。我与原有两位队长——戴姓同学（数力系）和汤姓同学（原子能系）一起，组织合唱队三百

第一部分　综合回忆

多个队员，经常于每周周末下午（随时可以增加），借用哲学楼的梯形教室，开展队里的日常活动。

我刚到队里，首先开始排练由戴队长亲自谱曲的《毛主席诗词大联唱》。由我出面邀请过西语系主任冯至先生讲解诗词，还邀请过中央乐团首席指挥严良堃先生讲解乐曲与指挥。

我们合唱队由一洪姓同学（中文系）指挥，负责主持日常排练活动，并邀请朗诵队队长负责大联唱的朗诵，还邀请管弦乐队、民乐队两位队长在乐池下面轮流负责指挥等等。几乎合练了一个多月时间，其最后成果，是由中央人民广播电台（当时没有中央电视台）把它正式列为重要节目，陆续向全国播放。

其次，我们合唱队排练的重头戏，是六场歌剧《洪湖赤卫队》。选择主要角色韩英（书记）、刘闯（队长）和彭霸天（大地主）等，是我们演出成功最为关键的事。

当时，我们特别邀请到了（已经在北影拍戏）歌剧的作曲和编剧张敬安、欧阳谦叔和梅少安等先生，他们亲自来北大精心指导我们一幕一幕地排练，使扮演者很快就进入角色。

经过反复排练、精雕细刻的六场歌剧《洪湖赤卫队》，终于搬上大饭厅舞台（北京大学仅有的最大的室内舞台）正式公演了。我们没想到，当晚正在拍摄同名电影的北影著名导演谢添，也亲自来北大看我们演出，其实，他是想请我们合唱队为他导演的电影作部分伴唱，以加大声势。

当时，我们合唱队的"男女声小合唱"是校内外最受欢迎、最有名气的品牌之一，它曾经在市里高校歌咏比赛中获得头奖。在校园里，合唱队也曾经与来访的莫斯科大学、华沙大学和贝尔格莱德大学等校的大学生，举行不同规模的联欢活动。

过后，合唱队员们也常常回想自己，认为他们能有今日的表现，除自己天赋丽质的歌喉外，就是日常排练时，耳濡目染的校园大舞台——

那些美丽景观所赋予的灵气。其中，北大校园里，最让人永久怀念不忘的，就是未名湖。"未名湖畔曾徜徉"，是我们作为北大学子最可宝贵的精神财富。

北大人的精神

1961 年初，《高教六十条》（草案）精神已经在高校贯彻了（正式颁布是 6 月 9 日）。这时，陆平校长说："过去政治运动过多，劳动过多，学生书本知识学得少了。"

这个《六十条》，实际上是给当时的大学生提供了一个极为难得的，安静读书、自由思考的好时机。

在燕园的那些日子里，我们实际感受了北大重视学生基础训练的传统。刚入学时，哲学系就安排知名教师给我们新生上基础课，有黄枬森先生给我们上辩证唯物主义，李世繁先生上形式逻辑。

我们下乡回来后，又相继安排冯友兰先生给我们上中国哲学史，任继愈先生上中国佛教经典，杨辛先生上中国美学，冯友兰先生上中国哲学史史料学，任华先生上西方哲学史，汪子嵩先生讲亚里士多德哲学，郑昕先生讲康德哲学，贺麟先生回系里来讲黑格尔哲学，张恩慈、谢龙先生讲恩格斯的《反杜林论》，黄枬森先生讲列宁的《哲学笔记》，还邀请到肖前和吴传启等先生讲辩证逻辑等。

当时，所有这些中外驰名的老师，一流的大师学者都还健在，并且学术生命处在最旺盛的阶段。虽然他们受到"左"的思想的严重干扰，在很受约束的情况下给我们上课，但北大的学术民主传统却是根深蒂固、不易消散的。

老师们在学问上做出的业绩，他们面对"左"的错误思想所作出的抗争，时刻都在影响我们学生，使我们多方面受益，他们是引领我们进入哲学殿堂的恩师，我们永远不会忘记！

1998 年 5 月 4 日，我和同班同学苏振富及厦门近二百位北大校友，有幸乘坐包机到了北京，参加北大一百周年庆典活动。北大厦门校友会捐赠给母校北大一对经过精心设计和制作的大型石雕狮子，并于当天安置在北大图书馆东侧广场上。安置活动成为庆典活动的一部分，这对石雕狮子则成了一个重要的新景观。还捐赠了一尊严复半身铜像（厦门校友会负责设计与铸造），也于当天摆放在北大图书馆东侧进门的大厅内。严复祖籍福建，1912 年京师大学堂正式改名北京大学时，严复担任首任校长。当年台湾海基会长辜振甫偕夫人严倬云（严复孙女）赴京参会时，特亲临北大图书馆凭吊其先祖父。

人事、物事的灵气，就是那么奇特，只要能够承载以往的故事，他（它）们就还有力量，北大的精神就可以延续。

每当我到北京，就一定要到北大图书馆去看看，从馆前东侧的那对石狮子，到里面大厅的严复铜像，来回徘徊，内心不禁百感交集，思绪万千！

厦门北大校友会，秉承母校北大"广纳天下英才而育之"的宗旨，也于北大一百周年时，正式设立鼓励厦门考生报考北大的奖励基金。至今已有 14 年。这些年，厦门考上北大的新生，一年比一年多，今年（2012 年）是历届最多的，有 35 人。

今年（2012 年）8 月初，我刚刚参加了本届厦门考上北大的新生颁奖会。我引用一位老校长送他孙子上大学时，临别的一句赠言，来勉励新校友。老校长语重心长地说："这个世界，既不是有权人的世界，也不是有钱人的世界，而是有心人的世界！"

这绝不是说，"权力"不重要，"金钱"不重要，而是认定有比它们更为重要的东西，这就是"思想"。对于北大人来说，更值得我们夸耀的，是燕园独特的精神气质。在这里，我们时刻都能够感受到，它的一种不同于世俗的价值判断，即：北大人所崇尚的"思想自由"或"精神独立"。

现代西方一些高层人士，曾经诟病中国年轻一代，说什么中国"80后""90后""没有信仰"；甚至攻击说，"中国只会生产电视剧，不会生产足以影响人的思想"。面对这种无端的攻击，我们年轻的新一代同学，只会更加注重自己内在精神的锻炼，做一个真正"有心"，因而"有为"的北大人！

终生难忘的师生情、同窗谊

苏振富

从龙岩到北京

1957 年 8 月 26 日，我和来自闽西革命老区龙岩一中考上北大、清华等"八大院校"的 17 位中学同学，从龙岩到漳平乘坐刚修建通车不久的鹰厦线火车，辗转途经鹰潭、上海、南京、济南、天津，终于在 8 月 31 日来到北京。在前门火车站，北大迎新接待站老师把我们接到北大。报到后，记得先是住在南校门内的 23 斋或 24 斋，后又统一调到 30 斋。我被分到哲 57（2）班，住在同一房间的同窗同学有金春峰、黄福同、赵福中、焦树安。三年级又搬到新建的 38 斋，同窗同学还有袁圃、傅昌漳、王崇焕、常治兴等。

哲 57 级两个班有 60 多位同学，大多是直接从全国各地应届高中毕业考上北大的，还有一部分同学如徐荣庆、王善钧、王树人、武葆华、李步楼、常治兴和陆学艺等，是从俄语学院及留苏预备部或北京理工大学转学过来的。还有几位同学是部队转业军人和地方调干生，如杨克明、李明权、张秀亭、吴亦吾、金春峰等。他们都比我们这些刚从应届高中毕业考上来的同学年纪要大几岁，政治上更成熟，更有人生阅历和实践经验。李明权是朝鲜族人，还是志愿军伤残荣誉军人。杨克明来北大前是南京军区部队文化教员。金春峰还当过中学副教导主任，所以，大家都爱称他"主任"或"金主任"。

我因在中学当过团支部书记和年级分团委书记，又是1956年12月份在中学刚被吸收入党的"预备党员"，来北大后，系团总支书记任宁芬同志便指定要我担任班级团支部书记，并一起推选黄福同任组织委员，王文钦任宣传委员。当时正处于"反右派"扫尾阶段，我们一年级新同学没什么右派好反的，系里便组织我们到高年级去参加"反右派"斗争。56级抓了很多右派，有一个班27位同学中抓了9个右派。记得当时这个班有一个姓张的同学，他一张大字报也没写，一次公开演说也没登场，没什么"右派言论"好抓。于是，就硬把他在别人的大字报上写的"三言两语"的一些"批语"等，加以汇集整理成所谓"右派言论"，把他打成"右派"分子。当时我心里嘀咕，这也够"右派"吗？能这么抓"右派"吗?！但在批斗右派的会上，我是不敢说，也不能说的，而且也轮不到我们有说话机会。因为我们是新同学，是来受教育的，况且我又是班上团支部书记，是带我们班同学去参加高年级"反右"斗争的，更不能也容不得我们随便去说长道短，评说人家。不过，可能私下我有跟同班同学流露自己这种对"反右"斗争"不太理解"的心绪，有人就向组织上反映说我思想右倾、谨小慎微、患得患失。第二学期就不让我继续当团支部书记了。预备党员的转正也延至1958年下半年才开支部会讨论我的转正问题。虽然在支部表决决议上还是写"一致通过按期转正"，但实际上已延长了将近一年的"预备期"，才让我转正的。

"大跃进"年代

1958年"大跃进"年代，我们先是到十三陵水库工地上劳动了半个多月，下半年全系各年级同学和老师都下放到大兴县黄村公社劳动锻炼。记得刚到十三陵水库工地劳动的头一天，风沙迷漫，送到工地来的开水桶上都蒙了一层很厚的沙尘，但大家还是干劲十足地铲土，推着独轮车往水库备料台上运沙石。还有一次在住地营房附近的铁道边往火车箱上装运沙石，大家干得满头满脸汗水，粘连着沙尘，气喘吁吁，超强度的劳动确实累得够呛。还好，李步楼、向延光、黄福同和我等来自农村贫苦农家的青年小伙子，从小在家乡就干过重活、累活，都还挺得住。不过，超负荷付出劳动，饭量也就大了。在班上，李步楼的饭量最大，记得当时他一顿能吃八九个馒头，"小站稻"米饭能吃一斤半，这不算稀罕。我们几个饭量较大的，学校还是比较照顾的。记得在北大大饭厅还专门给饭量大的同学开辟了一个可按饭量大小随意用饭区。买菜按统一规格，分甲、乙、丙、丁不同价位，自己买。我们经常只买丙、丁两类八分或五分一份的菜，而甲、乙类每份要一角五分或一角的菜，只能偶尔买一两次，而饭量大，就可到专辟区打饭，吃多少、要多少。即使到 20 世纪 60 年代困难时期，我们这些饭量大的同学，粮食定量还是保持原定标准不变。李步楼、向延光等还是每月 36 斤，我和黄福同等 34 斤，一直到我们大学毕业。

1958 年公社化运动时，我们班下放到大兴县黄村公社的康庄和南、北程庄，跟农民同住同劳动，收割玉米、深翻和平整土地、播种冬小麦等农活，我们都跟当地农民打成一片，干得挺来劲。京郊农村的茄子长得像柚子一样，又圆又大，每个都有一两斤重。我有一天在康庄生产队的茄子园地里帮农民收割茄子，不小心，镰刀割了左手大拇指，伤了大拇指的筋和动脉，鲜血淋漓，喷射不止。焦树安、黄福同同学用手帕紧绑住我左手压住动脉，并赶紧护送我到芦城卫生所，请陈医生帮我止血，清洗，还做了个小手术，缝了几针。此后一二个月时间，经常去治疗、换药，跟陈医生很谈得来，我终生难忘这位农村好医生。因北方那锋利的镰刀，不小心割得相当深，伤到了大拇指的一条筋，伤口慢慢愈合了，但大拇指却僵直不能弯曲，留下个终生"小残疾"。我永生难忘在康庄的这一幕小插曲。

我们在康庄劳动生活了有三个来月，跟村里的干部、群众，特别是房东结下了深厚的情谊，我们返校后，他们还常来校看望我们。不久，我和部分同学又从康庄调到东芦城，先是与黄福同等住在生产队陈队长家。后来，我和焦树安、戴凤岐等又搬到赵大爷家住。记得是在1959年元宵佳节的晚上，我们几位同学在陈队长家聚餐闹元宵，林鸿复、黄福同和我等人，先是跟陈队长敬酒。接着，林鸿复又举杯一定要跟我干杯，用的是北京二锅头62度烈酒，满满一杯足有二两，一口干。我本不会喝酒，又是这样的烈酒，我当场醉倒在炕上。这是我第一次也是最后一次尝到醉酒的滋味，心里明白，但就是控制不住自己，说了许多难堪的酒话，真是闹笑话了！记得那时正好是苏联第一颗人造卫星上天之后，戴凤岐、焦树安同学轮流背我走在回赵大爷家的路上，我却下意识地以为自己是乘坐卫星，在星空飞翔，自言自语，还顺口唱起毛主席的诗词："我失骄杨君失柳，杨柳轻飏直上重霄九……"真是丑态百出！此后，同学们，特别是贾信德同学时不时就拿这来逗笑我，拿我开心。自从出了这次"醉酒"闹剧后，我至今一辈子都再也不敢去碰白酒、喝醉酒、耍酒疯了。

学习生活

我们从1957年入学到1962年毕业，在北大哲学系的学习、生活这五年，是终生难忘的五年，为我们往后从事哲学专业的教学研究生涯奠定了基础。20世纪50年代，全国高校院、系调整，绝大多数哲学系都合并到北大，哲学教授也大都调到北大哲学系。1957年入学时，系里还在哲学楼的阶梯教室为我们开了个迎新会，全系的教授们都来了，一共来了32位，个个都戴眼镜，在前两排就座。当时的系主任是研究康德哲学的专家郑昕教授；主持日常工作的系副主任汪子嵩先生，当时还是副教授，以后调到人民日报社去当理论版主编，他专门研究古希腊哲学史，颇有精功。这次迎新会给大家留下深刻印象的是中国哲学史专家冯友兰先生，先生满头髯须银发，两眼炯炯有神，他在讲话时，慢条斯理而又很有风趣地讲了一个知识分子怕老婆的故事，引起全场哄堂大笑。哲学系的教授们都是很有学问的，他们学有专攻、知识渊博、治学严谨，而又非常朴实、平易近人，对同学和蔼可亲。北大燕南园里，有十几幢西式小洋楼，是北大最好的教授住宅，哲学系有好多位一、二级教授，如系主任郑昕先生、冯友兰、汤用彤，还有冯定等知名教授都住在这里。那时，北京刚有电视机，每逢重大节假日，或有重要节目播出，我们就经常到教授家里去看电视，去得较多的一是郑昕主任家，二是冯友兰或冯定先生家。每次他们都热情接待我们，特别是郑昕先生非常和蔼可亲，待我们真是亲如家人，那种真挚的师生情谊，真是令人终生难以忘怀。

在这五年间，多数教授都给我们讲过课，有的一讲就是两年，或者先后给我们开过两门课程。如冯友兰教授给我们讲中国哲学史，任华教授教我们西方哲学史，张恩慈、赵光武、施德福、孙伯鍨老师讲马列哲学原著如《反杜林论》《费尔巴哈论》、列宁的《唯物论与经验批判论》等，冯瑞芳、谢龙老师讲毛主席的《矛盾论》《实践论》和毛泽东哲学思想，孙小礼等老师讲《自然辩证法》，李世繁老师教《形式逻辑》，张世英老师讲黑格尔"逻辑学"中的辩证逻辑思想……都给我们留下深刻印象。老师们渊博的知识和严谨的治学精神，以及朴实无华、诲人不倦的教风和各有特色的讲课姿态及其音容笑貌，至今都还栩栩如生，呈现在眼前。我永远也不会忘怀恩师们对我们的培育和教诲。

难以忘怀的黄枬森老师

这里，我想着重说说难以忘怀的黄枬森老师。1957 年一入学，"哲学原理"这门主课就是黄老师给我们上的。他为了引导我们深刻理解马克思主义哲学是对以往哲学的继承发展和根本变革，在"绪论"（或"哲学概论"）部分，用了相当长的篇幅，花了一个多月时间，分别给我们讲授了中西哲学发展的简史和发展脉络，归纳概括的思路非常清晰，对我们进一步学好马克思主义哲学原理很有启迪。他第一学期基本上把"辩证唯物主义"原理给我们讲授了。我们很想能继续听他把这门课上完，但令人遗憾的是，后来我们才知道，据说因为他"在党内发扬了一次民主"，对"反右派"斗争谈了自己的一些认识和看法，就给"内定右派"，不让他再给我们上课了，把他调到系资料室搞资料。于是，黄老师就在资料室研究整理编著列宁的《哲学笔记》"注释"，20 世纪 60 年代初"甄别平反"恢复工作后，黄老师又给我们 57 级同学首次开讲列宁的"哲学笔记"这门课。他对照黑格尔的《逻辑学》，给我们讲列宁关于"辩证法十六要素"建构辩证法体系问题。这时，正好张世英老师又给我们讲授黑格尔《逻辑学》中的辩证逻辑思想。可以说，这是大学期间，所学的各门哲学课中，最有收获、给我留下印象最深的两门课程。在大学五年，一头一尾能听到同一位老师上的两门特别有印象、特有收获的课程，是非常难得，也是永志难忘的。

正因为这样，黄枬森老师跟我们 57 级同学特有感情和缘分。说来也巧，我因后来留校当研究生，从系资料室转送得到黄老师编著的《哲学笔记》"注释"打印稿，毕业后便带到厦门大学。20 世纪 80 年代初我将这份"打印稿"转送给当时正在厦大哲学系开设"哲学笔记"这门课程的系领导商英伟教授参用。1982 年底，我还与商教授共同策划在厦大召开一次全国性《哲学笔记》学术研讨会，特地把黄老师请来，同时也把当时很想来参加这次学术会议的几位同班老同学，如李明权、姜宏周、崔英华、王崇焕等邀请来，跟当时已经调来厦大工作的王善钧、庄呈芳、洪成得等同学一起欢聚。记得在会议最后宴请时，黄老师特地从宴会主桌端着酒杯绕到我们几个同窗同学这一桌来，动情地说了一句让我们终生难忘的话："跟 57 级同学敬酒，干杯！"2007 年 10

月在母校召开的五十年后重逢团聚会上,黄老师跟我们谈话时又重提此事,说他跟 57 级同学特有感情,确实如此!我有幸能得到黄老师的栽培和举荐,《哲学研究》1983 年第 2 期首次发表了商英伟教授与我合写(由我执笔)的《试论列宁的 < 哲学笔记 > 对唯物辩证法体系的构想》一文。从 20 世纪八九十年代起,十来年,我和商英伟教授等被推荐参加由黄枬森教授任总主编的八卷本《马克思主义哲学史》(共 400 万字)这一巨著的编撰,并在黄老师、商教授直接指导下,我参与由他们二人任主编的该书第四卷(列宁,十月革命前)的写作。参与八卷本《马哲史》写作的共有 57 位作者,除总主编黄老师外,还有在北大教过我们 57 级的孙伯鍨教授(后调到南京大学哲学系)、施德福教授以及前后届的同学陈志尚、许全兴、余其铨等。黄老师后来还是全国马哲史学会会长,马克思恩格斯研究会会长和名誉会长,我有幸被推选为马哲史学会理事、马恩研究会常务理事,一直跟黄老师保持密切的学术交流和师生情谊。近年来,我因参加中国老教授协会理事会议,每年到北京开会,我都会特地回母校看望黄老师和拜访老同学杨克明等。

导师冯定教授

最后,我还要谈谈启蒙和引导我走上哲学专业之路的"引路人"和后来成了我留校当研究生的导师冯定教授。话还得从 1957 年春说起。时任厦门市总工会干部学校校长的亲哥哥,为了对我年前刚被吸收入党表示祝贺,特地买了两本冯定教授写的书送给我,一本是当时刚出版的《共产主义人生观》,另一本是"再版"的《平凡的真理》。这两本书,对于一个刚满 18 岁就被发展入党的高中学生干部的我来说,真是如获至宝。我如饥似渴地读着,就如同"甘露"滋润着我的心田。它为我沿着党指导的路确立正确的世界观、人生观奠定了基础。1957 年秋,我考入北大哲学系,当时我还不晓得自己走上哲学专业之路的"引路人"和未曾谋面的启蒙老师——冯定教授已经调来北大。后来听了他给我们讲专题课和作大报告，特别是在下放黄村公社劳动锻炼期间听他讲解又红又专问题，见到了仰慕已久的冯定教授，我内心真有说不出的激动啊！他一点儿也没有大干部架子和大哲学家派头，为人是那么的平易朴实，真乃一介平民学者风范。他的讲话，同他写的书一样，深入浅出，风趣生动；既讲理，又讲事，以事说理，理在事中；平实深刻，入耳入脑，牢记心底，至今还鲜活如新，印象极深。

1962年夏，我即将毕业离校时，得知冯定教授要扩招一批研究生。我临时"抱佛脚"应试，本不抱"高攀"奢望，没想到还真被"录取"了。这一批一共招了五个研究生，北大除了我，还有徐荣庆同学，另外三人分别来自人大、武大和复旦，连同前一届的石仲泉和章玉钧同学，一共七位师兄弟，成为冯定老师在北大带的唯一一批研究生。头两年，冯定老师借鉴莫斯科大学哲学系培养哲学副博士研究生的培养计划，以之为范本，以唯物史观为专业方向，精心指导我们攻读30本马列哲学原著。在这两年里，我和徐荣庆等同学确实刻苦读了不少书，特别是用了半年多时间认真研读三卷《资本论》，尤其是其第一卷，不仅弥补了本科期间欠修政治经济学这门课的知识缺漏，而且从整体上深化了对马克思主义理论体系的理解和把握，从而为我们后来从事马哲史专业教学研究工作，打下较扎实的专业基础。但不料1964年10月，正当我们着手准备转入撰写学位论文的时候，一场"公开批冯"的厄运降临北大。首当其冲的是冯定老师，同时也殃及我们这几个他的"门生"。尤其令人痛心疾首，乃至让人终生悔莫当初的，就是当时"左"的政治压力，要我们这些"门生"进行颠倒是非的所谓"揭批"导师，强人所难地划清所谓"界限"。然后，就又把我们下放到京郊通县去参加所谓"四清"运动。到了1965年夏当我们从农村返校后，却又接高教部通知，我们还必须补做学位论文。但这时已不让冯定老师再指导我们进行论文写作了。只得由教研室主任谢龙老师代为指导、审阅我们的论文，并延至 1966 年 4 月论文也没答辩，就让我们毕业离校了。好在"公开批冯"后不久，就听人私下传说，冯定老师曾对师母说过："如果我的书和文章有缺点，欢迎任何人批评，但我决不做检讨英雄！"当我们这几个"门生"得知导师这句字字千钧、掷地有声的话时，内心暗自惊喜，无限钦佩！不久我就毕业分配到厦门大学工作，远离母校，此后再也没能见到冯定导师了。

2002 年 3 月初，接到谢龙老师来信说，今年是冯定教授百年华诞，要我抓紧写一篇较有学术性的纪念文章，并争取参加纪念冯定百年诞辰学术研讨会，在会上发言。于是，我整整用了一个多月时间，认真重读两卷本《冯定文集》，特别是其中占一半以上篇幅的三部人生哲学专著和 22 篇专门探讨人生观问题的论文，以冯定老师晚年总结他一生人生感悟的一句至理名言"人生就是不断进击"为题，赶写了一篇《冯定导师人生哲学思想初探》的纪念论文，对冯定老师在人生哲学思想研究方面的理论贡献及其思想特色进行初步探析。我于 2002 年 4 月 11 日凌晨赶写完稿，随即电传给谢龙老师。此文被编入《平凡的真理 非凡的求索——纪念冯定百年诞辰研究文集》，由北大出版社赶在纪念大会之前出版。2002 年 9 月 27 日，我和章玉钧、徐荣庆、于本源等同学特地返校参加"纪念冯定百年华诞大会"。当天下午我在会上发言的最后，还特地诵读了我写在纪念论文开篇的四句四言"手记"诗文。现抄录如下，再一次表达我对敬爱的冯定导师的崇敬和怀念之情，并与哲57 级同窗同学共勉之：

"冯定吾师，平民学者；青年导师，后学楷模。

平凡真理，非凡求索；做人问学，人生哲学。

不断进击，人生真谛；道德文章，人格风范。

导师教诲，牢记心底；哲人精神，常青不朽。"

——纪念冯定师百年华诞手记

北大生活记忆

李元庆

向往北大

20世纪50年代还在读中学的时候，北京大学就已经是我心中梦想的学府了。蔡元培先生开创的"科学、民主、自由、包容"的北大精神，以及在这种精神的熏陶下，北大学子那种"书生意气，挥斥方遒"的气质，那样风华正茂的激情，着实令人神往。同时，我高中毕业的那一年，全国掀起"向科学进军"的热潮，给了我们很大的鼓舞，因此我们所有的同学都有自己的志愿和抱负。而对于我来说，考入北大哲学系就被我定为自己的志愿。

1956年我高中毕业，当时首先面临参加留苏预备生的选拔。但留苏预备生必须参加理工科的高考，而我当时已经决定报考文史专业，理工科考试并无把握，只好放弃了。

接着就是飞行员的选拔。经过层层的选拔活动，众多参选者只留了三人，我便是其中一个。当时晋南专署招考飞行员办公室的负责人还亲自来找我，征求我的意见。我说按我的意向，还是想考大学。这位负责人告诉我说，晋南专署入选的飞行员中，学生党员只有我一个，所以应该要珍惜这次机会。这样，我就表示服从组织分配，于是我便回家休息准备。

这时其他同学都早已全力投入高考复习。我们当时整个高考复习时间也不过就两三个月，非常短暂。而我先是参加飞行员选拔，之后又回家休息了一段时间，所以几乎没有复习。可假期结束我回来准备报名进入航校的时候，领导才通知我说我竟落选了，什么原因我至今也闹不清楚。

在这种情况下，我一下陷入了一种很尴尬的境地。因为这时高考在即，我并没有进行高考复习，可学校的老师们却极力动员我参加高考，于是我只好在毫无准备的情况下，就这样走入考场。

之后不久便收到了北京政法学院的录取通知书，但我一心向往北大，特别是北大的哲学系，于是我便决定放弃进入北京政法学院读书的机会，想要复读，重新考取北大。

后来回忆，当时实在是冒险，也不仔细想万一考不上有什么后果。虽然自己也觉得冒了很大风险，可也真是年轻气盛，不晓得紧张，只是豁出去地留下来复读。那年的招生人数还大大缩减，老师同学包括家里的所有人都替我捏了一把汗。

第二年高考填报志愿的时候，我更是孤注一掷地只填了北京大学一所学校，哲学和经济学两个专业。结果几个月后，北京大学哲学系的录取通知书终于寄到了我手里。

这样，1957 年 9 月，我终于如愿以偿地成为了北大哲学系的学生。

风雨五春秋

1957 年 9 月 20 日左右开学，我乘火车到北京，一出站便看到了北大接站的校车，心情十分激动。从宿舍楼到报到处中间短短的路程里，就有很多有意思的东西。

那时校园里还可以看到很明显的"反右"运动的痕迹，到处都贴着大字报。有一些之前右派的代表横幅还写着"北大向何处去，中国向何处去，世界向何处去"之类的话。校园里的板报上有各种各样内容的大小字报，标题内容都非常有意思。每系都各自写着欢迎新生的言语。在哲学系的宿舍楼前，大大的横幅上写着"未来的哲学家欢迎您"。

那宿舍楼名字叫做"三十斋"，而我在最西边那间屋子里。同屋的同学中，有几位跟我一样是来自农村，因此大家见面十分亲切。站在我们屋那扇窗前往楼下看，一个个陌生的面孔，都充满着朝气。当时心里真是高兴，想着北大建校这么多年以来一直宣扬的"自由""民主"精神，想着自己可以与众多优秀的学子一起研究和学习，心里甚为自豪。

住下来以后，高年级同学不时地来和我们交谈，介绍北大的情况，其中还讲到了北大"一塔湖图"的掌故，让我们感到十分有趣，又很是自豪。所谓"一塔湖图"，就是说北大的未名湖畔有一座塔，还有一个全国藏书量第一的图书馆。

这一幕一幕的情景，一时间让我感到又是激动，又是新鲜。那时心里想着，在这个充满活力的校园里，我终于可以踏踏实实地做学问，实现我成为学者的梦想了。那时，心中着实对未来的大学生活充满憧憬。

然而从 1958 年"大跃进"开始，到 1959 年"反右倾"运动，我们大部分时间却都不在学校里。不是各种各样的运动，就是下乡。反倒是 1960 年以后，三年困难时期里，虽是会饿肚子，却终于能坐下来在学校读了两年书。

1958 年"大跃进"的时候，我们年级分在北京郊区大兴县黄村公社芦城大队。而我所在的二班则被分配在那里的康庄生产队。那段日子里，同学们赠我一个绰号——"老土"，甚至到现在还有老同学编了打油诗调侃我，说："远看像老农，近看李元庆。"这么些年过去，老同学叫起那时的绰号，大家哈哈一笑，感觉像一下子回到了那段峥嵘岁月。

当时之所以被大家送这个绰号，一方面因为我是从农村来的，跟有一些城市的同学比起来，衣着和生活习惯各方面都显得有点"土"。在北大这样的校园里，有着当时最新潮最活力的青年，而很多事情对于开始的我来说，的确感到很新鲜，因而显得很"洋"。在另一方面，其实是同学们对我的一种赞扬。我们这些农村来的孩子，曾经常年和土地打交道，身体结实健壮，劳动起来能吃苦。

在我们下乡期间，农田里的活计，无论是施农肥、割麦子，我都是干得很好的。一到秋天，红枣熟了，城里的孩子身体娇气，一吃枣要拉肚子，我却不怕。干活间歇，我就坐下来吃红枣、花生，非常起劲，很有意思。再说，所谓"老土"也就是意味着"头脑简单四肢发达"，想问题单纯，一门心思地钻进学术里，不去想别的。

我们班住进康庄村以后，曾经在我住的房东家的后面，搞过一个"放卫星"的高产试验田。记得当时把亩产指标定为360万斤。村里的老农惊讶地调侃说，他们祖祖辈辈的总产量都还没有那么多。若真能有那么个收成，真是多少代都吃不完了。为此就发动我们全班同学和当地老乡深翻地，多施肥。记得当时把土地挖了大约有一层楼房那么深。施肥呢，当时南方死了许多猪，运过来后，我们在试验田旁建了小化肥厂，把猪自制成肥料，掺着土，倒在地里面。

到小麦下种时，这亩试验田下了360斤种子，来年春天麦子返青时，这亩地里的麦子拥挤得实在不行，于是我们只得拿锄头隔开一点，刮掉一些。最后据说这亩田里收获了360斤麦子，老天有眼，总算把种子收回来了。

这期间，张春桥大肆鼓吹"破除资产阶级法权"。说是"东西有定价，财产分你我"这些凡是标有归属印记和价格标记的，都是资产阶级法权的烙印，必须要破除，才能一步迈入共产主义天堂。于是我们这些穷学生也闹了一出破除资产阶级法权的闹剧：大家把各自的私人物品都贡献出来，其实无非就是些牙膏、牙刷、毛巾、肥皂，这就算共产主义生活了。这场闹剧演出后，反倒引起我们老师的极度不安。他们担心自己的很多藏书，都是这些年用工资一本一本买来收藏起来的，交出来"共产"，实在舍不得。为此他们还检讨自己的思想落后于形势。现在想起来，真是滑稽可笑！

1959 年"反右倾"，我们还是分在了大兴县那里，叫做"狼垡大队"。这段的印象就不是很深了。

1960 年之后，开始了三年大饥荒。在学校的时候，每人一个月有 32 斤粮食，有些同学比较能吃，不到半个月就把 32 斤吃完了，下半个月，只好让其他同学帮忙才能度过。那时在食堂里，每次大家吃完饭，装大米稀饭的木头桶子里还会剩下一些，很多人就争先恐后地用勺子刮着吃。

那时我在团委宣传部做干事，看见燃在灯里的食用油，我用小刀子刮那些油来吃，没想到，一台小灯的灯油，竟给我吃光了。

五年的北大生活，每次想起来总是感慨万千。因为能进北大难度很大，当时同学中有很多是准备留苏的预备生，素质都很高。1957 年招生数量也少，所以我能和那些优秀的学子一起成为北大的学生，是很自豪的一件事。但是另外一方面，北大确实不像原来想象的那样"民主、自由、包容"。一直以来，我向往北大就是因为那些理念，高中毕业时，我的目标很明确：当一个真正的哲学家。但是这个愿望，在我在北大的这五年并没有实现。我原希望得到北京大学先进思想的真传，但这五年所走过的路并不是想象的样子。

我记得快毕业的时候，彭真讲话说：你们的主要任务是学习。当时听在耳里，心情很复杂。其实在学校前三年根本没有读书的机会。但在这五年中我有最大的两个收获，其一是坚定了我誓为学者进行学术研究的志向，这样的信念一直督促着我走到今天；其二，就是我在这五年中与同学们的深厚友谊。

师生情深

　　一般地说，人的一生最纯真最诚挚的友谊就是同学时代的，特别是中学和大学的同学友谊。一提起当年的同学，心中的感觉都是很激动、很亲切的。我同样是这样子。在北大五年，与同学之间的情感，是我最宝贵的财富之一。我们在北大共同生活的五年间，虽然经历了政治风雨的侵袭，但我们那种纯真诚挚的友情依然坚实如故。2007年我们57级同学在北京的聚会，就作了最好的说明。虽然我们别后接近半个世纪，都由风华正茂的年轻学子变成了白发苍苍的老人，但是大家一见面，依然焕发出朝气蓬勃的青春活力。

　　这其中，值得一提的是赵又春和张帼珍两位同学。大学五年间，他俩以莫须有的政治原因，长期受到不公正的待遇，但他们始终没有屈服，不渝地坚持自己的信念。时隔近半个世纪再一次见到他们，他们依然能精神焕发，滔滔不绝，在学术上也取得了优异的成就。在我看来，我感到这就是蕴藏在北大学子心中，代代相传的北大人精神。

　　这次57级同学聚会，见到了多年不曾会面的老同学，我感到无比高兴。记得当年进学校见到的第一位同学，就是把我从新生报到处领回宿舍的杨克明。他当时是南京海军的调干生，第一次见面还穿着海军服。在之后的五年乃至以后的多年，我们成了亲密无间的好朋友，他在各方面都给我以兄长般的关照。1958年下乡期间，我俩还曾一起调往黄村公社工作了一段时间。毕业以后的"文化大革命"期间，还曾一起外出串联。多年来，我们还一直保持着联系。

　　还有朝鲜族出身的李明权，土家族出身的向延光，他们也都曾给我兄长般的关照。还有我们的小弟王崇焕，曾经是那样一位朝气蓬勃的青年，这次聚会，他成为我们新任命的班长，虽然已年近七旬、白发苍苍，却依然那样有朝气。还有我们的十分幽默的李志平同学，特别擅长模仿冯教授的河南口音，每次把我们逗得哈哈笑，他却若无其事，特别有意思。陆学艺是我们57级同学中唯一一位荣任中国社会科学院荣誉学部委员的学者，是我们年级的骄傲。

在2007年的这次聚会，我们又回到当年下乡办公社的芦城和康庄，拜访了当年和我们一起工作的老乡亲，仿佛又回到了近半个世纪以前。

想着北大的这些老同学，心里面的感觉很不同。希望我们的同学情谊永世长存。而提起老师，心里的感觉就更是振奋了。

我之所以那样向往北大，从根本上说是由于"北大精神"对我的鼓舞和强劲的引力。而我所敬仰的那些老师们，从马寅初老校长到当年教育我们的教师群体，正是北大精神的承载者和传承者。我记得当年清华的梅校长曾把大学界定为"大师之学"，因为这里是培养和造就大师的园地和平台。北大之所以能成为中国最著名的高等学府之一，就是因为这里培养了一代一代承载着北大精神的学者们。

虽然在我进入北大之前还没有亲眼见到过这些老师们，但对他们的崇敬已经成为我考取北大的一股强大的精神动力。而后来亲自领受他们的教诲，更是让我懂得了很多人生的意义。

说起老师，第一个想起的，就是我最敬仰的马寅初老校长。记得当时北大校园里曾经贴满了批判马寅初校长的大字报。原来是因为他的"新人口论"，提出了我们国家那时已经有物质财富的增长与人口增长的不平衡，从而产生的人口压力，所以提倡要有计划的生育，因而被批判。

我印象最深刻的是当年康生的说法："听说你们北大出了个'新人口论'，作者也姓马，这是哪家的马啊？是马克思的马吗？是马尔萨斯的马吗？"从此《新人口论》成了"马尔萨斯在中国的翻版"，马寅初由一个进步的民主战士、正直的爱国者，变成了中国的马尔萨斯！

马寅初生性不唯上、不惧压，老朽之年接下了毛泽东下的战书。他公开宣称，"为了国家和真理，我不怕孤立，不怕批斗，不怕冷水浇，

不怕油锅炸，不怕撤职坐牢，更不怕死……无论在什么情况下，我都要坚持我的人口理论。"

后来，周恩来总理找他谈话，说："马老啊，你比我年长16岁，你的道德学问，我是一向尊为师长的。1938年你我在重庆相识，成了忘年之交，整整有20年了啊。人生能有几个20年呢。这次，你就应我一个请求，写一份深刻的检讨。检讨了，你好，我好，大家好，也算是过了社会主义这一关，如何？"而马老在友人和真理面前，选择了真理。他对周总理说："吾爱吾友，吾更爱真理。为了国家和真理，应该检讨的不是我马寅初！"后来，马寅初写了《重述我的请求》一文，严正声明："我对我的理论有相当的把握，不能不坚持，学术的尊严不能不维护。我虽年近80，明知寡不敌众，自当单枪匹马出来应战，直到战死为止，决不向专以力压服、不以理说服的那种批判者投降！"马寅初老校长那种为了真理的铮铮铁骨，不惧孤立，可以单枪匹马，直到战死为止的豪迈气概，令我崇敬不已，也一直激励着我的人生。在我看来，马老那种高贵的品格，就是北大精神的集中体现。

再下来就是我终生景仰的冯友兰老先生。冯先生是中国哲学史学科的开拓者之一，当年我们的中国哲学史就是冯先生给我们讲课，令我们终生受益匪浅。

冯先生不仅学识渊博，而且非常风趣。记得在课堂上，他曾操着河南口音，给我们讲过一个笑话。说是有一位学者因为写不出文章而犯难，回到家里坐立不安，走来走去，显得非常着急。他的妻子在一旁看见，就问他："有什么事情把你难成这样？"他回答说："我文章写不出来，真难啊！"妻子就跟他说："你写文章再怎样难，难道能比我们女人家生孩子难吗？"他就对妻子说："你不知道，这个是比你们女人家生孩子难，因为你们女人家生孩子再难肚子里还有货，可我肚子里没货呀。"讲到这里，大家都开怀大笑。

然而令人不可思议的是，当时在校园里掀起的那股所谓"教育革

114

命"的风潮里，我们敬仰的冯老先生竟然也遭到学生们的批判。我记得我们在哲学系的大教室里批判冯先生的时候，面对同学们滔滔不绝的发言，冯老先生只在台上笑眯眯地看着我们，看一群天真而又无知的孩子们胡闹，也不生气。现在回忆起来，那时我们真是年少轻狂，不知天高地厚。

2007 年我们 57 级同学聚会的时候，我们又有幸拜见了当年尊敬的一些老师，其中有我们当年的班主任黄枬森先生，还有我当年毕业论文的指导教师张世英先生，以及谢龙、赵光武、颜品忠等老师们。他们虽然已经年逾八旬，但身体依然很健康。师生们多年未见，再次会面，心情都十分激动。

走出北大

1962 年北大毕业后，我考取了中国科学院哲学社会科学部（即现在的中国社会科学院）哲学研究所中国逻辑史专业的研究生，从此走出了北大。直到 1976 年调回家乡前，这 14 年的人生历程便是伴随着国家一步步陷入灾难的深渊而过来的。

除了最初读了半年书，紧接着便卷入批判杨献珍、冯定哲学思想的浪潮。当时我所在的哲学研究所更是被康生指责为"简直成了不食人间烟火的地方"。他极力鼓动理论工作者要下乡"滚泥巴"。

1964 年秋至 1966 年夏两年间，哲学所全体人员先后被拉到湖北、江西参加农村"四清"运动。当江西"四清"运动接近尾声时，中央人民广播电台播发了北大点燃"文化大革命"烈火的大字报。从此，中华民族陷入"十年浩劫"的灾难深渊。

期间，学部全体人员曾被拉向河南信阳地区"五七干校"进行劳动改造。与此同时，不断听到传言，说学部除考古、近代两个所以外，其余即将解散。于是我们这些正值年壮的"五七战士"又打起了掌握

一门糊口本领的主意，有的学针灸，有的学修表。我配合干校建营房，学做木工。从干校回到北京后，1976 年 5 月初，每月的五六十元工资还不够在农村的老婆孩子买高价粮，迫于个人生计，无奈只得调回山西运城地委"五七干校"任理论教员。

就在这一年，神州大地"于无声处听惊雷"。随着"四人帮"的倒台，共和国获得新生。在往后两年，随着党的十一届三中全会的召开，学术劫后复苏。直到这时，我二十多年前进入北大时曾经立下的走学者做学术研究之路的人生志趣，才逐渐露出了端倪。也就在此时，我却已经开始向着"知天命"之年迈步了。二十余年的人生岁月就这样肥皂泡似的崩散了。哈哈，真可叹！

（此文系由孙女晓迪根据爷爷口述执笔撰成。）

附记：

春峰、荣庆二位，元旦迄今，我一直患病住院，适逢上大学的孙女寒假归来，遂由她代替本人完成文稿。故从文字表述到文笔语调略显粗糙稚嫩，敬请两位主编同学多多费神，不吝斧正。

谨呈。

有梦相随

林鸿复

上学记

"北京大学，北京大学！"母亲肩上挑着在集市上刚售完菜的大箩筐，手上摇晃着邮件，从村边老远就对我重复地说。村民怕我听不清，主动当了传达员。顿时，我意识到："被北大录取了。母亲，我没令您失望！"但接着，首先想到的不是一种能进全国最高学府的荣耀，而是觉得很快要同我弟弟分开，一片茫然。因为，读高三时，父亲在印度尼西亚去世，家境甚难，靠母亲一人种田，照顾我和三个小弟。我认为，高中毕业后应该去工作。但学校老师、农村工作组力劝我考大学，"国家建设需要人才"。母亲更说："你一定要去考，全家就看你这朵五色云！"说来也巧，"五七"年的高考作文题目是：我的母亲。从解题、立论、组织、铺陈到下笔，一气呵成，点出我的母亲既具中国劳动妇女的共性，又有自己独特的个性，云云，十分痛快。也许这篇作文取得较高分数，推助我进了北大。

"五色云彩"，是母亲的寄望，也是我对未来的憧憬。抱着"为人民服务，替祖国争光"的朴实志向，坐了三天两夜的火车，走上八年半的北大学子生涯。

我在印度尼西亚万隆出生，向往新中国，于 1952 年 6 月，乘了六

天六夜的"芝万宜"号客轮，回国升学。求学期间，祖国对爱国、向上的侨生是关怀和爱护的。是年，我考上福州大学附属中学，《福建日报》专门作了报导。1962 年，考上北京大学数理逻辑专业研究生，中国新闻社也向香港发了消息。虽然，"海外关系"似无形绳索束缚着侨生们的发展，而带出各式各样的唏嘘和感慨，但只要有梦相随，努力奋斗，必不负于社会，亦不枉此生。

两位马老

1957 年 9 月中旬，在 57 级的全校迎新会上，个子不高、活力十足、声音洪亮的校长马寅初，致欢迎辞。他没有官腔，也没有条条或本本主义，操着浓浓的浙江口音，一开始就自我介绍："兄弟我，马寅初，浙江人……"在那轰轰烈烈的年代，有这几句与众不同的开场白入耳，便很凝神地听下去。"欢迎你们到北大来，学好本领将来为人民服务。"讲着，讲着，拿起讲台上的热水瓶，抱在身上，说："这个暖壶也有阶级性。学校和机关的暖壶，外壳用铁皮做的。农民在地里用的暖壶，外壳是以竹子编的，便宜，轻便，又不容易翻倒。"他想跟上时代，用了"阶级性"一词，但讲的不是阶级斗争，而是凡事要从老百姓着想。他又说："在学校，也要锻炼身体。我每天都洗冷水澡和运动，从不间断，所以不容易感冒，身体健康。""洗冷水澡"成了许多北大学子磨炼身心的方法。我也效法了一阵子。早上起床后洗个冷水澡，果然精神爽利。冬令时分，从澡堂回宿舍，根根发梢结冰似刺猬，不觉寒冷，反而乐在其中。可是，有时上课会打瞌睡。究其原因，是体能消耗大而营养补充不足。以学业为重，我放弃了"冷水澡"。但同侪之中，有坚持数十年者，可圈可点。

马老演讲的大饭厅，是用膳、开会、各类大型文艺演出的地方。饭厅前端墙壁，便是许多历史性大字报的张贴地。大饭厅，真是风云际会场所。1958 年，马老以"人口论"相谏，招来了"人手论"的极大压力，被冠上"马尔萨斯人口论"的帽子。哲学系有人在这"际会"，在墙上贴大字报，质问："马老到底是哪一个马家？"过了几天，我看到同一个地方出现署名"马寅初"的《我的大字报》："如果有人说我是马尔萨斯，我就说他不是马克思。"正气凛然。马校长的学说，"先天下之忧而忧"，不挠的骨气，是中国知识分子的宝贵遗产。

不久，偶遇另一位马老——清华大学体育教研室主任马约翰教授，第一任中国奥委会主席。毛泽东说他是"全中国最健康的人"。1957 年 12 月初的一个周日，几位同学相约在颐和园门前广场聚会。忽然，我看到：左前方，一位年届花甲、头发斑白而精神抖擞的长者，骑自行车迅速驰来。一眼就认出这是马约翰教授，我趋前问候。"你们是北大的！"看了我们的校徽，他说。当年我不到 18 岁，已经穿了大衣。有的同学穿着棉衣裤。马老的上身，薄运动衣套上棉毛背心，袖子卷起，运动裤脚束到小腿以上，外露小腿以下穿着短袜、运动鞋。我惊讶地问："马老，您怎样保持身体这样健康？""一个字：动！"他的话落地有声。好一个"动"字，道出了多少健康、学习、人生以至社会发展的无穷哲理！

三十三个半教授

我们入学时，经院、系调整后的哲学系拥有三十三个半教授，师资力量雄厚。

在全系迎新大会上，同学们要求老教授讲故事。冯友兰先生被公推先讲。他不慌不忙地说："有双胞胎两兄弟，十分相像。一天，他们一道去游泳，结果淹死了一个。没有被淹死的一个急忙跑回来告诉母亲，'淹死了，淹死了！'母亲忙问，'谁淹死了？'儿子答，'不知道淹死的是他还是我！'"哄然大笑声在哲学楼大教室内响起。当下我也觉得很

有味道，后来才明白其中涉及语言逻辑的层次称谓问题。

系主任郑昕教授讲了另一个故事："一天，一个人的朋友来家作客。主人对客人说：'今天我要请你吃很好吃的烧鹅。'客人等了许久不见动静，便问：'烧鹅呢？'主人答：'就在你的脑子里！你没有感觉到你概念的烧鹅吗？你吃你概念的烧鹅！'"一些人鼓掌，但我笑不出来。郑主任借喻批判主（客）观唯心主义，用心良苦。

如何读书和做学问？一次，冯先生在生物楼大教室讲道："过去母亲喂孩子，先把饭自己咀嚼后，再拿给孩子吃，担心小孩消化和吸收不了。现在，你们都长大了，还愿意这样喂食吗？要读原著，看经典。""游颐和园，先看游览图，知道大概方位。但如果不实地进去走一走，看一看，就不算游了颐和园。读书也是这样。"例子浅显，寓意深刻，受用一生。对于别人的学术批评或批判，未见他动容或动怒。在讲"中国哲学史史料学"时，他顺便提及："有人说我偏爱唯心论者郭象，因为他是河南人；不喜欢唯物论者向秀。他不知道原来向秀也是河南人！""街上有位算命先生要用八卦给我批命，结果他演绎错了。他不知道我也懂八卦。"接着，他讲了"否极泰来"等卦、爻的演绎道理。相比之下，关锋的风格不敢恭维。在一次讲授孔子的中心学说是"仁"时，他劈头就说："今天，人家（指冯友兰先生）可以在政协礼堂讲，我们只能在这里讲。"当下，我脑子闪过，"来北大讲课难道就小觑你了？"

大学四年级的选修课，我选了逻辑教研室主任王宪钧教授的"数理逻辑"。在一次课间小休时，我问王先生："刚才黑板上演算中有个符号是否写错了？"他眯眼微笑，点了两下头说："是的。"我感到这是一位治学严谨而又十分亲切、敬业的导师。后来，当了他的研究生。他治学有道，认真引路，对"数理逻辑"学科在我国的建立和传播作了许多基础性的贡献。1962年11月，北大校刊发表我署名的彰扬王先生的文章，实际上是程为昭老师采访我后写成的。

"专就是红"

北大的学生要走什么道路？本来是要"向科学进军"，入学不久却展开了"红专大辩论"。有主张"先红后专"，激昂高亢。有主张"先专后红"，声音懦弱。多数人赞成"又红又专"。但我一直搞不清"红"的标准是什么？是进了组织，还是（刘少奇的）《修养》学得好，或者其他。于是乎我提出"专就是红"的怪论。理由是，哲学系要求学生成为马克思主义哲学工作者，而马克思主义是党和国家的指导思想，既然这个专业学懂了，通过了，岂不是也"红"了。没有人同意，也没有人驳倒这个观点。因为我还不是"白专典型"，没有被批判。

时过半世纪，2007年10月，四位从北大、清华和上海交大毕业的中学同窗聚会。一位担任过重要领导工作的同窗说："如果当年没有那么多政治运动，有更多时间做学问，可能我们对国家贡献更大。"甚为中肯。

芦城故事

人，不能揪住自己头发拔离地球。1958年开始的"大跃进"，一切政治挂帅，处于半疯狂状态。之所以没有完全癫了，是因为脑子里确有改变国家"一穷二白"面貌的愿望；不过，做起来就神魂颠倒了。此时，全系师生都到大兴县黄村人民公社"锻炼"，我们年级在芦城大队。

和老乡"同吃，同住，同劳动"，专业长进不大，但农民和干部的朴实、勤劳、刻苦和善良，以及对我个人意志之砥砺，使我获益良多。东芦城的陈人爷是我的联系户，知道我得重感冒并长咳后，就叫其子和女（13～14岁）到村边京津铁路沿线去扫火车喷出未燃尽的煤屑，经筛选制成煤球，替我熬药，还嘱我定时服下。一天下午，我在岗北铁路旁，看到他女儿陈维俊在清冽寒风中扫煤屑，两手冻得通红，心中不忍。一星期后，病痊愈了，留下永久的感念。为此，曾在日记中写下："纯朴农村姑，相会岗北路，不能手相携，但愿永相顾。"在此后的"交心运动"中，一位学长看过这本日记。同窗中有识之士以芦城为基地，长期联络、考察和研究，终于演绎出有关中国农村改革和中国社会各阶层分析的重要理论。

"三面红旗"飘扬中，芦城办起"红专大学"，约我当中文和数学老师。我认真备课。学员多是年轻干部或会计。张世英先生为了帮助我也来听课。农民很需要提高文化，他们也努力学习。可惜各种运动应接不暇，不到两个月在师生合影后依依不舍地各奔前程了。

印象很深的一堂课，是驻附近的北京卫戍部队炮兵连指导员讲的。他说，要建立良好军民关系，就要了解他们，帮助他们。介绍了"春雨惊春清谷天，夏芒满夏暑相连"的"廿四节气歌"，说明原义和运用，有理有据。我一直牢记，并把它当做中国传统科学文化的一部分，向外国人推荐。也传给下一代，剖析其中丰富的内涵。

哲学系的教授和老师们稍后也跟着下乡了，惹来许多村民和小孩围观。"那个大脑袋，留着长胡须的，一定有大学问。"指的是学者风范的冯友兰先生。还有任华、熊伟、张岱年、齐良骥、黄枬森、张世英等等，和我们分别同住老乡家，但不同吃、不同劳动，区别对待。冯先生在一次小组会上对闹失眠症的"大个子"同学孙实明说："可以练气功，帮助入睡。"听过希特勒演讲的熊伟教授，和我同住。他因便秘如厕时间长，我有时要等他。有人提醒我，"不要太迁就"。本人不以为意。无论在何处，57级的师生关系是融洽的。

"天外生灵"

尽管那个年代政治运动无休止，耗费诸多宝贵时间和精力，但北大终究是根深叶茂的学府，只要潜心向学，择善取纳，就必有所得。

上完大学一年级，我提出一个猜想命题："宇宙间必有类似人的生灵存在。"理由是：宇宙是无限的，运动的。微观世界可无穷分割，宏观世界可无限延伸。人类在地球上的出现和发展，不过是宇宙发展时间长河中极短的一瞬，不是宇宙生灵的唯一独种和顶峰。此"梦"至今一直萦绕不去。太空高科技的争相探索，可否圆"梦"?!

大学的毕业论文是：《论逻辑和历史的一致性》。当时认为，这是有意义的理论和研究方法题目，而且与黑格尔、马克思的"否定之否定"定律有相通之处。指导老师孔繁比我们早两三期毕业。他态度诚恳，同意文中论点。最后说："你还写了作毕业论文的体会。"我即意识到，这是指出行文不合体例。他没有严词，有的是提示和鼓励。北大老师多是学养有成、诲人不倦、循循善诱之士。这是"五七"学子的造化和幸运。

善哉，"五七"精神！

我们的同学来自五湖四海，在投入紧张的五年大学生活之后又各分东西，时光流逝到 2007 年，为何还如此深情怀念那一段同窗脈足的日子？我想，重要原因之一是，班级集体的骨干比较诚心、团结和奋进。记得贾信德说过："自己没什么，但同学们都不简单，各有本事。"徐荣庆说："我比较低调，希望同学各方面都好。"有一颗永不言休头颅的陆学艺，时刻都在探索真理，住在校医院里还研究秦始皇。曾同室而寝、模仿力很强、玉树临风的李志平，肚里自有乾坤，等等，不一而列。正是大家不自觉或自觉地继承了北大"科学，民主，开拓"的传统，才有今日 57 级之丰硕而生动的回顾，才可地久天长，或永昭示后来人。善哉，"五七"精神！

我的大学生活

戴祺

随着岁月的流逝，大学生活在我的脑海里似乎越来越模糊。这可能跟我中学时代得了比较严重的神经衰弱所留下的后遗症有关，不像一些老同学对大学生活的许多具体细节都记得清清楚楚，说得栩栩如生。然而，不管怎么淡忘，有两样东西是始终忘不了的，那就是磨炼和友情。

我出生在城市的赤贫家庭。太平洋战争爆发后，日寇占领上海，我家被洗劫一空。不久父亲也病逝了，留下大字不识一个的母亲，依靠替人洗衣、帮佣、摆小摊，拉着我在生存线上挣扎。新中国成立后，我才有机会靠着国家的助学金上完中学，最后考入了早些时候连做梦也没想到的、被誉为中国最高学府的北京大学。大学生活与以前比较，相同的是仍未摆脱贫困；不同的是离开了家，离开了我所依赖的母亲，开始了独立生活。这种独立生活加上贫穷，对我来说，无疑是一种磨炼。

在大学里，我享受的是甲等助学金，每月 12.5 元，外加 4 元零用。由于母亲自己的生存都有问题，不可能对我有任何支援；那时也不像现在的大学生，可以学余打工自救。因此 16.5 元成了我全部生活的经济来源。我要用它来吃饭、买日用必需品、买书、置衣，还要尽可能省些钱出来，作为回家探亲的路费。

那时，伙食费是我生活中最大的一笔开支。为了尽可能省钱，我不得不在伙食费上打算盘。每顿饭尽可能只吃便宜的素菜，后来发现这样也不行，就每次只打半份素菜。大饭厅的师傅们很好，他们从不歧视我们这些打半份菜的穷学生，有时还同情地多打些给我们。大概是长期缺油水，后来感到定量也不够吃了，只好申请进入"包伙区"。所谓"包伙区"是指在那个粮食定量的年代里，学校在大饭厅一端专为定量不够吃的"大肚子"学生设立的一个地方。吃包伙的同学凭卡进入，副食自备，主食管饱。吃饭以外的日常事务，如洗衣被、缝补衣被等，只好自己学着动手。

书，对大学生来说是不可缺少的。我买不起，只好尽量从学校图书馆借阅。有些实在要自备的，也尽量先到旧书店去找。当时北京的旧书店并不多，记得东四有个较大的旧书店，有时就从海淀步行去东四选购。我至今还保存着一套《列宁选集》，就是从东四旧书店买到的。那套书的纸张和装订都很粗糙，我却如获至宝，因为这是哲学系学生必备的。

北京是一个文化古城，那里的名胜古迹对我同样具有巨大吸引力。没有钱，就利用节假日，与同学一起自带干粮和水，进行徒步旅行。有一次，为了节省进香山公园的门票，我们几个同学硬是从公园墙外的山间小道往上爬，到了山顶才跃进公园。记得毕业后等分配那段时间，我和常治兴两人，又采取这种基本徒步、少量坐车的办法，重游了一遍重点名胜，算是我们赴疆前在古都留下的最后脚印。

寒暑假是最难过的，大部分同学都回家了，我没钱，只好与少数几个同学一起留在学校，心里有说不出的滋味。想到母亲连自己的生存都十分艰难，决不能再增加她的负担。因此，我订了一个计划，每两年回家一次。在这段时间里，千方百计地积攒够往返的路费，存够自己的生活费。每次回家都坐慢车，坐硬座，自带干粮。1959 年暑假那次回家，在徐州等换车，好不容易下决心在车站边上的小面馆里吃碗面条，谁知刚吃两口，来了一个行乞的，往我碗里吐了一口唾沫，见我犹豫了，就伸手把面条倒到他那碗里。当时只见徐州车站到处有行乞的，后来回到学校，才知道三年困难时期已经开始。

在我们那个年代，集体主义是社会的主旋律，我们那个班集体也不例外。一方面，囿于那个年代，在政治思想上不可避免地存在着"左"的氛围；另一方面，却也不乏同学之间的友情。因此，我很穷，但并不孤独。友谊始终在我身边，支持着我的生活和学业。

可能是从小缺少营养，我的脚后跟经常干裂，特别是入冬后，形成一条条裂缝，有的还带血丝，疼痛难忍，至今未根治。不过现在生活好了，加上每晚洗完脚后就抹上油脂，因此干裂缓解了许多。然而，当时不行，连买油脂的能力都没有，只有听之任之，夜深人静时更觉难忍。每当这时，同室的赵大哥总会伸出援手，有时用他的油脂给我抹脚，有时用卫生胶布帮我贴在脚后跟上，大大缓解了疼痛。"赵大哥"是赵毅同学的尊称。这位东北大汉为人豪爽坦诚，刀子嘴豆腐心，肯帮助人，再加上年龄比我们大，许多年轻的同学都叫他"赵大哥"。他对我的帮助很多，上面只是其中一例。

有一次，我们去十三陵北京大学分校修支线铁路，住地离工地大约五里路，每天早起晚归，不慎把饭票丢了。我们干的是体力活，许多同学都感到定量不够吃，到哪里去弄饭票呢？我着急得很。常治兴同学知道此事后，毫不犹豫地把自己的饭票分了一部分给我。其实他的饭票也很紧张，我看到他同我一样，每顿饭都以多吃菜来补足。常治兴是我在班上最亲近的同学之一。他沉着乐观，平易近人。特别是后来他担任团支书后，我们的接触更多了，在思想上他给过我很多帮助，毕业后我们又一起去了新疆生产建设兵团。说实话，我从来没有去过那么遥远的地方，当时听人说那里冰天雪地，撒尿就会立即冻成冰柱，心里实在没有底。幸好常治兴与我同行，他是东北人，懂得许多防寒知识，从做准备工作起一直带着我教着我，确实给了我很大信心。

更值得提到的一件事是，1958 年去大兴县农村参加公社化运动期间，突然接到母亲的来信，说她已无法生存下去，求我立即退学回沪参加工作。这简直是晴天霹雳。我知道母亲是一位非常坚强的女性，不是非不得已是不会对我提出这样要求的。我怎么办？退学还是继续学业？我陷入了艰难的抉择，痛苦万分。许多同学知道了，都立即来安慰我鼓励我，帮我分析情况，寻找出路。尤其是霍方雷同学还从自己的生活费中拿出一些钱来，让我寄回家。这些钱虽然不多，对母亲却是个很大的安慰，让她看到了希望和坚定了我继续学业的决心。同学们的帮助，影响着我这一辈子的人生去向。我想象不出，当时真的退学的话，现在的我将是个什么样子。

这样大大小小的友情之作还有很多。对于同学们的帮助，我无以回报，却永远铭刻在心。

五年的大学生活，艰难对我来说是一种磨炼，友谊则给了我信心，这都为我毕业后去新疆工作打下了很好的基础。在边疆那些岁月里，尽管环境复杂，生活艰苦单调，我还是走过来了。因为大学生活已经化为一种精神，融入了我的血液。

岁月如流

常治兴

　　北大哲学系五年的学习生活，奠定了我的人生目标和奋斗方向。迈入向往已久的高等学府，和几十位优秀同窗朝夕相处，接受诸多名师传道授业，参加了无数丰富多彩的活动，经历了许许多多历史性的事件。至今回忆起来，犹历历在目。

　　在校学习这些年，使我这个几乎是一无所知的学生，初步学得了在别人眼里十分深奥的哲学理论，接受并初步形成了正确的世界观和人生观，形成了比较坚定的人生信念和理想。我们的学习，不是单纯的听课与闭门读书，而是开放式的切磋、交流、讨论。特别是在那些特殊的年代，政治运动、教育革命，把课堂搬到黄村、搬到康庄，接触工农兵，等等，不论从哪个角度来看，都极大地丰富了我的知识和经历。在许多进步同学的帮助和鼓励下，自己主动积极地投身到学校、系里和班级的各项活动中去，自觉地接受锻炼和考验，实现了从中学起就立下的心愿：加入了伟大光荣正确的中国共产党。这是我上北大五年学习中的最大收获，也是我人生经历中的重大转折。毕业临近的时候，年级里组织了一次访问活动，指派李发起和我去拜访杨献珍老。那天，我们在汤一介先生的引领下，来到中共中央党校杨老的家里。杨老非常热情地接待了我们。时任中央党校副校长的杨老，身体很好，精神矍铄，十分健谈。当时哲学界正在进行着"思维和存在是否有同一性"的大讨论，杨老是反对思维和存在有同一性的。杨老对此并不避讳，一见面就问我们的看法。当他听说我们是赞成有同一性的观点时，便显得有些激动，给我们讲了一大篇唯物主义的道理。我们默默听着，没有提问，也没有争论。汤先生适时地引开话题，对杨老说："他们今年就要毕业了，今天来拜访您，希望能从哲学前辈这里得到一些有益的教诲和忠告。"于是杨老又重新打开了话匣子，滔滔不绝地谈了起来，语调高昂，充满了热情和期望。杨老嘱咐的大意是：你们学的马列主义哲学，最大的特点是来源于实践，又服务于实践。理论联系实际是我党的三大作风之一，坐在书斋里是学不到马列主义的，还是要到基层去接触实际，接触群众。革命和建设的伟大实践，才是理论的源泉。你们学习了书本理论，一定要到实践中去经受锻炼和考验。半天的拜访很快就过去了。回到学校后年级里专门开了一次会议，听取了我们两人的汇报。这次拜访给我留下了极其深刻的印象，对我毕业后的去向产生了巨大的影响。在拜访中，聆听杨老的教诲时，我做了比较详细的记录，也很珍惜它。可是后来这个记录本竟不知遗失到哪里去了，至今都觉得十分惋惜。

难忘难舍的五年很快就过去了。毕业来临之际，大家都十分关心分配问题，考虑着个人的志向选择。那时我已下定决心，服从组织的安排，到比较艰苦的地方去，到基层单位去，到实际工作中去磨炼自己，以回报党和国家对我的多年培养和教育。分配方案公布之后，知道新疆有四个名额，我就毫不犹豫地选择了新疆。当时我家在哈尔滨，主要亲人都在那里生活。分配方案中也有哈尔滨的名额，但我没有考虑，我觉得到新疆更符合我的理想和志向。在酝酿的过程中，戴祺的考虑和选择与我一样。于是我们俩就不断地沟通和商量，早早地就把志愿填好，报给了组织。当时除了考研的同学留在学校备考外，其他已填报好志愿的同学就可以回家休息，在规定的时间内返校领取报到通知。我和戴祺两人心里都不太踏实，怕生事故，于是商量决定先不回家，就在学校等通知。系里负责毕业分配的是任宁芬老师，她的家就在校内，未名湖畔。

我和戴祺就每隔几天去她家里拜访一次，探问音讯，申诉决心。她总是安慰我们，要耐心等待，要有两种准备。越是这样说，我们心里就越不踏实，去得就越勤。后来几乎每天都去一次。终于有一天，任宁芬老师告诉我们，方案已经定下来了，我们两人都去新疆。悬着的心终于放下了，激动之情难于言表。当时在学生会工作的霍方雷约我写一篇稿子，说说是如何选择去新疆的。老实说，那时我真的写不好文章，只好硬着头皮把自己内心的真实想法杂乱无章地摆了出来，起了个名字就叫《我的志愿》。后来这个东西登在了校刊小报上。分配确定之后，我和戴祺就决定回家去探望和告别，约好在国庆节前返回学校。当我们回校之后，得知包纪耀和戴凤岐两位同学已经先期赴疆了。我们在北京度过了最后一个国庆节，和在校的同学恋恋不舍地话别，于1962年10月下旬登上了西去的列车，奔向了心中向往已久的遥远的西北边疆。

当我们重新聚首校园之时，时光老人已经走过了半个世纪。当年的英俊青年都已垂垂老矣。回忆起五年的同窗生活，依然是那样鲜明，那样生动，那样亲切！

当初我们四个来到新疆的同学，都分在生产建设兵团。包纪耀在兵团宣传部理论处，戴凤岐在兵团财经学校从事理论教学，地址在石河子，戴祺在兵团农七师报社（奎屯），我在农一师宣教科。大家都在各自的岗位努力工作，尽职尽责。他们三位在北疆，我在南疆，相距千余里，相互极少见面。"十年动乱"都经历了很大的变故，戴凤岐竟到了农二师24团的一个连队（在南疆焉耆县）去当起了火头军（司务长）！但同学之间的情谊依然如故，信念依然如故。包纪耀（我们都称呼他为"阿包"）后来调到了自治区党委宣传部，不久又转而调到了自治区党委办公厅，很快就成了工作骨干。由于积劳成疾，不幸染上了不治之症，经历了长期的痛苦磨难，于1997年春天，刚到耳顺之年的生日，就离我们而去，令人万分痛心，欲哭无泪。大家在送他的挽幛上写道：

"阿包，老同学想念你！"他是被工作累垮的，做到了鞠躬尽瘁，死而后已，走得太早了。我们都为有这样的老同学和好朋友而骄傲。戴祺由于爱人的身体实在不能适应这里的恶劣气候而疾病缠身，才在20世纪80年代初迫不得已离开了新疆，回到了爱人的家乡四川。但我们深知他的心，他的情感仍然留在这片广漠大地上。

从20世纪80年代起，我和沙枫（戴凤岐）走到了一个单位——兵团党校。我们共同经历了学校的艰苦创建、快速发展和教学转型。他一调入学校就成为教学骨干、科研骨干和学科学术带头人，不久又进入了学校的领导班子，为学校发展建设，为兵团的社会科学和理论建设作出了很大的贡献。个人在学术研究上也取得了可喜的成果。退休之后仍然在为学校的建设操劳着。他爱人很早就回到了上海，孩子也在上海工作并安家落户，他却一直坚守在五家渠。直到2007年，北京老同学聚会之后，他才返回上海和家人团聚，去弥补缺失已久的做好丈夫、父亲和爷爷的义务！前苏联作家奥斯特洛夫斯基在小说《钢铁是怎样炼成的》中有这样的一段名言："人最宝贵的是生命，它给予我们只有一次。人的生命应当这样度过，当他回首往事时，不因虚度年华而悔恨，也不因碌碌无为而羞耻……"回首半个世纪经历，可以说，我们来到新疆的四位同学，把自己的全部青春和毕生精力都献给了祖国的边疆建设大业，献给了兵团的建设大业。我们忠实地履行了毕业誓言，无怨无悔，没有愧对北京大学的优良传统，没有辜负老师和同学的殷切期望。

2006年8月，我在自己七十周岁生日时，写了几句感怀。兹录于下：

出生黑土地，求学入京华。

报国离家远，慷慨向天涯。

日月催白驹，镜中映雪花。

世殊惊回首，彷徨望新芽。

　　阿包走了 15 年了，心中时时在想念他，老朋友在一起也常常说起他，觉得十分可惜。

　　我们一同来新疆的同学，咱们年级四位；1963 年 63 届又来了四位，他们是傅达生、何丙济、唐世民和郑士勇；61 届一位是赵子祥。这些都是哲学系的。赵在兵团政干校，后来到自治区党委宣传部讲师团。傅在自治区人民政府办公厅，后到自治区人大任办公厅主任。何、唐二位在自治区社科院宗教所，后来何到自治区地方志任主任。郑士勇任兵团农六师 105 团副团长。20 世纪 80 年代以后大家都聚在了乌鲁木齐市及其附近，在一起的时间相对就多了。阿包和傅达生处在首脑机关，自然就成了核心。节假日里相互经常走动，关系比较密切。大家都是真诚相待，亲如兄弟。一帮子书生气十足的兄弟，世俗味很淡，使大家能常聚不散。

　　有一年，王文钦的女儿（大学毕业？）来乌鲁木齐，大家都非常高兴，在一起聚了好几次。阿包和傅达生特别热情地帮助联系工作，最后由傅达生帮忙在外贸部门找到了一份工作。一次，咱们同学牟钟鉴来西域考察，阿包热情地接待了他，安置了住处。由于工作实在繁忙，抽不出身，他给找了车，让沙枫和我陪着去了昌吉回族自治州呼图壁县南面 83 公里处的康家石门子岩画，收获很大，我们也跟着大开眼界。据我所知，咱们年级和系里的老师、同学如黄枬森、杨克明、陆学艺、崔龙水、苏振富等来新疆，阿包都热情地接待过。

　　20 世纪 80 年代初，由赵子祥积极倡议成立新疆北大校友会。那时，由于种种原因，成立校友会这类社团组织，困难很多。这时大家自然就想到了阿包和傅达生。在他们两位特别是阿包的疏通下，经过多方努力，没过多久，新疆北大校友会终于成立了。当时在新疆的北大校友有 400 多位。元老级的功臣当数赵子祥、包纪耀和傅达生。阿包由于公务实在太忙，无法抽身，坚决推脱，第一任的会长就由傅达生担任。二十多年来，校友会在增进了解、交流信息、联络感情、发扬传统、服务新疆建设等方面做了大量工作，取得了不小的成绩。现在，校友会已经换了五届理事会，校友已经达到 1240 多位。看见今天的发展，回想当年创立时的艰辛，怎能不想起令人怀念的阿包呢！

第一部分　综合回忆

治病和学习的辩证法

周云之

我是 1956 年考入北京大学哲学系的，1958 年因病休学一年，又于 1959 年复学回校，被编入 1957 级一班读三年级，直至 1962 年毕业。我与 1957 级的同学共同学习、生活了三年，这三年也是我大学生活中最难忘、最值得回忆的三年。当然，作为我的整个大学生活还是从 1956 年入学时开始的。

我是 1956 年 9 月作为一名调干生考入北大哲学系的，这是因为我在 1951 年初就参加了苏州市的市政建设工作，开始在苏州市税务局任外勤稽查员等，后来又调到苏州市总工会下属的苏州市财政金融工会工作，直到 1956 年来北大上学。

意外的是，刚到一年级第二学期，我突然感到说话越来越困难，几乎发不出音来，经诊断是严重的慢性上呼吸道炎症。一时心情感到很沉重和苦恼，我不得不花很多时间不断地到城里各大医院求治，但见效甚微。在即将升入三年级学习时，系里要组织全系学生到农村参加一年的社会主义教育运动，系里要求我休学一年回老家好好养病、治病。我接受了系里的建议，于 1958 年夏天回到了我的老家——江苏宜兴丁蜀镇，开始了我专门治病、养病的生活。

我开始请镇上的一位老中医诊治，他说我身体太虚，需要补气补血，给我开了包括人参在内的中草药，可吃了一段时间后病情并无好转，反而越吃越虚。我又转请另一位老中医诊治，他说我内火大，不能再补，而要泻火，让我吃了一段时间泻火的中药，病情还是无好转，身体自然就越泻越虚，只好再请前一位中医诊治。就这样一补一泻，反复了几次，不仅于病无益，身体更觉虚弱。在无奈之下，我决定不再吃药，开始自己养病。我渐渐增加室外的活动，每天从走半小时左右，逐步增加到快走两小时左右，我发觉自己的心情反而越来越好，身体也越来越健康。

1959 年夏天，我终于心急如焚地回到北大哲学系继续学习，被编在 57 级的一班，开始了我大学期间最后三年的边学习、边治病的生活道路，并且和 57 级的同学特别是 57 级一班的同学结下了终身难忘的同学和朋友之情。当然，我的治病已不再是上医院、吃中药，而是努力运用我学的哲学知识，面对自己说话困难的实际，走积极锻炼、乐观养病的道路。

我开始正式参加慢跑运动，起初是每天在校园内大量地慢跑，并做其他力所能及的活动，后来逐步增加运动量，最后我都能从北大南校门跑到颐和园东门再折回，大约有 7000 米左右。自己感觉真的像个慢跑运动员了。一到星期天，为了避免在同学面前因说话困难给自己带来的精神负担，我经常独自一人或从北大走到香山再走回，或是从北大一直走到天安门，来回一趟约有 40 多公里，多少次脚上走出了血泡，但心情是快乐的。因为我走到了大自然中去，走到了社会生活中去，既锻炼了身体又开阔了心境，不会有孤独和病痛之感。随着身体健康状况的不断好转，我的养病、治病方向也更加明确。我不断地联系自己的病情实际和过去治病的经验教训，经常分析学习和治病、治病与锻炼的辩证关系，分析自己治病中的主观能动性与客观规律性，分析治病中的主要矛盾和次要矛盾以及矛盾的主次方面等的辩证关系，我决心用持久战的战略精神来打一场战胜疾病的持久战。就这样到了大学四年级，我基本上依靠自己的身体锻炼和发音练习，逐步战胜了疾病带来的身体虚弱和说话困难，恢复了正常的学习生活和同学交往。从四年级第二学期开始我又接受了一些社会工作，不仅被系党总支聘任为总支的组织干事，经常协助当时任系总支副书记兼组织委员的任宁芬同志到教员及学生党支部了解发展党员的情况和进度，还担任了班上的哲学原理（经典著作研读）课代表，经常要跟负责授课的张恩慈老师联系或商讨讲课的有关事项，这也更加促进了我的学习积极性。

从表面上看，我的大学生活似乎花去了主要或大部分时间来治病、养病并和疾病作斗争，但实际上我在和疾病作斗争的过程中不仅没有耽误听课，而且一直是非常自觉地运用唯物辩证法的观点和方法来指导我跟疾病作斗争的。不仅强健了身体和基本上战胜了疾病，而且更加深刻地理解了所学的哲学理论。所以五年（不包括休学一年）的大学学习生活中，我除外语（俄语）只得一个"良"，其他各门哲学课程几乎都是"优"。我的毕业论文也被指导老师谢龙评为"优"。

在这里，我特别要提到的是，在这五年尤其是 1959 年到 1962 年的三年大学生活中，我所在的 57 级一班的同学，对我这样一个病休一年回校的陌生同学，一直给予了很多的关心和理解。使我更为难忘的是我的同寝室的几位同学（记得有崔英华、李绍庚、车铭洲、戴凤岐等）一直都是相互理解、相互关心、相互帮助、和睦相处的同窗好友，所以我从来没有因为自己有病而感到孤独与无助。最使我感激的还有一直和我在同一个党小组的支部委员贾信德同志，他总是非常体贴地关心我的健康情况和学习困难，我也总是把他看做我大学生活中相识的一位永远不会忘怀的挚友。在此，我也衷心地祝愿我的 57 级全体同学都能健康、快乐地安度好幸福的晚年。

北大回忆三则

赵福中

想起北大生活我总是久久不能平静，如今退休了，时间多了，许多美好回忆经常不断地引起我的反省和遐想……现只谈三则。

一则：毕业前，撰写毕业论文，我选择了"柏拉图美学思想评论"，导师是朱光潜教授。朱教授给我们讲授"西方美学史"，我很崇拜他。然而，我学的是俄语，英语资料看不懂，俄语资料有一些，但我也没时间翻译过来，真是困难。此后，在我和朱老师的几次接触中，我逐步摆脱了困境。朱老告诉我，写论文必须做到，首先，要选好题，这要根据自己的条件，现在这一点你没做好，但又不好改。那么你只能依据现有状况，把国内已有资料尽量掌握一些，越多越好。其次，将现有资料读懂读通，下点苦工夫，可以做一些摘要，感言。再次，把所有读过的资料加以认真思考，并把已经有的马克思主义观点认真对比加工思索，提出自己的理解，以及对形成的观点加以阐述。最后成文，能有自己的独立观点更好。

按着朱老师的指导，论文总算完成了，通过了，成绩不理想，那是在情理之中，但是导师的治学态度、写作方法使我受益匪浅。在已过去的几十年中，无论撰写讲稿、搞科研写论文我一直使用这一方法。

这一切都是我恩师朱光潜教授留给我的宝贵财富，我一定在有生之年牢记并把它传承下去。

二则：考入北大我被选进男子排球队，教练是林启武教授。这是一位和蔼可亲深受大家热爱的教练。每次训练他总是有计划，按部就班地进行，无论基本功、技战术，他都要亲身作示范。（那时，他已是50多岁的人啦！）

每次比赛，他都是精神抖擞、信心十足地指导，胜了有表扬，败了从不发怒，有的都是鼓励。他清楚地了解每一位队员的身体情况和技战术特点。有一次他看到我左臂受伤，就针对我的情况调整我作了二传手，我和林尼克配合默契，大大加强了全队的实力，得到很大的乐趣。

林教授和球员亲密无间，是我十分敬重的好教练、好老师，他身上体现了"为人师表"的优秀品德，是我永远要学习的榜样！他炯炯有神的双目和短小精悍的身材深深地留在了我的脑海中。

三则：1958年8月至1959年5月，哲学系全系师生下到大兴县黄村人民公社学农，我们年级在芦城。虽然那是个"特殊的时期"，但我们还是有一些收益，如过"三关"：生活关，劳动关，群众关。我了解了农村生活，受到了艰苦劳动的锻炼，和"老乡"增进了感情。离别时全村老少送别到村口，师生们纷纷洒泪而别。但是，我这里要回忆的是一段沉痛的教训、负面的经验，它对我们也算是一个对形成科学世界观、深入学习马克思主义学说有深刻教育意义的事件。那一年我们正好经历了人民公社成立的过程。很快就刮起了"共产风"，在黄村公社要实行"十二包"，即"衣食住行，生老病死，婚丧嫁娶"公社全包了，并宣称"黄村公社提前实现共产主义"。这当然是一种妄想，因为无法实行。每人每月发三角钱，实行一个月就没钱发了；而且不分劳力和老少都发三角，极大地打击了劳动力和人口少的家庭的积极性，许多人出工不出力。与此同时，"浮夸风"也刮得很严重。有人提出："人有多大胆，地有多大产。"生产队长开会回来传达说，有的队提出1959年每亩产麦80万斤，我们所在的芦城大队也提出亩产20万斤，算是比较保守的。这种事在农村开会"吹牛皮"，不过说说而已，并没有人认真履行；可我们下放的大学生却很认真，硬逼生产队长去贯彻。生产队给了一亩地，我们学生深挖三尺，播种 30 斤麦种。生产队长说不要播那么多种子，我们也不听。结果，麦子返青，一亩地长满麦苗，人都无法进入。后来，在麦苗中间割出通道通风，也无法长麦子，一亩实验田全报废了，实验彻底失败。在做实验前也不是都同意，生产队长不同意，班里同学也有迟疑者，但都被说成是保守分子，还说晚上给他开批判会。不知什么原因晚上又说不开了。

这件事是我在下放农村时亲身经历过的，对我这前半生有深刻影响，使我认识到，（1）当"左"倾袭来的时候，要敢于抵制，这很难，要有胆量；当自己没把握时就不要盲目地表态，宁愿被扣"不积极"帽子，也不跟着跑。如果清楚是错误就要敢于顶住。（2）无论何时何种情况都要力求做到实事求是，永远不盲从，不跟风。要坚定地用科学发展观处理问题，这是原则问题，关系人民的利益、党和国家的前途和命运。（3）"左"倾不是好东西，搞极"左"的人不是幼稚就是别有用心。"左"和"右"都是对科学和实际的偏离，都是对人民利益的损害。当然，这些说起来容易做起来很难，但我们总要努力去做好，总要为祖国为人民利益不断前进，永远前进。

潜心于学业而忘我

——我所敬仰的知识分子的价值观

陈绍增

古往今来，但凡有些成就的知识分子都会为了自己喜欢的事业而去不懈奋斗。为了事业，他们可以舍弃很多东西，甚至生命都是可以不顾的。也只有这样，他们才能在自己人生的事业上，创造成绩，作出贡献。

我受教育十北京大学哲学系，此是我人生一大幸运。我的老师有哲学史大家冯友兰，有佛学专家任继愈，辩证唯物主义大家黄枬森，还有汤一介、汪子嵩，以及西方哲学史的大家任华教授和给我们讲过课的美学专家朱光潜，等等。可以说，我有幸受了一代名家之教，饱受他们的教诲。毕业之际，又有黄子通老师为我的毕业论文作辅导，不胜荣幸。

这段历程是我的幸福，也激励我一生前行。我当时很想再深造，报考了研究生，但因老师只招一名，我的学兄陆学艺比我学习好，他被录取了，我就被分配了工作。

走入社会，分到北京市委，不久到邓拓领导的北京市委理论刊物《前线》杂志社工作。没有几年，下乡"四清"，很快就开始了"文化大革命"。因处"黑窝"，在人性的感召下我只好当了"保守派"，于灰色岁月中，不得不下乡劳动改造了两年之久。然后调河北至今。

在河北，因我的领导受无辜的政治迫害而受连累，我也被降级。等事件清楚后，得以恢复时，年龄已过了。

回顾这段人生，学无以致用，为了生计，只有"叫干什么就干什么"；只因缺了那种舍弃一切、只搞学问的劲头。而在行政工作中，我又难以安心，也有不得志之感。故曾自嘲一首打油诗：

学业未成事业平，也曾风雨伴人生。

只好骑驴走天下，不前不后正适中。

之所以写这一段，是想说北京大学乃是培养人才重地，然而这些年出了多少"大师级"人物？是没有人想奋斗吗？不是，是社会体制、教育体制、人才使用机制的不够完善，教育科研支持力度太低的原因才致此局面。本来在"北大"打下一些基础，可出了学校，就得奔忙生计，不管为何，先填饱肚子。时光荏苒，人生过半，白白丢失不少时间和知识，如此又怎能尽其力而为事业、专业忘我呢？"北大"学生，不仅于学业领域，这些年很多人未搞出成绩，更谈不上成"专家""学者"，就是在行政官场多数也是不行，远不及其他院校从政的多，优秀官员就更寥寥。究其原因是没有知识，没有才华吗？所谓"本事"欠缺之故。

回忆"北大"学习生活，有三点值得向校友们说说：（1）只是刻苦学习，不行；（2）要有学习方法；（3）要在博学的基础上，有所专长。

我在校时，谈不上是最努力的学生，但还是用心学了几年。现今我回忆起来，方法不够好，特别是没有学出专长，虽然对中国哲学史比较爱好，但也没能够深入钻研，颇为遗憾。望后继北大的学友们多多努力，为事业、学术作出更大的贡献。

北大学习的心得体会

姜宏周

"湖光塔影，垂柳依依"……随着岁月的流逝，昔日未名湖畔书声寂寂的学子生涯的记忆渐行渐远，但是对于母校铭刻在我心灵上的北大独立的人文精神的领悟和理解却与日俱增。北大的人文精神既不是挂在墙上的标语口号，也不见诸各种教科书上，却鲜明地体现在中国现代史上，确确实实存在于她的大多数学子的领悟和社会实践中。因为她崇尚人格的独立，所以包容人们对她的领悟呈现色彩斑斓的多元趋向，又归于万变不离其宗的真谛。

人作为社会的产物，环境的产物，不可能脱离物质生活条件，有时甚至必须依附于一定的社会关系。在思想领域、精神层面，客观真理是科学探索的唯一目的，它不依人的主观意志转移，也不会在世俗强力统治面前屈膝。思想只有不受任何羁绊，才有可能逐步接近和不断发现真理目标。因此献身科学工作的人应该具有自己的独立精神。纵观中国和世界思想发展史，凡对人类思想发展作出重大甚至划时代意义的贡献者，无不是出身低微，能不畏权贵和艰险，勇于独立思考的人；而依附于某种物质力量大吹大擂者，到头来都不过是昙花一现的泥足巨人。北大的人文精神正是传承了中国和世界思想发展史的优秀传统。北大许多卓越的老师和同窗大义凛然，勇闯惊涛骇浪，取得了许多令人尊敬的科学思想成果，是对"屁股指挥大脑"低俗之风的有力鄙弃。

科学是"五四"运动举起的一面大旗，也是北大人文精神的核心。科学就是实事求是，一切从实际出发。科学家、思想家应该是最老老实实的人。几十位同窗老友中几乎没有大富大贵者，却有许多以"十年磨一剑"的精神在各自专业领域里默默耕耘作出了可贵贡献的之士。科学当然是有用的，但是有用不等于科学。实用主义的方法在某些社会、历史领域内虽然有用，但在真理问题上就一窍不通了。人类只能遵循辩证唯物论的反映论，通过实践不断地发现真理，不断地修正错误。真理是发现的，是不能靠金钱和权势制造的。北大倡导的科学精神和马克思关于现代人的自我解放是"从做生意和金钱中获得解放"的论述，一脉相通。

北大的成长史和中国近代史、现代革命史紧密相连，从 1919 年的"五四"运动到 1976 年天安门广场的"四五"事件，北大的师生都是冲锋陷阵在最前沿。北大的命运总是和中国最广大人民群众的命运紧密相连。在革命斗争中孕育成长起来的北大人文精神具有鲜明的批判和创新的特色。社会的发展是辩证的运动，是否定之否定，是螺旋式的前进，因此它不是直线单向的，也不可能与时间同步。在现存的事物面前，北大的学子都要用批判的理性审视一番，借用恩格斯的话，"在他看来，现实的属性仅仅属于那同时是必然的东西"，拒绝趋炎附势，把现存的一切神圣化。

我年轻的时候在北大独立的人文精神的熏陶下成长。现在回顾一生的经历，我对母校——北京大学怀着深深的感恩之情，她使我懂得了应该怎样做人和应该怎样做学问。衷心祝愿北大独立的人文精神发扬光大，永不凋谢。

非北大哲学系不读

谢锦华

1955 年我毕业于故乡的"合肥一中"。它现在是联合国名"中"之一，杨振宁母校。1955 年"胡风案"波及全国，文艺界受害最重，造成"肃反"扩大化。我父谢南谷在安徽话剧团，是离休干部。但他是 1936 年"国立戏剧专科学校"学生，与赵丹、白杨、张瑞芳是同学，田汉、曹禺是其讲师，故受到"隔离审查"，株连于我，报考的"北大哲学系"未录取，被分到"山东师院中文系"。我很不满意。两年后退学，再考，因老母信佛，嘱求"观音菩萨"而出格地录取了。欣喜若狂。

1957～1960 年初在校读书。马寅初、冯友兰、郑昕、任继愈、黄枬森等名家讲课，真令人茅塞顿开，胜读十年书。

同窗纯真情深。列宁格勒大学留苏学生孙实明因病转入我系，常有柳达姑娘来信于他，我们吵闹要他念信。他说入赘后定全部公开，众笑不已。莫斯科大学基里连科留学我系，下放芦城后，在田头教唱俄语《一条小路》，沁甜至今。

"反右"后期，仍很恐怖，有"极右分子"被捕入狱。1958 年"大跃进"下放劳动，与乡亲关系很好。又听到周扬讲话："在旅馆的枕头上印'鼓足干劲'等字，人如何安睡。各行业有其特殊性。"又听到樊弘讲经济学，略说"市场经济"的补充性。后传说挨批了。又参加了"除四害"运动，真荒唐。难道美帝苏修的麻雀就不飞过来吗？转变 DNA，才是正理。接着修十三陵水库，疲劳不堪。其时日本已经移山填海了。批马寅初校长人口论，更是数学零蛋的瞎批。我当时在经济系大楼旁听。"反右倾"，又把彭德怀打倒，令人费解。

"拔白旗，插红旗"，批斗逼死人！如何能安心读书？20 世纪 60 年初饥荒使我浮肿，遂病休回合肥市。1966～1976 年的"文化大革命"十年浩劫，十一届三中全会拨乱反正，我又重上讲堂。1998 年退休于"合肥服装学校"（中专），以享晚年。"莫道桑榆晚，为霞尚满天"，愿校友们百岁安康。

我与北大学生会

李发起

孔子是述而不作，凡人的我当然与此毫无关联，但我多年确实真的没作。我之没作与同窗们著书丰硕，可谓天址两端。不过我认为水平不及而坚持没作也就使不作尚属明智之见。但徐荣庆学兄说同窗们没有在校学生会工作的经验，所以要我写一下当时在学生会的情况，这也可算是一小特点。又有金春峰学兄对我与文成公主的罗曼史感兴趣。可巧对我来说这两者不无关联。也是出于尊敬就应从命之想，只得提笔以《我与北大学生会》为题，写上几段平庸琐事。

我是从北京一零一中学考入北大哲学系的。在中学阶段，我当过校团委副书记；可能是因为有这种背景，开学不久，就把我调到校学生会去工作，一干就是三年半。当时，我在北大学生会不是脱产干部，也就是说，既要完成系里的学习任务，又要干好学生会所分管的工作，当时的口号是学习工作两不误。说来容易做来难，一个人的时间和精力总是有限的，分身乏术、顾此失彼是难免的。除了保证听课时间（偶尔也会被开会占用）外，课后复习和阅读参考书的时间，往往就被挤占了。参加班里的集体活动就更少了，这对我五年的本科学习不能不说是一个极大的损失。

我到学生会工作时，北大的"反右"斗争已到后期，急风暴雨式的斗争阶段已经过去了，整顿各级组织的工作提上日程。校学生会和校团委的整顿工作也已展开。我参加过几次在临湖轩举行的整顿会议，主要是批评原学生会和校团委在"反右"斗争中软弱无力，严重"右倾"，尤其是对待党委的态度，旗帜不鲜明，立场不坚定。因我对前一阶段北大的"反右"斗争，既没有参加，又只是坐在那里听听而已，今天回忆起来已毫无印象了。但有一点我还记得，当时把已奉调团中央工作、此前曾任北大团委书记的胡启立同志叫回来参加整顿会议，澄清有关情况。

整顿会议以后，学生会的换届工作开始了，学校党委明确提示，下届学生会的准备工作由张炳光（地质地理系三年级调干生）、王家俊（历史系二年级调干生）和李发起三人组成的学生会党小组负责，张炳光为组长即下届学生会主席，王家俊、李发起为副主席，党委的这一指示，使我在副主席任上一待就是三年多。

学生会的组织系统还是蛮庞杂的。除了下属的各系学生会外，校学生会设主席团，由正副主席和秘书长组成。主席团下设宣传部、文化部、军体部、劳动部、生活福利部等，各部之下又设分管学生业余活动的几十个团队，如文化部下就设有舞蹈队、民乐队、戏曲队……如此众多的部和队，光干部就有二三百人之多。学生会的组织分工，让我负责干部调配，掌管"人事大权"。

学生会不但机构庞杂，而且工作也相当繁重。当年，强调政治，强调集体，所以，学生的大型集体活动很是频繁。除了固定的每年"五一节""国庆节"游行活动外，还有军训、劳动、文艺汇演、体育运动会等，所有这些大型集体活动都由学生会来负责组织实施。每次活动都像一次战役一样，战前，周密研究布局，细致安排调动，"兵马未到，粮草先行"，探路况打前站，吃喝拉撒睡，样样都得想到、管到，想细、管细。这种大型活动，守时是第一重要的，什么时间集合，什么时间到达预定地点，不能有丝毫差错，做到令行禁止，尤其像我这样的"总指挥"，更不能有半点疏忽。这样就培养了我起居规矩，睡觉惊醒，

第一部分 综合回忆

说五点钟起床，就五点起床，上下基本不差一两分钟的生活习惯。

学生会的工作，培养了我的组织协调能力。记得 1958 年北大举行文艺汇演，时任校学生会副主席兼哲学系团总支副书记、系学生会主席的我负责哲学系的汇演工作。当年，哲学系全系师生都下放到大兴县黄村公社开门办学，居住分散，情况不明，困难是可想而知的。首先得到各个点上去摸清况：谁会文艺创作，谁会文艺表演，谁会道具设计……把人员确定后，就研究汇演内容和表演形式，"一切人民群众的革命斗争必须歌颂之"。我们就以全系师生在农村与农民同吃、同住、同劳动的革命斗争实践为题材，编排了《丰收舞》，也排演了《商业厅长下乡来》等。参加演出的有来自西黄村的楼宇烈、戴康生、雷永生，有来自高米店的王凯霞，还有心理专业的张芝玖和麻东来等人，高宣扬是道具制造的负责人。不同住地、不同专业、不同年级的人，拢到一起去演出，在当时农村的落后条件下，既没有交通工具，又没有通讯设备，全靠两条腿跑来跑去，实属不易。恐怕这是只有在那个靠"革命干劲"的年代才能干成的事啊！最后，演出还算成功，获得了来自各方的好评。

哲学系在大兴期间，代表黄村公社组队参加了大兴县运动会，这一工作当然是由我负责具体实行的。之后我又受大兴县体委委托协助组建大兴县代表队，为参加北京市体育运动会作准备。当年，大兴县体委主任是空军专业的非党干部，所以，我任大兴县体育代表队党支部书记、政治副总领队。按照党领导一切的原则，我就成了第一把手。但毕竟我是"外来户"，人生地不熟，全靠我在学生会学到的组织协调经验，比较好地解决了方方面面所遇到的困难问题。从基层各个点选拔上来的运动员，需要集训。当时，县里既没有训练场地，更没有运动员住地，经交涉借用了黄村林校的场地和住地，好在当时还没有市场经济这个概念，借用全是无偿的；要是现在只能租赁了，又得多一道筹款的烦恼。

我们代表队的领导和男女运动员一起，都住在林校的一长排平房里。这排平房从东到西有一二十间之多，每间的格式完全相同，又没有编号。一天晚上我起来上完厕所后，昏昏沉沉跑错了房间，一摸是个长头发女生，吓得我立即退了出来，后怕不已。要是那位女生醒来，大声嚷嚷：抓流氓！抓流氓！我就是有一千张嘴也有口难辩，跳进黄河也洗不清了。今天回忆起来，在当年的政治环境下，影响我一生前途命运的事件都有可能发生，真是不敢往下想！

经过一段集训后，大兴县的体育代表队要上阵了。其中有我们班的李绍庚，参赛项目为中长跑五千米，而足球、排球、篮球代表队中半数以上是哲学系的学生，如赵福中、孙五石、冒从虎、翟东林等。足球队里有个首藤青志。我带队到北京市体育运动会报到，市体委在对运动员进行资格审查时，一看首藤的名字就知他是日本人，参赛资格存疑。我向体委解释说，他一直生活在中国，受的中国教育，毕业于北京七中，他舅舅是中央人民广播电台的日语广播专家，长期从事中日友好事业，是非常进步的日籍人士。经我解释后，原先的存疑总算解决了，又一次显示了我在学生会工作中学到的实际工作经验所发挥的积极作用。

总之，我在学生会摸爬滚打三年多，学到的组织协调经验，与社会打交道的经验，还是蛮有用的。以后，无论是在北京、在西安、在新疆从事的军队建设工作；还是后来东渡日本，为了养家糊口，下海经商，在商海里游泳跋涉，都还是受益匪浅。"读万卷书，还要行万里路"的古训，是有道理的。

前面说过，在学生会我是管组织人事工作的，负责干部调配。当时准备从生物系调来一位女同学当副秘书长，从系里报上来的初审名单中，初步确定为马文成。当约她来面谈时，她却把自己同室好友王式箧带来向我举荐，让王代替她在学生会的工作。我没有同意，维持初步审定的名单，也就是说，决定让马文成来当学生会的副秘书长。这里夹着我的一点私心。当我一见到马文成时，竟使我青春的心弦为之一动，莫名其妙的倾慕之情油然而生。此时此刻，我才理解了什么叫"一见钟

情"的点滴涵义。《三字经》开首曰："人之初，性本善。"我曰：人之青，性本情。青年时期，爱情冲动执著的巨浪的确汹涌澎湃，一发不可收拾，难怪古今中外的艺术作品都将爱情描写作为永恒的主题。

说句题外话，后来，我同马文成的爱情关系稳定以后，我俩相商，决心当一回红娘，将前面提到的她的好友王式箴介绍给徐荣庆。他们俩还真谈过一段时间，结果以无缘告终。倘若终成眷属，他们的人生演义史又是另外一章了。当然，生活不能重来，历史进程也没有如果。

按当年的社会政治环境，谈恋爱往往也要政治挂帅。马文成的父亲早年留学日本，毕业于东京工业大学建筑系，时任建材工业部副总工程师，当然不是党员。母亲是日本人，在她父亲留学日本期间，两人相识、相知、相爱，结为秦晋之好，并在东京生下马文成。母亲当时在建材工业部幼儿园做医务工作，是中国籍的日本人。在那个年代，对这种有海外关系的家庭，恋爱结婚，当然是不能不考虑的重要问题。而且，当年在学生会工作的女将不下百人，说实话，不乏向我秋波明投暗送之人。例如，东语系有一位女同学曾给我写过一封求爱信，我怕伤了人家的自尊心，专门约她去昆明湖畔亮明我已同马文成"鸾凤和鸣"的事实，并对她的书信表示感谢。这说明我对马文成的爱是刻骨铭心的，从一而终的。关于家庭出身问题，我深信周总理说的是真理：家庭出身不能选择，但进步的道路是可以选择的。

1958年下半年，我经过近一年的深思熟虑，下定决心，写出了求凰恋文。求爱的第一封信是从西芦城发出的，得到正面回音后，我欣喜非常，心花怒放，言语难以概括我内心的感受，真可谓只能意会，不可言传。乘着马文成正面回音的春风，我的求爱书信像祥和瑞雪飘向马家大楼；我抓紧一切机会，花前月下，未名湖畔，"让喇叭形的裙子飘扬在林荫道上"。2007年纪念57级入校五十周年时，重走未名湖路，触景生情，感慨万千。我跟同行的学友说，当年我与马文成谈恋爱，常来这里幽会。密林深处，犄角旮旯，隐蔽处所，都留下了我俩窃窃私语的足迹。记得有一次夜里，我俩牵手热恋，不巧被李绍庚碰上了，他跑回宿舍写了一首打油诗，贴在我的宿舍门上，让我一进门能立即看到。只可惜诗的内容我已记不得了，要不，在我与马文成的罗曼史上又可留下生动的一笔。

在谈恋爱的过程中考验彼此的忠诚度是常有的事，尤其是女方。我下放芦城时，接到马文成的一封来信，说她某月某日乘哪趟火车在黄土坡车站下车到芦城来看我，甭提多高兴啦；但一看信上所说的下车时间已经快到了，急得我要命，拼命以最快速度向黄土坡车站跑去，大汗淋漓，衣衫湿透，灰头土脸，内心沸腾，准备欢欢喜喜迎接马文成的到来。当我等了好几趟车都扑空以后，望车兴叹，情绪低落，耷拉着脑袋走回芦城。真是去回两重天，去时高兴回时愁，一路上我想了很多，但始终想不明白，只好以悬念作罢。五年级快毕业时，有一次，星期天，系里搞大扫除，准备迎接校爱国卫生委员会来检查。这在当时是作为政治任务下达的，所以全班同学热情高涨，擦门窗，拖地板，整理床铺，忙得不亦乐乎。我特意从城里赶回来准备立即投入这场热火朝天的搞卫生运动，但在宿舍的桌子上发现了马文成给我的一封信，当我打开信一看，心里发毛了，她说我俩关系发展下去会有问题，最好就此作结。于是我立即放下手中的劳动，不顾支部书记不应有的政治影响，直奔马文成家去探个究竟。当断定这是马文成故意设局来考验我对她的忠诚度时，一下子如释重负，心中的一块大石头也随即落地了。经过五年的爱情马拉松长跑，终于胜利地到达终点。大学毕业前，我与马文成结为百年和合，开始了从两人世界再到后来的多人世界的新的人生。

有位哲人说过：人生就是选择。从一定意义上说，选择爱人对一个人一生发展，至关重要，在一定的社会历史背景下，甚至起到决定性的作用，我李发起就是一个活生生的例证。

北大毕业后，我被分到军委政治学院哲学教研室工作。1964年，林彪办公室从我们教研室调去一位青年同志当林彪的学习秘书。不久，在院校"整风"中（1964年军事院校进行过一次"整风"），我所在的哲学教研室的同志，尤其是青年同志对调派一事提出批评意见，认为应派更合适的同志到林副主席那里去。当时，我是青年组的组长，教研室向我解释说：起初决定派去的人不是现在派去的那位青年同志，而是你李发起。但后来经上级审查，认为你有海外关系，到林办工作不合适，这才换了人。事后来看，这一换对我一生太重要了。"林彪事件"以后，原政治学院先后派去林办工作的几位同志，均受到了严格的"审查"，甚至是残酷的斗争。其中一位李北川同志，他是张际春同志的侄女婿，为人忠厚老实，因为实在受不了严酷的审查斗争，可怜巴巴地跳楼自杀了。经审查没发现什么问题的人，也似惊弓之鸟，统统发派到基层改造去了。我李发起多亏马文成挡驾，平安无事，躲过一劫。

"文化大革命"开始不久，原先的军委已不起作用，军委的工作由重新组建的军委办事组接替。军委办事组的组长先是杨成武，成员有吴法宪、李作鹏、邱会作、叶群、刘锦平等。军委办事组组建后，从各大军区抽调了一批秘书。起初，这些人参加由军委办事组成员主持的各种会议，负责收集情况，整理简报等事项。简报只是呈报中央碰头会议成员审阅，可见简报的重要性。我是政治学院派去军委办事组当秘书的，参加由李作鹏、刘锦平主持的南京军区的会议。记得有一次会议在进行当中，我主动整理了一份综合简报。当我将这份简报送到李作鹏处审定时，他看后对我说：这份简报不错，就这样打印呈报吧，这说明我的工作可算及格。事后得知，从各大军区调来的这批秘书，包括我在内，在军委办事组工作属试用期，试用合格后，再分配给办事组各位首长当私人秘书，内定我将给邱会作当秘书。

我到军委办事组工作三个月之后，政治学院的宋维轼副院长找我谈话，问我最近同我岳父是否有什么联系。我回答说，因军委办事组工作实在太忙，没有时间联系（"文化大革命"开始后，我岳父已调离北京，下放到建材工业部下属的内蒙古海勃湾水泥厂去了）。宋院长告诫我：你岳父已被隔离审查，暂时不要同他联系了。谈话以后不久得知，我岳父已被造反派定为日本特务关进了牛棚。这样，军委办事组首长的私人秘书当不成了，只好又回到政治学院，由政治学院另选了一位同志去给邱会作当秘书。"林彪事件"后，这位秘书挨整当然是不可避免的了。

在我的人生征程上，政治上要判我死刑的那个瘟神曾两次与我擦肩而过，都被"海外关系"这块神主牌挡驾了，这都是当初投入马文成怀抱的好报。改革开放后，又跟随她东渡日本，造就了今天北京—东京跨海往返的空中飞人李发起。

自我同马文成谈恋爱起，班里同学就戏称我找了一位文成公主。一千三百年前，唐王朝的文成公主下嫁吐蕃松赞干布，汉藏联姻，为中华民族的团结友好事业做出了不可磨灭的历史贡献。一千三百多年后，平民公主马文成与布衣小民李发起，结为百年好合，汉和血脉相通，中日世代友好，家庭福寿安康，晚霞光耀千秋。看到这些，内心感到非常欣慰，很是幸福，外加几分所谓荣幸。

王府井购书二三事

李绍庚

1960 年，《毛泽东选集》第四卷将出版发行，事先得到的消息是"十一"国庆首次发行。那个年代的大学生，特别是学哲学的大学生都想最早得到这部红宝书。为此，我费尽脑筋，想尽办法。北大位于海淀区，这里是高等学府集中的区域，北大、清华、人大、工学院都在这里。海淀区就一个新华书店，要想第一天买到《毛选》，那是非常不容易的。所以，九月三十日下午七点钟，我就到海淀新华书店门前排队，等待第二天一开门就能买到书。刚开始人比较多，也比较有秩序，后来有人半路走了，也有新来的，进进出出，队伍有些不稳。大家怕乱了次序，就自动发了排队的号，过半小时左右，就重新点一次号，就这样足足折腾一夜，到最后只剩下几十个人了。终于等到第二天书店开门，没想到刚售几本书，就宣布书已售完。等了一夜的我并不就此罢休，干脆再到北京最大的王府井新华书店看看。

北大离王府井很远，大约有二三十华里的路程。为了表示学《毛选》的决心，我毅然决定跑步去王府井，虽然我是长跑运动员，可采取这种形式去王府井，恐怕亦属首例。跑到西直门后，为了抢时间，我又改乘公交车到王府井。

到王府井新华书店后，我立刻排在队尾。这里形势和海淀不一样，出售《毛选》量很大，购书秩序井然。十几分钟过后（即上午九点钟），我终于拿到了《毛泽东选集》第四卷，当时的心情别提有多高兴了，一夜功夫终有回报。为了纪念这次不寻常的购书活动，我在书的扉页上写道："国庆节 60.10.1.9 点于北京购书。历经 14 小时（60.9.30.19—60.10.1.9）。"留下历史的记录，永志纪念。

我在北大读书时，家境贫寒享受国家二等助学金，省吃俭用，攒点钱，就想买点书。我热爱中国哲学史专业，星期日或节假日休息，常到王府井东安市场旧书摊浏览古书，遇有合适的就买几本。

有一次买完书，高高兴兴回学校。转到西直门坐 32 路公交车，一上车买票，一摸兜已分文皆无。我脸立刻红了，想下车，车已开了，要买票，又没钱，真是左右为难。在那个年代，我又是个大学生，心情如何，可想而知。我思索一会，觉得还是主动点好，于是就对售票同志实话实说了。出我所料，这位售票员非常通情达理，不但没有为难我，反而安慰我说："没事，出门办事，谁都可能遇到特殊情况，以后再乘车时，补一张票就是了。"这个难题就这样解决了。如果此事发生在今天，不知要受到怎样训斥了。事到今天，我每当回忆这件事，都对这位售票员充满感激和敬意。

还有一次，我在东安市场旧书摊买完书要返校时，突然想起上次乘车的尴尬事，所以，先摸摸衣袋，看是否有乘车费，结果又是分文皆无，这可怎么办？我仔仔细细，摸遍全身所有衣袋，结果发现三张邮票，每张八分钱，足够买车票钱了，可也不能用邮票当乘车费啊！急中生智，我与书摊掌柜的商量把这三张邮票给我兑换成人民币。还真遇到了热心人，掌柜的毫不迟疑，就把三张邮票收下，给我两角四分钱，顺利解决了返校的路费问题。

东安市场旧书摊，有两个特点，一是书价便宜，二是古书多，是我所爱的去处。五年来，我还在这里购得几部整套的书，如《十三经注疏》《诸子集成》等，很是珍贵。当时，我的女朋友刘淑琴（后改名叫刘彤，1962 年我们结了婚）在东北文史研究所读研究生，特需要这些书。每年寒暑假回家时，我就陆续把一些成套的书给她带去。不料，1966年爆发了"文化大革命"，长春两派武斗很激烈，东北文史研究所被一派占领了，所里的研究人员多已离所而去，这些书也全都丢失了。我多年的功夫，就这样毁于那场浩劫中，真是令人痛惜！

运动场上的青春

李绍庚

老年人要常回忆过去那些愉快的事，高兴的事，这对延年益寿大有裨益，或许这也是一条养生的经验。

忆往昔，英姿飒爽，看今朝，老态龙钟，岁月啊！真有趣。自己有时对镜观看，很难想象此人就是 1958 年北京大学 5000 米长跑的冠军，然而这确是事实，北大运动会记录就是史证。

1958 年 5 月，春光明媚，百花吐艳，北大举行了全校运动会。在全场热烈的掌声和加油的呐喊声中，我第一个冲过终点线，夺得 5000 米赛的冠军，在我人生旅途中留下一个美好的回忆。

我这个身高 1.58 米的小个子，能夺得北大 5000 米冠军，说起来，还有一段历史故事呢！

我是黑龙江省庆安县人。庆安是个小县，20 世纪 50 年代，仅有一所初级中学——庆安一中，读高中得到邻县。所以，1954 年我考入绥化一中，也是当时绥化地区唯一的一所高级中学。开学报到时，才知道绥化一中是新建校舍，坐落在绥化县城的南门外，与农村的庄稼地毗邻。

学校课外活动时间，我有时到田间小路散步，不知哪次散步，突然萌生了一个想法：现在读高中，将来还要考大学，学习担子重了，要考上名牌大学，担子就更重了。要想学习好，就得有个好身体，怎样才能

身体好呢？我悟出一个道理："要想身体健，必须常锻炼。"没想到，这个观念成了我人生中很重要的一个"座右铭"。

从那时起，我每天清晨比同学们早起床半个多小时，独自到田间小路跑步。看田野美景，呼吸新鲜空气，心情特别舒畅，学习起来格外有精神。这种锻炼方式，我一直坚持得很好，风雨不误，渐渐养成了生活习惯。如若一天不跑步，全身就感到不舒服，遇到阴天下雨，就沿墙跑，从不间断。这样长期坚持，还跑出来成果了。

1955年，绥化举行全县春季运动会，我主动报了个马拉松长跑项目。我们班主任王老师听到这个消息，就劝我别参加了。他说，你个子太矮，跑那么远别累坏了。"我心里有数，自己是经过锻炼的，是有准备的。"我只是心里这样想，但嘴上没有这么讲，只是说，我想试试，也不想取名次，实在累了中途就退下来，请老师放心吧。王老师听我这样说，也就同意了，并再三叮嘱，可别争强，跑不动时就退下来吧！

这个项目是个越野赛，先在运动场内跑一圈，然后到场外跑。让人没想到的是，我竟然第二个跑入场，获得全县马拉松赛的亚军。大家都为我祝贺，特别是我们班的同学，一片赞扬声，我的名字也在全校传开了。

1957年，我如愿考入北京大学哲学系。我们班有位彭跃同学，细高个，是个长跑运动员，他是从东语系转入我们年级的，对学校情况比较了解。听他说，北大有个校运动队，他就是运动队的一名成员。得知这个消息，我也到长跑队报了名。入队后知道，我们系56级的首藤青志（是位日裔）同学，也是长跑队的队员。每星期的一、三、五下午我们都要进行集体训练，我们长跑队的教练是体育教研室的于先生。

中学时期，我坚持长跑，只是为了锻炼身体，到大学后，又多一层竞赛的任务。从前是自己自由的跑，到大学后则开始了集体的、有组织的正规训练。

首先是基本姿势的训练。平常人为了健康而进行跑步锻炼，这种跑步的姿势就没有什么严格要求，可对一个运动员来说，姿势就很重要了，它关系到运动的成绩，也就是说，姿势正确运动成绩就高，姿势不正确，运动成绩就差些。所以，一个竞赛运动员的脚、腿、腰、肩、臂等都有一定的标准要求，就连呼吸、步幅也都有科学的规定，而且短跑运动员与长跑运动员的要求也不一样。这些基本知识，不但要熟记，而且要实际做到，这就要靠长期训练了。

其次是进行速度和耐力的训练，这是主要的，也是最多的训练。对长跑运动员来说，一是要有速度，二是要有耐力，速度与耐力的几何积数，表现为每个运动员的成绩与水平。光有耐力，而速度太慢，最后也取不上名次；速度快，而耐力不强，跑到后期则没劲了，也是不行，要的就是速度与耐力的乘积数。所以，比赛要想取得好的名次，是相当困难的。除了先天身体素质的基础外，主要是靠训练出成绩的，这就要多训练，多流汗，多吃苦才行。真乃是"场上几分钟，场下十年功"啊！平时我们每次都要进行两个来小时的训练，是一项相当艰苦的活动。

再次，还要进行技术战术方面的学习与训练。比如说长跑的速度就分匀速跑与变速跑，变速跑又分加速跑与减速跑，经常用的是匀速跑。长跑途中要超越前者时，则需用变速跑的战术：超越之前进行短暂时间减速，进行自我调整，积蓄力量，开始超越时，就要突然转为加速跑，超过以后，可转为匀速跑。这要在竞赛场上灵活机动地运用，重要的是根据自己和对手的实际情况，有选择的运用。对一个长跑运动员来说，最难掌握的技术是自我速度感觉。所谓速度感觉，简单地说就是自己得感知自己跑的速度。这是很难的，但又是很重要的，是关系到运动员在竞赛全程力量分配的关键问题。如果速度感觉不准确，就会出现两种情况：要么是前紧后松，即前半程跑得很快，到后来就没劲了；要么是前松后紧，即前半程跑得比较慢，省了力量，到后来再想加速，可临近终点了，已经晚了。只有把全程力量分配好，才能把自己的潜力充分发挥出来，因此，训练速度感觉对一个长跑运动员是相当重要的。开始时，每个运动员的速度感觉，误差都比较大，只有经过长时间地、反复地计时训练，才能逐步缩小这个误差。我最好的速度感觉，是跑一圈400米的误差不超过几秒钟，已经是相当不错了。长跑竞赛，技术战术固然重要，但最后决定名次的因素，还是运动员的实力。只有在运动员的实力相当的情况下，最后决定名次的因素才看技术战术的运用了。因此，运动员的训练，最主要的还是提高自身的实力。长跑运动员的实力，主要是由速度和耐力决定的，这就要靠长时间刻苦训练来提高，而且往往是超强度训练。比如我们5000米运动员，得按万米运动员的标准来安排训练，这不只是体力的训练，同时也是意志力的训练。

20世纪50年代的北京大学有两个运动场：一个是棉花地体育场，在北大校园的东南角，条件相当简陋，除了能跑步，有几个篮球场外，其他体育设备就很少了；另一个是大操场，也就是东操场，条件比较好，里面还有体育馆。我们校运动队基本都在东操场训练。每次训练完后，还可以到体育馆里冲个澡，那种感觉真是舒服极了。尤其是卜晚自习时，特别有精神，学习效率高，把下午体育锻炼耽误的学习时间，用提高学习效率的形式给弥补上了。所以说，锻炼身体有利于学习，这是一道很有趣的数学算题。

每周下午没有集体训练时，我自己还加班加点，独自练习，主要是进行越野跑。我经常跑步的路线有两条，一是沿着32路公共汽车路线，往返于北大——颐和园之间。那时北京的汽车比较少，除了公交车外，几乎很少有其他的车辆，路面很通畅，也比较清静，来回跑几趟，是很好的锻炼。第二条路线是出北大西校门（正门），经蔚秀园，穿稻田埂，荷花堤，再到颐和园。这条路线还很浪漫，一边跑一边欣赏郊外风光，既锻炼了身体又陶冶了情操。一路跑来还有许多趣事：那时蔚秀园（如今已面目全非），就像花园一般，有水、有树、有假山……特别是那里的桑树给我留下很深的印象。桑葚熟了的时候，我常在桑树下驻步，摘上几颗桑葚吃。那时没有化肥、农药的干扰，桑葚特别甜，不像现在的桑葚，没有什么滋味。吃完桑葚再经过稻田埂赏稻花，尤其是夏季，出污泥而不染的荷花，分外娇艳、迷人，真是一条美妙的路线。

长跑运动员平时不仅要进行体力的训练，而且还要进行心理训练，前者是提高硬实力，后者是提高软实力。比如，睡眠就是一项软实力训练的内容，特别是正式比赛前一天夜里的睡眠尤为重要，它直接关系到第二天比赛的成绩。如果这天夜里睡眠好，体力恢复好，第二天比赛才能精力充沛，取得好成绩。但是，睡眠这项训练很难，开始时，越是临近比赛精神越紧张，精神一紧张，夜里就要失眠。我在运动队里，经过长期比赛训练，每次赛前精神都很放松，把比赛名次置之度外。特别是晚间上床后，绝对不能想任何问题，让大脑完全静下来，这样就很快入睡了，睡眠质量也比较高，第二天醒来必定是精神抖擞。这要靠长期坚持，才能逐渐形成习惯，一旦形成习惯就转化为一个人的内在素质了。后来，我把这一条概括为，"心静自然眠"，作为睡眠的一条经验，养生心得，向别人传授。

我在北大读书五年，其中有两次到北京大兴县芦城农村半农半读（累计时间约一年），还赶上了三年困难时期。参加较大型正式赛事只有两次：一次是 1958 年春节北京环城赛，规模宏大，人数众多，虽然我个人成绩不错，但没有取上名次；一次是 1958 年 5 月北京大学全校运动会。那时北大体育人才多在理科系，文科则是体育弱系。我作为哲学系一名运动员，参加学校运动会，感到很荣幸。我参加的是 5000 米比赛。比赛很隆重，特意请来国家运动队 5000 米全国冠军黄志勇（音）进行表演赛，使这个项目的比赛更加引人注目，也增加了运动员的紧张气氛。

我第一次在大学运动会上亮相，思想也比较谨慎和放松，没有把名次看得很重。北大毕竟人才荟萃，我把这次运动会只作为自己训练成果的一次检验，所以，比赛一开始，我跑得有些保守，被领跑的第一名拉下 20 多米。还有最后两圈（一圈 400 米）的时候，黄志勇已超越了我

一圈，这时我衡量下自己的体力觉得还可以，就鼓了鼓劲，加速跟在黄志勇后面跑，很快追上了北大领跑的第一名。人的欲望是无止境的，这时我心中萌生了要夺冠的念头。北大领跑的是物理系姓陈的同学，我们都在校长跑队，彼此比较了解，平时他的成绩比我好些，可实际差距也不是很大，这次比赛的结果，就决定于个人的技术战术了。我一直跟在他后面跑，这种方式既比较省力，又给前边的人增加心理压力，等到最后200米左右的弯道前，我突然加速冲在他的前面。在弯道上，我在里圈，他在外圈，他要超我就比直线费力，我硬是挺过弯道，没让他超过去，这就更增强了我的信心。弯道一过进入直线，距终点约100多米，我来一个最后冲刺，反超他20多米到达终点，夺得5000米赛的冠军。

长期坚持长跑运动，不仅增强了我的体力，而且也增强了耐力和毅力。正是这"三力"成为我人生旅途中的助力，伴我进行漫长的马拉松跑，至今仍在赛跑的途中。

一张珍贵的毕业照

陈益升

　　在北京大学哲学系本科五年，我最引以为自豪的班级服务工作是组织哲57级毕业留影，可以说这是我在担任哲57（2）班班长期间的一件得意之作。哲57级毕业照极其珍贵，其珍贵之处在于，一是参加合影的校、系领导和教授、讲师多达40人，前所未有；二是她被北京大学档案馆收藏（照片/底片号：1-3884），并被载入《陆平纪念文集》（北京大学出版社，2007年），成为北大校史研究的一件珍贵的图标资料。

　　这张毕业照的由来，还得从20世纪60年代初说起。

　　1962年7月上旬，北大哲学系57级三个班（哲专二个班，心专一个班）临近毕业，准备合影留念。我作为哲57（2）班班长，与哲57（1）班班长张可尧、心专班班长李令节，就邀请校领导、系领导、授课老师、论文指导教师以及外景摄影师等事项，一起商量之后便分头进行准备。我的任务是负责邀请校领导。

　　7月中旬开始的一天下午，我到位于临湖轩的校长办公室，接待我的是一位中年女老师。她听我讲明来意后，问我想请谁合影？我说除请陆平校长外，还想邀请几位副校长一起参加。她面带难色地说，校长们都很忙，不容易安排。我只好说，能请几位就算几位，同学们都想在离开北大以前尽量能多和几位校长一起留影纪念。她想了一会儿，小声地

对我说："这样吧，下周二下午，校长、副校长、教务长有个会要在这里开。如果可能，你们就利用会前一点时间，在附近找个景点合影，但这要等商量以后再定。"我听了特别高兴，认为这是一个好主意，立即表示赞同，并对她的指点深表感谢。我问合影地点能否选在俄文楼西门前的草地？她说"行"，并让我 7 月 16 日（星期一）再找她确认一下时间和地点。

我回到 38 斋学生宿舍后，便将联系情况通报给了另外两个班的班长，他们听了也都非常高兴。

7 月 16 日下午，我再次去到临湖轩，校长办公室那位女老师告诉我：校领导明天下午两点半钟在这里开会，你们早点把人集中到俄文楼西门前的草地，等校领导一到那里就合影，不要耽搁太多时间。她还说，你得在开会前来这里，我领你去会议室，你当着校领导的面直接邀请。我问为什么要这样办？她解释说，你作为毕业班学生代表，当面邀请校领导，比我们办公室工作人员转达，效果会更好。我在回宿舍的路上一直在想，还是老师有经验，考虑事情比我们学生周全。

7 月 17 日（星期二）下午两点钟，哲 57 级毕业班的同学们都集合到俄文楼西门前。我们从教室里搬出桌椅和凳子。一切准备就绪，共分六排，前二排是校、系领导和老师，后四排是三个毕业班的同学。

两点半钟，我三进临湖轩。校长办公室那位女老师把我领至会议室门口。她先走到陆平校长座位前说了几句话之后，便招手让我站到会议室中间面向陆平校长表达来意。当着满屋领导，我有点紧张，但还是按照她事先的嘱咐开了口。我先自我介绍说，我是哲 57 级毕业班代表，特意来邀请陆校长和在座的全体校领导，同我们哲 57 级毕业班同学一起合影留念。同学们和哲学系领导及老师们已经在俄文楼门前草地，等着陆校长和校领导光临。我说完后，陆平校长便环视了一下四周，用商量的口气问其他校领导：怎么样？大家都去吧，满足同学们的期盼，照完相回来再接着开会？坐在陆平校长两旁的周培源、翦伯赞副校长首先表示赞同，接着其他几位副校长也点头同意。我记得就在大家起身准备走出会议室时，有位教务长曾谦让说他就不参加了，最后还是被劝邀一起出来了。

我在前面引路。校领导们大约有十余人，慢慢走向俄文楼前。哲57级毕业班同学和哲学系领导及老师们早就在那里等候着，看见校领导们走来，顿时报以热烈的掌声表示欢迎。校领导们一边向大家招手致意，一边相继入座前排。全体准备就绪，摄影师开始拍照。我们在燕园五年不寻常的难忘岁月，终被定格在历史的这一刹那。

留影完毕，同学们又以热烈的掌声目送着校领导、系领导和老师们陆续离去。大家兴奋、激动的心情，久久难以平静。

过了几天，陈文伟同学从海淀照相馆取回洗印出来的毕业照。我们将照片分发给三个毕业班的同学，以及哲学系领导和老师。给校领导们的照片由我送交校长办公室统一分发。

当年，我拿到照片时，曾按照片上前后各排、从左到右顺序，把每个人的姓名一一写在纸上，并将这份名单贴在照片反面。近半个世纪后的今天，这份名单可以作为我们准确识别照片上每个人的可靠依据，其价值不言而明。

从照片和名单来看，参加哲57级毕业留影的共计121人。其中，三个班的同学81人，校、系领导和老师40人。

这张照片具有极高的含金量。就学术背景而言，与陆平校长同参加哲57级毕业留影的翦伯赞、周培源、魏建功、傅鹰、王竹溪等副校长，以及哲学系的郑昕、冯定、冯友兰、黄子通、周辅成、朱光潜、王宪钧、熊伟、唐钺、程迺颐等教授，他们都是我国科技界或文史界的名家大师，堪称科学精英或文坛泰斗。一届毕业留影能荟萃这么多学术名流，实属罕见！

　　近半个世纪以来，我一直保存着这张珍贵的毕业留影。每当我看到她时，大学本科五年学习、劳动和生活的情景，不禁一一浮现在眼前。这张毕业留影，既是凝聚燕园师生情谊的象征，也是大学时代我参与班级服务的得意之作，自然显得格外珍贵。

2009 年 1 月 1 日于北京中关村

我的重新归队——答同学问

赵又春

被开除回乡

57 级同学中，张帼珍、刘玉华和我，是因为中途被开除学籍而具有特殊性的人物，后来则成了大家最为关心的老同学。但对于我们当年为什么被开除，同学们始终不明究竟，许多人今天还有兴趣"打听"。既然如此，我就把我自己知道的情况，讲给同学们听听吧。

1960 年 12 月 27 号早晨，系党总支书记向我宣布我的错误：你除了三门政治课（指社会主义教育、政治经济学和中共党史这三门课）不及格外，据我们了解，（1）你学习马克思主义却不相信马克思主义；（2）你有许多公开的言论是错误的，即使不说是反党反社会主义的"右派"言论，也至少要说是对党对社会主义不利的；（3）我们已经掌握，你还有荫蔽的小圈子活动。像你这样的人，我们认为完全不合社会主义大学生的条件。我们培养一个大学生的费用，相当于八九个农民的收入，国家当然不能花这么多钱来培养你这样的人。最后说，经校长批准，学校决定开除你的学籍，送回你的原籍参加劳动。今天我就是来通知你，希望你以后好好改造世界观，争取成为一个对国家有用的人。1960 年 12 月 31 日——我回到老家衡阳市派出所报户口，登记完了，派出所的人大声地说："开除回来了，以后就要老老实实的，不要乱说乱动!"就这样,我离开了北大,回到了家里,"跌入了"社会底层——成为"内专"对象了。

要求核对材料

1961 年末,有人告诉我:现在各大单位都在搞"甄别",即对近年来在政治上处分错了的人,进行复查、平反,本人也可以主动请求。我以为我应属于甄别对象,于是立即写申诉信,头一封是寄给北大党委和哲学系。居然很快就收到回复,说是收到我的信之前,学校已经开始"对你们的问题"进行复查,但因故需要较长的时间,请你们等待通知,云云(按:张帼珍因在上海绝对找不到活干,就在 1961 年 10 月应我的邀请到衡阳了,所以申诉信是以我们两人的名义写的)。但等了一个多月都杳无音信,于是我又写,并且此后每隔两三星期就既给北大写一封"催办信",还向北京市委、团中央、教育部、中央宣传部提出申诉,把给北大写的头一封信作为附件。但只是每发出两封催办信,才收到北大的一封回复,还是"正在进行中,请耐心等候"几句话。

1963 年元旦过了,元月 10 号我启程去北大要求"当面核对材料"。我既不直接要求平反、复学,也不针对某具体事情(根本没有这种事情)提出申辩,而是最合情理地要求"拿出具体事实材料来同我见面、核对"。

到北大后,他们先是想逼我赶快走:不安排我的住宿。我找哲学系、人事处、校党委、团委,无论哪个部门,一律回答说:"经查对,认为对你们的处理没有改变的必要。"哲学系党的负责人更说:"当时对你们的处理还是比较轻的。"有人还说:你们自己做的事你们自己知道,你应该主动向组织交代问题,检举揭发别人才是,怎么反而向组织上提这种要求?我并未被吓住,而是反复不断地要求"核对材料"，白天继续找各部门负责人申诉，晚上则在教室里的暖气片上过夜。这样过了三天，才终于由人事处副处长兼学生科科长的高秀芳发话，让我在28斋传达室旁的一间空房子里住下。大概是第六天了，我到哲学系，王义近、人事处的高连瑞和党委甄别办的姓刘的女同志一起从哲学楼里面出来，对我说：你来得正好，现在由王义近同志和你核对材料。

第一条是说我写过这样一首诗：

> 从此我默默无语，
>
> 像一枝山花，
>
> 默默地开，
>
> 默默地落。
>
> 从此我默默无语。

但这首诗不是我写的。我在留苏预备部时，一天，一个女同学指着一份报纸副刊上的一首诗对我说：你看这首诗好有意思，从上往下念或从下往上念，都可以。我看了就把它记住了。我可以找到那份报纸来作证。

第二条是说我写过下面的话：

> 忍耐着呀，忍耐着呀！在青天里忍耐着呀！每一刹那的沉默都是一个果熟的机会，意外的喜遇终将来临。

这又是我抄来的：抄自罗素的《幸福之路》，而他又注明是引自《传道书》。我对王义近说：你不相信，可以到图书馆去借来这本书查对一下。

第三条是说我还写过下面这首诗：

> 不凭任何外表的特征，
>
> 也不需要行会式的举动，

仅因她们那奇特的思想，

就知道彼此属于同一类型。

她们智慧超群，

本可以成为英雄，

但人们对她们的评价是：

这是一些大时代中的小人。

　　这首打油诗是我的原创。1959 年，我们下放在康庄，一天集体学习时，张帼珍收到她的数学系朋友杨晚兰的一封信，内中说，她最近喜欢上了外系的一个女同学，尽管还没有搭上一句话，但已经感觉到一定会相互理解、信任、喜欢的。张帼珍觉得有趣，就在中间休息时把那信当着众人丢给我看（她坐在我对面）。我听张介绍过，杨晚兰非常聪明，北京市中学生数学竞赛得过第二名，是保送进北大的，只是思想有些奇特；我看了后，顺便在那信封的反面写了上面这几句话，写好就扔给张帼珍。我"交代"完上述情况后，说：这究竟证明了什么？我不明明批评她们是大时代中的小人吗？张帼珍看了，还很生气哩（这是事实）。

　　听了这样的"事实依据"，我说：这些都是误会、曲解，既然开除我学籍是凭的这种材料，那就应该平反；你们不同意，我请求把材料都公布出来让全校师生来评定（这时，我谈及学校是秘密开除我的，没有出布告公布材料）。

　　过了一天，就又由高连瑞出面来同我核对了。全都是从我和张帼珍"合写"的日记中摘抄下来的。

　　1. 说我给张帼珍写过一个纸条，上书"记住总数"四字——他们把这看成了我们的"联络暗号"。实际情况是：张帼珍受开除团籍处分后，常常感到备受歧视，"动辄得咎"，稍作辩白或反抗，则遭到更多更大的批判，因此心情特别不好。我们的"恋爱谈话"，就多半先是她作这种诉说，然后是我安慰她、开导她。我的基本意思是：既然这样，你就只能努力忍受这种处境，争取过了相当长的时间，情势朝"大家开始善待你"的方向转化，否则，你越反抗，将越吃亏，一时任性，换来的是更大的难过和被动局面。我和她都读过车尔尼雪夫斯基的《怎么办》，我就借用那书中主角罗普霍夫的话——"记住总数"，来概括这个意思。为了她能时刻记住这个原则，我就把这四个字写在一张约两寸长一寸宽的纸条上，插在她的日记本封面内的小袋子中。

2. 说我还给张帼珍写过一个纸条，上书："情绪、立场、后果。"其实，这是我对"记住总数"的"操作性提示"，即嘱咐张帼珍：无论做什么发言、表态，都首先要控制自己的情绪，决不任性；要努力站在正确的也即批评你的人的立场上去思考问题，不要总以为别人是在有意欺负你，故意找你的岔子；要想好"你的表现"对你的后果将是怎样。实际上我也以为，只要她能做到这样，就会减少误会和怀疑，心情就会好一些。这个纸条也夹在张的日记本中。

3. 说我写过这样的话："三思而后行，吾何悔之；我无瑕疵，吾何败之；清正而已矣，吾何畏之。"——这是我写在我和张帼珍的"共同日记"中的话，希望对张帼珍起到劝勉的作用，即是说明按"情绪、立场、后果"三步骤行事的效应：那样你就不会有后悔，就不会因言行失误而贻人把柄，让自己被动；只要我们谨言慎行，不犯错误，我们也就不必担心同学们"找岔子"。我这明明是按照"上面的要求"，站在正确的立场帮助同学兼自己的女朋友，怎么反成了"罪证"？至于文字有些"酸"，那是恋爱中年轻人不成熟的反映，扯不到政治上去。

4. 说我给张帼珍写过这样的话："打掉别人的威风，长上自己的志气，这样才能迅速平而等之，如何？"事实是：如上所说，我和张帼珍的"恋爱谈话"多半是"她诉说，我开导（她称为'教训'）"，这种不对等的关系，使得自尊心极强的张帼珍感到屈辱，多次向我表示这是"不平等的"。对她的这种心情，我就从"你可以同我辩论，也教训我"

这个角度去宽慰她，于是在我们的"共同日记"中写了如上的话。

1958年8月25号，我班全体"下放"了，我们被分配在了康庄和南程庄两处，这"迫使"我们发明一种联系方式：两人都在同样的小本子上写日记兼情书，每逢全班聚会就交换一次。这样持续了一个来月后，一天午休时候，张帼珍跑到南程庄找我，说她的日记本突然在前几天丢失，昨天李明权（也可能是杨克明，记不确切了）找她谈话，说是有同学捡到了，发现其中写了些错话，就交给支部，支部看了后对她的这种表现很是失望，希望她今后好好争取进步，云云，最后把日记本退给了她。

听了我的说明、解释和随后提出的"请全校师生来评定"的建议后，高连瑞先是疾言厉色，甚至拍桌打椅地教训我，然后又和颜悦色、笑容可掬地安慰我，说：你也不必把"开除学籍"看得太严重了，我们党不会就永远不信任你的，你们仍然可以有光明的前途；至于你们现在还没有工作，学校当然无法给你们解决，但可以给你们当地有关部门写信，介绍你们的情况，建议他们妥善安排。说到这里，他更"友好"了，拍着我的肩膀说：听说你的俄文很好，你可以到中学去教俄文嘛，其实，就是政治课，你们也可以教的；你说吧，学校最好同你们那里哪个单位联系？你一走，立刻就写信，你放心，这是坚定不移的。他还突然说：你抽烟吧？同时掏出大半包烟摆到我面前，说：你拿去抽吧，你在北京买不到烟的。

又过了一天，由高秀芳处长出面，正式保证兑现高连瑞说的上述"坚定不移"，同时主动表示，学校可以资助我回家的路费，我于是在留下两个"联系工作单位"的名称（其中一个我写的是"湖南省衡阳市教育局"），领了15元"支助费"后（我只要求这么多，那时北京到衡阳的慢车票价是22.29元，我身上还有十几元），回家了。到衡阳那一天，是1963年元月20号，即阴历除夕前四天。

我档案中的记载

北大履行了"坚定不移"的承诺，而且起了作用：1963年下学期开学前几天，我去衡阳市教育局打听有无让我和张帼珍担任代课教员的可能？接待我的人事科长竟一听我们的名字，就二话不说地把我们介绍到实乃"分配到"衡阳市八中和十中当"代编教员"——"代编"意指非"正式"又非"临时"，能否转正，视以后情况而定。我们为此感到极大的安慰，一点不嫌工资太低——每月36元，更不在乎是让我们教俄文。

我们在教学中的表现自然"没得说的"，因为我们一心只想以良好的表现换取工作的稳定。1964年，帼珍又生一女儿，她非但产前没有少上一节课（每周24节课），还不等休完产假就上班了。但到1965年，"政治风声"开始吃紧，这年下学期我们就都被辞退了。幸亏我家所在地的街道（当时叫"分社"）总支书记对我不错，他立刻把我们安排到他治下的两所民办中学，而且工资待遇不变（其他教员都是每月30元）。一年后，那两个学校归并到规模较大的区属中学（也是民办初级中学），我们从此就在同一个学校、同一个教研室里一起连续工作了13年，即一直"同事"到1979年底。

1966年4月底，我所在学校"四清"工作结束。在这次运动中，工作组对我与张帼珍似乎是抱安抚和鼓励态度的：始终没有歧视我们，撤走前还给张帼珍加了一级工资（4.5元），并保证年内我也会加一级。但过了才一个多月，原班人马又以"文化革命工作组"的名义回来了，并且翻脸不认人，马上发动学生整我们。好在该校学生年龄小，加之我们人缘关系不坏，所以受的皮肉之苦并不太大。几个月后，他们又作为"文化大革命工作组"撤走了，我们则成了真正的"逍遥派"。又几个月后，"造反派"发起抄"工作组"留下的"黑材料"的活动，发现其

中有关于我和张帼珍的各一份，就也交给我们"自己处理"——我们因此看到了自己的档案。

那是一张表格，题为"清理人员情况表"，附件中罗列了我们的"问题"。在"1960年被开除前的主要错误"这小标题后列出的有以下几条。

1. "攻击社会主义制度：'一个人制造不出三害来，问题在于一个制度，一个风气。'"1957年5月26号晚上，我在留苏预备部一个全校性的、名叫"自由论坛"的大会上做过一次发言，一部分内容是批评有些人的大字报有进行人身攻击的倾向，我说：这不好，其实，你所批评的人可能是在照章办事，只要他没有假公济私、违法乱纪，即使于你不利，也不要对他们个人进行攻击。就是基于这个意思，我概括地说了句："三害不是个人品质的问题，而是制度问题。"我说的这"制度"是指的具体的规章制度，实际上则是针对当时选派出国留学生的涉及政审的某些制度，因为大字报攻击的对象主要是负责出国事务的、当时留苏预备部的人事科长，说他在决定"谁出国谁缓出国"的问题上怀有私心，搞"三瓶酱油换出国"（一张大字报的标题）之类的交易（提意见者都是被"缓出国"者）。

2. "攻击党的人事制度：'人事科操纵了人的命运……人事科、党委使人害怕'。"——我在作上述批评，要大家不要对人事科长进行人身攻击时，鉴于当时的形势，同时也显示我的实事求是精神，也做了一个"让步性"陈述，说：也许我们的人事制度和搞人事工作的人确有缺点，使得人们觉得人事科操纵了人的命运，感到人事科、党委可怕，但是……我这说法，即使在当时也毫无错误，实际作用是在"保卫党，反击右派"，竟被断章取义地解释，成为我的罪行了。

3. "骂搞人事工作的班长是'特务'。"——这是对我在向党交心会上说的一个内容所做的概括和加工。事情是这样的：1958年，大概三四月间，即开展"向党交心"运动的时候，晚上全班开"向党交心会"（在 30 斋 336 室），几个人发言过后，我于是立即发言。首先是暴露、检讨、分析自己对党的感情，说：我尽管衷心感激党的培养，也自信共产主义理想很坚定，所以自愿转来学马克思主义哲学，但从深处看，可以说我同党还是有距离的。接着就举例证，也即"交心"：在留苏预备部时，一天傍晚和几个同学散步闲谈，有人对正班长表示不满，说他曾经开了个什么玩笑，大家都笑了，在场的正班长也跟着笑，可第二天就跑到人事科去汇报；我听了，竟不假思索地评论道，"这简直是绥西克（сыщик）！"解释完"绥西克"是俄文词，有"密探""特务"的意思后（当时我们正在学高尔基的《母亲》中的一章，其中有这个"生词"，我就用上了），我又分析说，这虽然是个玩笑，又是针对某一个党员的一次具体的作为而发，不是一般地评论党员的行事。但是，我明知留苏预备部的正班长都是并且必须是党员，却想不到这样的玩笑可能给党员，从而也就是给党的形象和威信造成损害。这就说明，我的觉悟还是不够高，对党的感情还是不够深，因此才对于可能给党造成不良影响的言论、现象，尚未具有一种敏感性，从而做出的反应可能是更加助长、扩大了不良影响。我真想不到，我的那个交心内容竟被这样地加工概括，还写到我的档案中了。

4. "为右派丁玲鸣不平，等等。"——这句评述倒是"事出有因"。1957 年底或 1958 年初的一天，在我的宿舍里（30 斋 338 室），在就寝前的闲谈时，我说及我最近看到一篇文章，批评起丁玲的《太阳照在桑乾河上》来了，并发表感想说：这本书是丁玲在新中国成立前写的，还得到了斯大林文学奖，怎么能因为丁玲现在被划为"右派"，就说她以前写的得过奖的书也有问题呢？

关于我的错误，即北大开除我学籍的依据，档案中的记载居然就是这样一些东西，使我成了近似亚瑟（《牛虻》一书的主角）的角色，这是我没有想到的。

一个重要补充

说我有荫蔽的小圈子活动，那究竟是怎么回事？

哲学系 57 级只有两个女同学，所以张帼珍的体育课是和其他好几个系的女同学一起上的，她因此认识了数学系 57 级的一个名叫杨晚兰的同学，并且成了朋友。杨的家就在北京，读中学时和胡风的女儿张晓风同班，且比较要好。一天，杨听张帼珍诉说，在北大图书馆有时借不到她想看的文学作品，就说："我陪你到我的一个同学家去借，她家的文艺书籍多的是，她父母又不在家，好借得很。"这样，张帼珍就去过张晓风家几次，每次都是为借书还书。据她说，一共去过五次或六次，有两次是单独去的，一般都是与杨晚兰同去。有一次，张晓风把她们的另外两个女同学也叫了来，五个人一起吃了餐饭——与张晓风同住的只有她的外婆和 11 岁的弟弟，由"公家派的"一个保姆（类似于现在的钟点工，但不收钱，是居委会派来的"义工"）为他们操持家务。这是 1958 年 8 月以前的事，那时我和张帼珍还没有恋爱关系，所以我并不知情。我知道张帼珍结识了胡风的女儿，是在 1958 年 8 月间（我们是 8 月 1 号"定情"的）。一天，我在她借来的一本书（书名不记得了）的扉页上看到有手写的"王造时赠"的字样，还有"张光人"的名字。于是我问她借这书给她的人，是不是胡风的女儿，她说是的，并向我叙述了同张晓风相识的全过程，我就劝她以后不要再去胡风家，以免惹出麻烦。不久（8 月 25 号）我们就下放了，1959 年 5 月 19 号才返校，这期间张帼珍只可能和张晓风有通信联系（共写过两三封）。对她们的通信，我倒没有表示反对，但当我知道回校后张帼珍又去借了一次书时，就坚决要求她"以后断绝同张晓风的一切来往"。张帼珍接受了，把书还了后，她就再没有去过胡风家，也没有同张晓风通信了。——她后来告诉我，这其实不表示她"服从我"，而是因为杨晚兰告诉她，张晓风有了男朋友，那"男的"要求她不同在大学读书的人来往；实际上，杨是要张帼珍断绝同张晓风的联系，说，"我们应该成全朋友的爱情"。所谓"小圈子"，就是这么回事，同我更是一点不沾边。

这里我想顺便讲一下刘玉华怎么也被看做"小圈子"的成员了，他是57（1）班的，我们在2班，所以他同张帼珍几乎没有交谈过，怎么关联到张晓风那里去了？据张帼珍说，唯一的蛛丝马迹是，下放期间，有一天早晨，她想赶在出工之前去芦城合作社的邮箱投寄一封信，途中碰到住在芦城的几个1班同学迎面走来，知道她是要去寄信，又已经写好地址贴好邮票后，其中的刘玉华就说："你转回去时可能赶不上出工了，将信给我吧，我收工经过邮筒时替你投进去得了。"张帼珍把信交给他（她看到刘玉华把信放进了口袋），就转了回来。巧的是，她那封信恰好是寄给张晓风的。仅此而已。刘玉华真比我还冤，竟是被这样的捕风捉影"捕捉"进了"另册"中，并终于也被开除学籍！——是某位同学"偶尔"看到了那信是寄给"张晓风"的，或写的是胡风家的地址，就据此向"上级"报告刘玉华有问题吧？真是匪夷所思！

平反归队

1979上半年，看到"右派"分子都可能"改正"实即"平反"时，我又"心动了"，这时正在读大学的大儿子也来信说，他在报纸上看到一则报道，说北大正在复查"右派"问题和因政治原因处分学生的案件，并问我们是否应该主动请求一下；于是，我们就又试着给北大写信，陈述我们的问题，表示希望"同时加以解决"。不久就收到回信，说是"正在复查，你们这类问题安排在第三批，请等候"。

这次我们没等多久，1979年12月，我和张帼珍同时收到北大的公函，我那一份的内容可归结为三项（行文是公式化的），一是政治上彻底平反，二是补发学历证明（肄业证），三是写明："由当地政府按当年大学专科毕业生待遇安排适当工作，工龄从 1960 年算起。"张帼珍的，后两项雷同，唯第一项中有个尾巴，即写有一句"系一般认识错误，不属反党反社会主义性质的问题"。张帼珍自然很不高兴。但才过几天，又收到北大一封信，说：上次关于张帼珍的决定中的提法有不妥之处，请退回；学历证明都将改为补发毕业证书。几天后，张帼珍尚未"退回"，就来了"改正件"，行文和我的那一份完全一样了；两人的毕业证书也同时寄来，但却是一张奖状样的纸，正面说明是"毕业"，反面是北京市公证处的公证书，证明此件和通常毕业证书"有同等效力"。当年 12 月，无需我们出示北大的公函，衡阳市就把我们两个都安排在该市前一年新办的一所专科大学任教（1984 年 4 月我们一起调到湖南师大）。这样，经过整整 19 年的"考验"，我们"归队"了：回归"正册"，回归"本行"——教马克思主义哲学课。1980 年底，北大又给我们来信，要我们寄去两张小二寸近照，为我们补办正式毕业证书。我们自然寄去了，并且很快收到毕业证。这次和发给同学们的"大同小异"了：也是写的"1962 年毕业""五年制"，只是大了一些，贴的是 40 多岁的人的相片，盖骑缝章处写的是"补字第……号"。

至此，我想征引何兆武先生（他是西南联大毕业，算得上我们的师兄吧？）在他的《世纪学人自述》中说的一段话："善意固然是人性，恶意也是人性——例如除了人这个动物而外，还有哪种动物是以虐待自己的同类为乐的？'文化大革命'对于其他专业工作者未免是一种损失，使他们失去了大量宝贵的钻研时间，但是惟独对于文科来说，它却是一次无比的收获，它使得我们有个千载难逢的机会去体验到人性的深处。这是任何太平盛世所梦想不到、求之不得的机会。几千年全部的中国历史和在历史中所形成的人性，都以最浓缩的形式在最短的时间之内迸发出来。如果今天的历史学家不能运用这样空前（或许也绝后）的优异条件写出一部或若干部文革史、中国史乃至世界史、历史学理论、方法论和历史哲学的书来，那就未免太辜负自己所经历的时代了。"我要补充的是：不仅是"文化大革命"有此价值，我们整个"前30年"的运动都有这种价值；我们不但要据以研究一般人性，还要或者更要贯彻我们关于"一般存在于个别之中，任何个别都是一般"的理论，据以反思我们自己作为人类一分子、"个别"的具体的人性，使我们不仅是学哲学、教哲学、写作哲学文章的人，还朝向我们心中的"哲人"迈进一步；这才不辜负我们的"北大哲学系毕业生"的称号。我愿以此与同学们共勉。

告别"五八"

刘玉华

人们对异常和离谱的事情，印象也是较深的。

1958 年哲学系下放到芦城。有一首芦城农民的诗："金银财宝何足道，房屋土地我不要；全心全意跟党走，共产主义早来到。"当时还有一句徐水农民的诗："徐水人民吼一吼，地球也要抖三抖。"四川省郫县农民种的高产田，水稻亩产 83.2 万斤，此消息见丁《人民日报》。其实农民本是纯朴和实在的。"五八"成了面南而东行的标志。《左翼进行曲》的作者马雅可夫斯基如果不自杀而活到 1958 年的话，他在某些中国人面前当自愧不如了。

在学中国哲学史这门课的时候，上方下达了一个要求，即先有冯友兰先生在课堂上讲课，随后就有学生在课后的讨论会——实则是针对冯先生的讲课内容进行跟踪批判。就这样，既跟着又背着，讲到哪里批到哪里，先破后立。等冯先生的课讲完了，要求学生拿出一个中国哲学史的新体系，形成一本以某种新思想为指导的"中国哲学史"新教材。由于受当时的风潮情绪驱使，这种想法和做法从一开始提出之日起，就注定是一个流产的死胎。

在大鸣大放中竞相比赛谁的大字报写得多。此时在铺天盖地的大字报中涌现了一张高鸣又高明的，是质问马寅初校长提出要节制中国人口的《新人口论》姓哪个马？是马克思的马还是马尔萨斯的马？结论是马老姓马尔萨斯的马。理由是：马克思的人口论实质上是人手论，人不仅有口要吃饭，人还有手会劳动，每个人劳动创造的价值，除了他本人消耗外还会有结余，人越多累计结余越多，社会总财富就越多，因此人多是好事。可惜了，这种仅仅用算数加法来研究人口问题的方法，比马尔萨斯简单地用算数级数和几何级数来研究人口问题的方法更加简单了。起码马尔萨斯毕竟警示了人们人口过多的严重后果，而那张大字报却教导我们，在1958年六亿人口的中国，人多是好事。

我是有过苦难历程的幸运者，天意保佑，告别了1958年，笑到了今天。我们这群57级哲学专业的同学完成了从20世纪到21世纪的跨越，同时这又是从公元第二个千年到第三个千年的跨越。一个人能够赶上百年和千年两种跨越，真乃千载难逢。我们不仅亲历了这种时空形式上的跨越，更为重要的是亲历了那场从斗争哲学到和合哲学、从与人斗到以人为本的实质内容上的跨越。2007年10月我们实现了入北大50周年的40多人的"半世情缘大聚会"。在入学十周年的时候，由于极端异常的气候和风向，这种聚会是根本不可能实现的。在入学20周年的时候也是不可能的。在入学30周年至40周年的时候，由于气候和风向的好转，逐渐有了在北师大十几个人的聚会，在中央党校二十几个人的聚会，在襄樊三十几个人的聚会。我们有理由期待，期待2012年毕业50周年和北大哲学系建系100周年的聚会，期待2017年入北大一个甲子轮回的聚会，期待……人生犹如时空那样也是四维的，有长度、深度、宽度和高度。学生时代我们当中的多数人可能首选深度，今天在深宽高都基本定格的年龄，留给我们可供选择的就是长度了。让我们大家都专注地持续并践行人生的长度吧。我们学外国哲学史的时候都知道古印度有一首反宗教的诗歌，开头第一句就是"活着就有幸福！"

激动而遗憾的回忆

王筑民

我于 1957 年考取北京大学哲学系哲学专业，但却因病在 1958 年 2 月离开了北大。在北大仅仅待了一个学期，所以，如果说我也算北大校友，那就连十分之一个也够不上。同学们让我写回忆，我觉得自己挺不合适。这里，只提供一点想起的材料吧。

考上了第一志愿

1957 年夏，我就读于贵阳一中高三（2）班。就要毕业参加高考了，考什么专业，考什么学校？那一年填志愿可以填 12 个。想了一阵，最后我就填了两个学校共五个志愿：（1）北大哲学系；（2）北大中文系；（3）北大历史系；（4）贵阳师范学院中文系；（5）贵阳师范学院历史系。我心想，多半就是在贵阳师院了。有的老师希望我考理工科，我却考了文科（哲学加试数学），老师不理解，我自己则只感觉哲学有意思，别的也说不清楚——那时我才 18 岁不到。

发录取通知书了。当我拿到录取通知书的时候，我的心跳加快腿发软了——我考取了第一志愿：北大哲学系！

出发去北京上大学，我们贵州省贵阳市考取北京各校的一些学生相约结伴而行。有清华的，北师大的，北京医学院的，北农大的，还有北大的，等等。我所知道的当年从贵阳市考取北大的大概是 4 人，分别在数学力学系、物理系、生物系和哲学系。贵州省当年是否还有别的同学考取北大，我就不清楚了。

当时，贵阳还没有通火车（到第二年 1958 年下半年才通车的）。我们坐客车到黔南的都匀，然后换乘窄轨小火车到黔桂交界处的麻尾镇。在窄轨小火车上，座位都是沿着车厢壁安放的长条凳，到晚上车厢内很暗。尽管如此，这却是我第一次坐火车，所以十分兴奋。在麻尾换上了正规的火车，于是一路奔赴北京。因为是第一次坐火车，而且所过之处对我来说都是"第一次"，于是过于兴奋，贪看窗外景致，以致竟然在火车上发生了"晕车"！

车到北京站（那时还在前门），早有各校校车在那里等候迎接。

到了北大，高年级的同学们领着我们办理入学报到手续，带我们到各自的宿舍安顿下来。大概是第二天吧，哲学系高班同学又领着我们去颐和园玩了半天。

室友情深

我们的寝室在 30 斋 334 室，寝室住了六个同学：赵毅、王善钧、陈益升、殷登祥、傅昌漳和我。

赵毅是 57（2）班班长，东北大汉（他称我"小孩儿"），成天乐呵呵的，爱唱《五月的鲜花》，还爱哼几句东北小调；王善钧是福建人，从北京俄语学院 55 级转过来的；陈益升是安徽的；殷登祥来自江苏；傅昌漳来自浙江；我则来自西南边远省份贵州。全寝室六个人，从四面八方汇聚到一起，关系很融洽。

从 30 斋穿过 28 斋等几栋学生宿舍楼围绕着的一个空地，左手边是一个卖文具等各色物品的小商店（一排平房），好像还有理发室。再往外走，就是"三角地"、小饭厅、大饭厅了。从大饭厅穿过一条南北走

向的大路，有一家不大的新华书店。大路往南一直伸到北大南大门，往北则是学校的中心部位：有一栋栋教学楼，也是各个系的所在地（哲学楼就在水泥路的西侧）；有图书馆、文科和理科的阅览室；有办公楼；等等。从图书馆往东北去，便是风景优美、水光塔影的未名湖。从办公楼向西，就到了富有中国气派的北大西大门（正门）及门内的庭院……55 年过去，不知道我的记忆有错没有？

房间冬天有暖气。开水要到另一栋宿舍楼去打。食堂的菜，一般的一角、一角五分一份，便宜的就几分钱，贵的则在四五角以上。一段时间还曾在大饭厅划出一角，开出了"包伙制"食堂，以照顾经济条件差一些、饭量较大的同学。我也曾去那里吃过，印象深一点的是有时吃高粱米蒸煮的饭。

参加国庆八周年游行

还有一件令人难忘的事，那就是参加建国八周年天安门庆典游行和焰火晚会。

临近"十一"，我得到通知，告诉我将参加国庆游行！

国庆节那天，一大早，似乎天还没大亮，我们便集合乘车进城。也不知是在哪里下的车，然后一会走，一会小跑。路上队伍真多，真怕跟错了队，跑到别人队伍里去了。最后，大概是到了天安门东侧的一条街吧，队伍停下来了，原地休息。这时候，广场上也许正在举行阅兵式吧，我猜想着。

过了一阵，队伍开始动起来了：群众庆祝游行开始了，队伍走进了天安门广场，通过广场时，分成了许多路，十分幸运的是北京大学在最靠城楼的第一路！

广场上，红旗翻卷，一片彩色缤纷；歌声口号声，处处欢声雷动。我和同学们举着庆祝国庆的标语牌，跟在北京大学横幅校旗的后面，由东向西行进着。天安门城楼就在眼前了！这时，一些老同学为了照顾我们这些第一次到北京的新生，主动把庆祝标语牌接了过去，让我们空出手来挤到了队伍最靠近城楼的外侧。

多激动啊！就在距离城楼最近的地方，也许就几十公尺吧，我们清楚地看到了毛主席以及党和国家其他领导人在向欢呼的群众挥手致意！（记得当年还有一位东欧国家的领导人也在城楼上）我们欢呼着，跳跃着，不知道如何才能表达出自己激动万分的心情！我们甚至停下来不想走了，只是在后面队伍的推动下，不得不一步一步地移动着，走过了金水桥，走过了天安门城楼。在那个年代，处在这样的境地，特别是从外地、从边远省份第一次来到北京的莘莘学子，谁会不激动万分呢！

晚上，我们还参加了天安门广场上热闹非凡的焰火晚会，人们围成一个一个的圈，唱歌、跳舞、看焰火……真是一片欢乐的海洋！

学习生活

在北大，学习是很紧张的。秋冬时分，天不亮就起床了。洗漱完毕，就到大食堂吃早餐，一边吃一边就往教室跑，为的是抢一个前排一点的座位。还好，那时我的眼睛还没有明显的近视，所以，只要不是太后面，还能看得见、听得到。又因为不同的课在不同的教室，所以，课间还得"快跑"。

讲到学习，就想到我们的老师。第一学期开的课，有黄枬森老师的辩证唯物主义与历史唯物主义、李世繁老师的形式逻辑，讲数学课的是一位中年男教师，分小班给我们上辅导课、习题课的是一位年轻女教师。上面说的几门课，上课都是在阶梯教室，几个班一两百人上大课。俄语课是小班上课，我那个小班的老师记得姓萧，有许多动作和表情很有俄罗斯味。体育课按体质分班，我在体质较弱的一组。

老师们讲课都很有吸引力，我听着很感兴趣，没有"走神"的情

况。课后，还总要到图书馆借一些有关的书籍来阅读，总有一种要想深入进去的愿望。

北大的图书馆、各个阅览室，总是坐得满满的。有时，上午一、二节没课，我也去图书馆。到图书馆门口，天还没亮，可等在那里的人已经很多，站得满满的。门一开，全涌了进去。总算找到一个位置，松一口气，坐了下来。馆内很安静，每个人都在静静地看着，写着。台灯光线很好，高高的隔板把桌子两边的人隔开，彼此看不见，更不会互相干扰。要借书就要到借书处，在卡片柜里查到想借的书，写在专用的纸条上，交给管理员，管理员把纸条放在一个篮子里，楼上书库的管理员把篮子提上去，找到了书，再用篮子放下来。当时北大图书馆的藏书已是180万册，居全国第二（见北大团委会学生会给新同学的信）！

除了图书馆，还有文科阅览室、理科阅览室。记得阅览室放有若干书架，摆着各种工具书，供同学随意取用。晚自习时间，阅览室同样座无虚席。

遗憾退学

然而，就在这第一学期后半期，我病了。整夜整夜地睡不着觉，白天就头痛头晕，不能上课。三天两头跑北大校医院，吃了不少药，没有效；北大校医院又开转诊单，让我去校外大医院看病。校内校外、西药中药都吃了，仍然睡不着，甚至发起低烧来……

在我患病之后，同学们都很关心。同寝室的同学经常都在问寒问暖，其他寝室的一些同学也来看望。

患病之前，我和王善钧同学上课下课经常在一起，他比我大几岁，我是把他当大哥哥的。病倒以后，善钧兄为我打水打饭，为我做了种种事情，那穿着蓝灰色学生装的身影，我一直没有忘怀。

因为已经无法继续学习，1958年2月，我只得离开了北大，离开了哲57（2）班。同寝室的同学在未名湖合影留念；殷登祥同学送给我一本《李杜诗选》，还作了一首题为《送别》的七言古诗，题写在扉页上。

离开北京，回到贵阳后，我和善钧兄还保持了一段时间的联系，他给我寄来了北大的校报和一些刊物等资料。

严重的神经衰弱迫使我遗憾地离开了北大。后来，我进入了贵州大学中文系，毕业后留校，在中文系文艺理论教研室任教。1973年，被借到贵阳中医学院担任中医古籍语言方面的教学工作，以后便留在了贵阳中医学院，直至2001年退休。退休后，又应聘在贵州教育学院、贵州大学成教学院等讲授先秦文学、汉魏六朝文学、训诂学以及中国古代文论（中国古代文学理论）等课程；有时也在本院（贵阳中医学院）讲讲中医古籍训诂概论或一些选修课。最近几年，已经不再上课了。

大约是20世纪90年代，我写信给北大哲学系询问，得知善钧兄在厦门大学，于是与善钧兄重新有了信件和电话来往，彼此了解了这些年的经历，并得知善钧兄1986年到贵阳开会时曾到处找我却没有找到。另外，又与王树人学兄有了联系，此后一直互通音讯。树人兄2006年到贵阳开会，我们还见了面，在一起照了相，叙谈了半日。我还仿佛听说，赵毅老大哥1966年过贵阳也曾找过我，没有找到；但这"仿佛听说"就只是一个模糊的印象，甚至记不清究竟是从哪里听说的，又是从哪里获得的这个印象。

55年前我离开了北大，离开了哲学专业。看来，我的体质差，神经系统太脆弱（高考前复习期间，我居然在午睡时梦中解了一个几何难题，醒后头痛如裂），以致使我承受不了高度抽象的哲学思维。然而，这么多年来，神经衰弱一直伴随着我，对哲学的爱好也一直没有消失，还常常翻阅一些哲学书籍，但却不敢深入进去，害怕神经衰弱再度严重发作（前不久，我还读了张世英先生的《进入澄明之境》，很感兴趣，但却没有完全读懂，也不敢深入下去，因为现在还总是睡眠不好）。我后来没有从事哲学方面的工作，但对哲学的喜爱应该是使我获益匪浅的，比如，锻炼了我的思维能力，等等。

如梦如幻，就写这么一点吧！

第二部分

回忆老师

三进中关园

崔英华

我系老师住得很分散，校内有燕南园、燕北园、朗润园等；西校门外有蔚秀园、承泽园等；东校门外有中关园等。我最难忘的是中关园。因为每次去拜访住在那里的老师，都给我留下深刻的印象。现在回想起来，老师的音容笑貌历历在目。

一进中关园，是陪西芦城姚队长在任继愈先生家作客。

1960年秋，大兴西芦城队长姚玉珍来校看我，言谈之中流露出想去看望任先生的愿望。因为早在1958年秋天，任先生与张岱年先生曾与我们一起在西芦城参加几个月的劳动锻炼。我们师生三人同住在一家老乡的炕上。两位先生虽年高体弱，但都能与老乡同吃同住同劳动，受到社员的尊敬和关照。所以，姚队长趁来北京市委党校学习的机会，特来看我，要见任先生。我陪同他去了。任先生虽是著名的中国哲学史和宗教学专家，但仍住在中关园平房宿舍。走进任先生的住所，一进门，是书房兼会客室。两排书架上整整齐齐摆放着刻有绿色书目的朱黄色书箱，古朴典雅，书卷气十足，是典型的中国学者书房。当时正是"困难时期"，物资供应差，大学教授的生活也很简朴。任先生热情地招待我俩吃饭，端上来的是一小钢精锅米饭，几个小菜。用茶碗盛饭，一碗也不过二两米。姚队长吃了两碗，就放下筷子。我想他肯定没有吃饱，因为我曾见过他在家里是用农民的"海碗"吃饭。不过，一个农民能

在堂堂北大教授家作客，这在过去是少有的。这是贯彻教育与生产劳动相结合方针带来的一件新鲜事。

二进中关园是与田福镇一起听齐良骥先生讲康德哲学。

1962年春，我们开始做毕业论文。我和田都选择了康德哲学。齐先生是我俩的指导老师。齐先生是著名的西哲史和康德专家，也住在中关园平房宿舍。家里布置清洁整齐。齐先生长期患慢性胃炎，身体消瘦，但待人热情，精神饱满，谈吐慢条斯理，把抽象难懂的康德哲学讲得深入浅出，头头是道。

我的论文题是《康德二律背反在辩证法发展史上的地位》。当时选这个题目，主要是想探讨德国古典哲学为什么由康德到黑格尔能使辩证法达到一个高峰。列宁在其《哲学笔记》里早就警告过人们，从康德那里学辩证法，费力最大，收效最少。但我为了探索从形而上学如何转向辩证法，还是选了这个题目，想从康德的"二律背反"，分析四对矛盾，找出人类辩证思维的经验教训。

论文在齐先生的指导下，尤其是在他的名著《康德唯心主义认识论和形而上学的方法批判》的启发下，还是按时写完了，结论是："二律背反"虽然抓到四对客观矛盾，但他只看到对立一面，没有看到统一一面，还不是辩证法。他之后的黑格尔不但承认矛盾普遍存在，而且既承认矛盾的对立，又承认矛盾的统一，达到对立统一，这才是辩证法。在写论文期间，多次向齐先生求教，因而和齐先生结成深厚的师生友谊，日后甚至20年后再相见，齐先生都能直呼我的姓名。这使我感到十分亲切。

三进中关园，遇宋一秀，听黄枬森先生讲马哲史编写问题。

1978年春，也就是我北大毕业16年之后，突然接到黄先生一封信，说教育部要他主编一部马哲史，有关方面希望有部队哲学工作者参与，他要我物色推荐撰稿人。这使我感到意外，时隔那么多年，他居然还记得我这个学生。后来才知道，是因我在1958年夏人民公社化运动初期，他曾带领我和姜宏周在河北正定地区作过为期不长的农村调查，写过一个人民公社必然性和优越性的报告。

接到黄先生信后，第三次走进中关园。当时哲学系为黄先生落实了政策，但待遇没有什么变化，仍住在中关园平房宿舍老房子。房间不大，一间给女儿住，另一间一分为二，屏风后面半间当他与老伴的卧室，前面半间当他的会客室。谈话间又偶遇了另一位主编宋一秀。

黄先生对我们说，最早在中国讲马哲史的是1953至1956年在北大任教的苏联专家萨波什尼科夫。他的讲稿曾铅印在内部交流。中国人撰写马哲史，最早是在1972年周总理号召大学恢复系统学科学习的时候。他和朱德生、张世英、朱伯昆、齐良骥等集中在北大办公楼内，开展了马哲史的研究，写出了到斯大林为止的马哲史初稿，油印征求意见。这是北大哲学系也是中国学者撰写的第一部马哲史书稿。经过这么多年，现在我国进入系统开展马哲史研究的新阶段，需要集中各方面的人才，共同努力，写出一部内容完整又系统的马哲史巨著来。

黄先生一番话打动了我的心。回到军事学院，我向教研室负责人作了汇报。但他说，我们军队院校搞哲学教学，培养对象主要是师以上指挥员，他们需要掌握的是马克思主义哲学原理、毛泽东哲学思想及军事辩证法，而不是马哲史，最好谢绝黄先生的盛情邀请。这样，我便失去了搞马哲史的机会，也失去了与恩师黄枬森先生合作的机会。直到现在，回忆这件事，仍觉得是一个遗憾。

有幸聆听三代马克思主义
哲学大家的教导

王崇焕

回想 1957—1962 年北京大学哲学系"激情燃烧的岁月",许多情景历历在目,令人终生难忘。五年大学学习生活受益匪浅,决定了我们人生和事业的正确方向,尤其使我引以为荣的是:有幸聆听冯定、黄枬森和赵光武三代马克思主义哲学大家的教导。

第一代马克思主义哲学大家当属冯定教授(1902—1983 年),他是我党著名的老一辈理论家和教育家。入学后我们得知他资格很老,早在 20 世纪 20 年代苏联莫斯科中山大学时就与杨尚昆等同班;级别很高,比当时北大校长书记级别都高。有这样德高望重的老教授,当然令我们万分高兴。后来又得知他之所以来北大做一名专职哲学教授,是毛主席亲自点的将。北京大学虽然是全国最高学府,院系调整后的哲学系也的确集中了全国高校的中外哲学史等方面的专家学者,但唯独在马克思主义哲学领域的教授却没有。冯定先生正是身负党和国家伟大领袖的重托,到北大来开辟和占领马克思主义哲学理论阵地的,是来建立和发展马克思主义哲学理论教学和研究体系的。

进入北大哲学系,我希望能很快聆听冯定先生的讲课,但是由于反"右派"运动以及不久后的人民公社化的浪潮,我两次下乡锻炼回校后,这个愿望才得以实现。冯先生当时开设的"毛泽东哲学思想"大课，是全国高校的首创。因为要求听课的人很多，每次我们都要早早赶到教室占据一个好位子，以便能听好课，记好笔记。冯先生讲课的根本特点是理论与实践相结合，即是把马克思主义哲学普遍原理与中国革命和建设的具体实践相结合，用深入浅出、生动活泼的大众化、民族化的语言表达出来，往往能达到引人入胜的效果。他联系时代背景从历史的角度讲，马克思恩格斯怎样论述的，列宁怎样论述的，毛泽东同志在新的条件下又是如何发展的。他认为提出新的论点原理是发展，而理论的创造性运用也是发展。他要求我们不走捷径，功夫用在刻苦攻读经典原著和第一手资料上，理解原著的精神实质和深刻内涵，把书由厚读薄，真正读懂读通，融会贯通。他反对教条式的学习理论，主张掌握科学的立场、观点和方法，变成自己的血肉，变成自己的内在觉悟和思想方法去指导实践。他曾用一个形象生动的例子说明世界观与方法论的统一关系：他把胳膊抬起来一屈一伸，一屈，即从客观世界来，认识世界形成世界观；一伸，即到客观世界去，用世界观去改造世界就是方法论。所以世界观和方法论根本上是一回事，是一个事物的不同侧面。他用肢体的动作、通俗的语言一下子就把复杂的理论问题说清楚了，使我们茅塞顿开。事过 50 年了，至今还印象深刻，记忆犹新。除教学外，冯先生还在哲学研究和哲学普及方面做了大量工作，辛勤耕耘，著作颇丰。尤其是他的《平凡的真理》和《共产主义人生观》两本书对我的影响很大。我认为他在理论上的最大贡献，就是把马列主义科学的人生观作为一门独立的学科进行研究，并提出了许多重要的思想。在冯先生 1983 年不幸病逝后不久，我遵照先生的教导，梳理先生的思想脉络，把人生观作为人生学的研究对象，主持编写了一部 30 多万字的《人生奥秘新探索——人生学概论》（人民出版社，1987），可以说是对冯定先生的一种深切怀念吧！

黄枬森教授（1921 年—）是北大第二代马克思主义哲学大家。我们入校后第一门也是最重要的基础课——辩证唯物主义与历史唯物主义

哲学原理课，就是由黄先生讲的。当时他是讲师，在1956年苏联专家回国后，他也是第一次系统开设这门课。说实话，当时还有点不适应。我由一个小小中学生，一下子步入高深的哲学殿堂，接触抽象难懂的哲学概念，再加上黄先生浓重的四川口音，真有点听不懂。但是后来沉下心来，黄先生讲课的理论科学性、内容深刻性、体系完整性和严谨逻辑性，越来越吸引了我。尝到了味道，听出了门道，使我这个后来者渐渐地掌握了"游泳术"，逐步学会在哲学智慧的海洋中畅游。更为难得的是到高年级，黄先生又给我们开设了列宁《哲学笔记》这部极为难懂难啃的经典原著的专业课。很久以后我才得知，黄先生在"反右"后期受到不公正的批判，开除党籍并一度剥夺了讲课权，被贬到编译资料室工作。但黄先生并没有沉沦，更没有迷失方向，而是以惊人的毅力，坚信真理，忍辱负重，全身心地投入这部重要经典原著的注释当中，在极为困难的条件下完成了50万字的书稿。这就是后来给我们上课的讲稿。黄先生的不白之冤，到1978年才彻底平反，恢复了党籍。党的十一届三中全会使黄先生焕发了革命青春。可以说在一般人年老体衰的古稀之年、耄耋之年，他的哲学研究生涯却大放异彩。黄先生的学术成就是多方面的，他是一位把马克思主义哲学当成科学进行研究的哲学家。他在哲学上重要贡献之一，是开创了我国马克思主义人学研究的新领域，而在这方面给了我很多启发。他在北大执教一生，把毕生精力都献给了马克思主义的哲学研究和教育事业。可以说在北大哲学系诸多名师当中，黄先生是给我教育和影响最深的一位。他为人做事，处处堪称楷模，所以在毕业后的几十年间，我还经常向黄先生请教，同他保持着联系。20世纪80年代我在四川峨眉山西南交通大学工作时，还特地两次请黄先生前去讲学，使交大广大师生真正领略了北大哲学大师思想的深邃和学者的风采。

在我的心目中，赵光武教授（1931年—）是当之无愧的第三代马克思主义哲学大家。我1957年入学时，他刚毕业留校。说他是新老师，还不如说更像一个兄长。他和同学打成一片，和蔼可亲，平易近人。后来接触多了，我们同这位风度翩翩、一表人才的师长还开开玩笑，有心里话愿意同他谈，他也真心实意地帮助我。无论在讲课、辅导和课堂讨论时，还是在下放农村同吃同住同劳动过程中，他总是那么纯朴谦和，真诚待人，又是那么学识渊博，思想深刻。他当时的强项是对马克思主义哲学原理的精深研究，他总是有问必答，能够完整准确、有的放矢地回答我们提出的哲学疑难问题，令我们非常佩服。他不仅人好，课讲得好，而且科研成果也非常突出。到我们大学毕业时，他已经是哲学系的教学骨干了。毕业50年来虽然见面不多，但经常能拜读到他发表的学术论文和学术著作，碰到教学科研的疑难问题总是能从赵先生那里找到答案。如今他不仅是优秀的博士生导师，而且是具有广泛社会影响的我国当代的著名哲学家。他长期主持北大现代科学与哲学研究中心的工作，坚持开设哲学与科学讲座，举办学术研讨会。作为理想主义者的赵先生，有着巨大的人格魅力，总是吸引着大批学者追随在身边。年近八旬的赵先生工作起来往往比年轻人还有活力和干劲，真令我们羡慕。2007年参加我们哲学系入学50周年纪念活动，我到北大见到赵先生时，他紧紧握住我的手，一眼认出"你是王崇焕"。恩师惊人的记忆力，使我在敬佩之余，激动得热泪盈眶。看到老师长和老学友一张张日渐衰老的脸，我还是记录下一段赵先生的经验之谈作为本文的结尾吧！他语重心长地说："人的衰老，一个是精神衰老，一个是肉体衰老。我的诀窍是以任务带思考，克服懒惰尽量保持思维敏捷。我每天用大脑不断思考，不断工作，使我的心灵保持活力，延缓精神衰老；我每天保持快步走，使我的身体得到锻炼，延缓肉体衰老。现在看来人不能不老，长生不老是不太可能的，但延缓衰老是可以的，是绝对可以做到的。"但愿我们共勉，把赵先生的真知灼见变成我们的实际行动。敬祝各位老师长和老学友健康长寿！

第二部分　回忆老师

郑昕教授指导学生毕业论文的要妙

车铭洲

　　我的毕业论文选的是关于康德认识论的题目，论文导师是时任哲学系主任的郑昕教授。郑先生留学德国，是国内外著名的康德哲学专家。我希望通过毕业论文写作，向郑先生多学康德哲学知识，并为毕业后有机会研究西方哲学打一些学术基础。毕业论文导师确定后不久，一天下午哲学系办公室一位老师通知我，郑先生约我当天晚上到他家谈毕业论文写作的事。郑先生住在北大燕南园一所别墅里，离我们哲学系男生宿舍 38 斋很近。晚饭后，我带上笔记本，钢笔灌满墨水，急匆匆到了郑先生家。郑先生热情地把我让到客厅里。师母也很热情，还给我沏上茶水。当时郑先生全家都在客厅里看电视，是黑白两色的。20 世纪 60 年代初，我们学生还看不上电视，所以对电视没有什么印象，也没有兴趣，我只想直截了当谈如何写论文。坐定后，我即主动开口："我没有写过学术论文，决心在郑先生指导下学习写论文。"郑先生却笑着说："不急，不急，咱们先看电视！"可能当时的电视频道和节目都不多，加上我对电视也心不在焉，没有注意电视演播什么节目，反正时间过了大概不到一个小时，电视节目结束，师母和子女们都各自回房间了。郑先生则开始了对我写论文的第一次指导。郑先生说："写论文是一项科学研究活动，写成论文是研究工作水到渠成的事，不必急于求成，要从阅读和研究第一手文献资料做起。"郑先生又问我："康德的著作你读的多吗？"我说："不多。在学习您教我们的康德哲学课时，看了康德著作《纯粹理性批判》的一部分，但一知半解，基本没有看懂。"郑先生说："没有关系。这回写论文了，要深入钻研康德的《纯粹理论批判》和《未来形而上学导论》，还要选读《实践理性批判》和《判断力批判》中的相关部分。"郑先生顺便问我："你学过德文吗？"我说："没有，我学的是俄文和英文。"郑先生不无遗憾地说："噢，那就不能读德文资料了。"但郑先生转而鼓励我：没有关系，其他的文字资料也很多。例如，你可依《纯粹理性批判》中译本，对照康蒲·斯密斯的英译本《纯粹理性批判》及其《康德纯粹理性批判解义》，还有华特生的《康德学术》等著作。我补充说："我已读过您的《康德哲学讲解》一书，这次还要细读。"郑先生谦虚地说："我的著作仅供参考吧。"随之，郑先生以结束性口吻说："那就开始研究吧，好吗？"我说："好！"就这样结束了第一次指导。实际上，这次指导没有特殊的地方。因为，北大哲学系老师讲课，无一例外地都强调学生学习必须重视读原著和相关的第一手权威资料，苦练基本功。看来，进行学术性研究也得如此。

我开始一字一句地读蓝公武译的《纯粹理性批判》中文版，蓝先生用的是古文式的语言表达形式，而康德的概念和论述更加艰涩，因此，读起书来就像啃骨头一样困难，有很多读不懂的概念和读不通的地方。于是我又去求教郑先生，希望他仔细给我讲一讲，以便帮我打开钻研的道路。郑先生照样还是在客厅接待我，还是说："不急，先看电视！"电视结束后，郑先生才问我："书读的怎么样了？"我说："读完了'先验感性'部分，很多地方读不懂。"郑先生说："开头难嘛，继续往后读！好吗？"我知道，"好吗？"一出，我就该告辞了。真没想到，这次指导比第一次指导还简单，只是一句话："继续往后读。"我在回宿舍的路上，心想，前边的读不懂，怎么能"继续往后读"呢，如此读下去，不就更读不懂了吗？我心情十分紧张。读不懂书，可怎么写论文呀！不过也没有别的招数，只能"继续往后读"。我边读中文版，又对照英文版读。著名西方伦理学研究家周辅成教授得知我写关于康德哲学的论文，又将他个人收藏的 J. M. D. Meiklejohn 的英译本《纯粹理性批判》赠给我，供我对照几种英文本读。总之，坚持往后读。当我读完"先验分析"时，突然发觉，"先验感性"中弄不懂的地方，在往后读"先验分析"时，却大致懂了，而后读的"先验分析"部分也懂得多了。我带着这种奇异的兴奋心情，去告诉郑先生。郑先生还是那句话："继续往后读。"不过这次，我不像前一次那么紧张了，信心也大些了。于是我一直往后读，越读越顺利，一直读完"先验辩证"和"先验方法论"，接着又读了《未来形而上学导论》等其他必须读的著作和资料。对康德的概念、学说懂得多了，但仍然掌握不住康德的哲学体系，头脑里有了一堆思想资料，分析性的笔记也做了不少，却无力将它们贯通和联系起来，还不能明确地理出论文写作的思路和主要论题。我再去找郑先生，请他给我指引。也许郑先生觉得还不到火候，他的回应是："著作和资料只研究一遍不行，再继续研究一遍！"这时我才恍然大悟，原来在"继续往后读"之外，还有个"再继续研究一遍"。我按郑先生的指教，又把读过的东西和所记的笔记，反复进行了整理和研究，终于觉得思路更清晰了，自信可以转入论文的构思和写作阶段了。

我带着这个想法又到了郑先生家。这一次，郑先生一反往常，没有把我让到客厅里，而是把我让到他的书房里，即兴式地与我长谈起来。他先讲他个人的研究计划。他说：我本人有一个继续研究康德哲学的计划，想针对康德的三个《批判》，写出三部著作，阐述我对康德哲学的性质和意义的观点。郑先生就这个话题讲了不少时间，而且心情很激动，不但使我感到先生壮心不已的学术研究精神，而且领悟到研究康德哲学仍有重要的现代意义。接着，郑先生对我的论文写作发挥了他的见解。他说：我知道，学生总是希望老师领着读书，但是教师指导研究性工作，主要的责任不是帮助学生读书，实质上，读书也是无法帮助的。学生必须自己读书，在读书中读懂书，在读书中学会读书，这项功夫是不能由别人替代的。你已经读了不少书，肯定有体会了。而且，同样一本书，不同的人读，会读出属于各人的新东西，这正是读书的一个最重要的目的。教师若给学生讲书，讲出的只能是教师个人的一种观点，很可能会妨碍学生产生他自己的新观点，也就失去了读书的真正价值。另外，哲学家的使命是创造新概念、新思想，以此推动哲学思想的更新和发展。哲学家的哲学体系只是一种思想表达形式，不是最重要的，最重要的是研究和把握哲学家的新概念、新思想，抓住了这些，才能受到启发，并大胆发挥自己的观点。千万别陷入那种抽象的、晦涩难解的哲学体系里去而无力自拔，论文也就写不出来了。还有，要特别注意，研究一种创新性的哲学，要具有那种哲学产生和发挥作用的时代大视野，并且要积极努力开拓当今时代的新视野，才能更好地把握那种哲学的性质及其发展性的影响。康德自己就教过几十年的"人类学"，他的哲学实质上是一种新的人本主义，是"现代人"的人本主义。他的哲学思想是与 18 世纪后半期到 19 世纪上半期德国规模巨大又影响深远的浪漫主义思想运动交织在一起的。甚至可以说，整个德国古典哲学本身就是一种浪漫哲学，为浪漫主义运动提供了哲学理论支持。用这一视野去观照康德哲学，就会发现，只给康德哲学挂上先验论、唯心论、不可知论等牌子，不足以解释和揭示康德从"睡梦中惊醒"的思想震荡和他做出的哲学上的"哥白尼式革命"的价值。康德从哲学上把"现代人"放在了哲学研究的中心位置，把人和自然具有的创造性放在了人的价值的优先地位，揭示了人的精神（心灵）活动在认识、道德、审美、自由、实践等领域中的创造性、多样性、复杂性及其潜在力量。康德的哲学思想是解放性的，反映了当时德国轰轰烈烈的新思想运动，是当时在欧洲影响深远的新的时代精神。

　　听了郑先生的这一席话，当时真有一种"胜读十年书"的爆炸性的新感觉，给我打开了一种新的、开阔的哲学思考和研究的境界，似乎也是一种开放的思维方式的教养。这些话在他的课堂上我没有听到过，可能是郑先生心里更深层次中的东西吧。当然，我作为本科学生，无论是知识和能力，对郑先生的话，还难有深刻理解，也无力把这些震荡性的思想更多地引入我的毕业论文之中。但是，当时我确实认为，这是我写毕业论文的整个过程中所获得的、没想到过的最重要的学术收获。不但领会到了郑先生指导学生论文写作的别具一格的"要妙"，而且直接感受到老师对提高学生学习和研究水平的巨大影响作用。在郑先生的热情无私地指导下，我的论文写了四万字，郑先生也没有对我的论文做多少修改，可能在他看来，修改论文也应该是学生自己的事。后来听说，郑先生在北大校部总结全校1962届学生毕业论文情况的会议上，发言介绍了学生写论文的过程以及他指导学生论文的经验，可见当时他的心情是很愉快的。

　　我们57级1962年毕业时，恰值南开大学组建哲学系，我被分配到那里教西方哲学。郑先生指导我写论文的"要妙"，他着力强化学生独立研究能力的训练和大力开拓学生研究视野的教育思想，他平易近人的和悦风度，都化作了一种人格、学风、教风、学术研究的不竭的影响力，几十年过去了，一直在影响着学生们。记得黑格尔关于教师说过这样一句话："伟大的刺激和鼓舞是一个教师的主要功劳，主要影响方式。"我想，这样的教师才是真正的所谓"大师"，才是大学的真正的"中流砥柱"。用黑格尔这句话永远纪念郑昕教授，是十分恰当的。

哲学楼与哲学家

——怀念我敬爱的老师们

王树人

1957 年新秋，在蝉的鸣唱声中我走进了燕园。那时"反右"已近结尾，校园较前一段时间平静许多。湖光塔影虽然赏心悦目，但作为哲学系的学子，哲学楼对于我似乎更具魅力，也是情之所系。记得，当时重要的课程，如中西哲学史、逻辑、美学等，都在这里讲授。我也正是在这里通过听课，认识了当时最著名的哲学家。例如，汤用彤、冯友兰、贺麟、郑昕、宗白华、朱光潜、黄子通、冯定、洪谦、熊伟、王宪钧等前辈。现在，五十多年过去了。北大许多楼，印象模糊起来。只有哲学楼，在我心中总是那么清晰，好像我刚从那里听课出来一样。它坐落在大饭厅左后侧，每天三顿饭，只要去大饭厅，就能看到它那别具风韵的身姿。它的朝东一侧，为三层的办公楼，而朝西的一侧，则为阶梯式大课厅，两部分中间，在一楼和三楼由两条透空的走廊连接。特别是，它那深青色的古典式大屋顶，在它现代化风格中又添了几分古雅和庄严。当时，哲学楼在燕园的位置差不多是居于中心，往北穿过一片空地，可到未名湖；朝东越过马路可达棉花地操场；向西走过六院是大礼堂；往南走不远则是燕南园，当时北大的许多著名教授，例如哲学系的冯友兰先生和当时的系主任郑昕先生，就住在那里。

郑昕先生曾在哲学楼的大课厅讲过康德哲学。至今我还记得，他那讲话越着急越使人听不清楚的神态。不过，他的着急，在脸上所表现的，却与众不同。他不像多数人由于着急，而紧张，以至于生气。相反，他这时的脸，显现空前的开朗和活泼，就好像一个小孩子在惊喜中欲说无言的那种激动。郑先生当时讲的具体内容，已经记不得了。但是，在他那种神态中所显露的童心，哲学家的童心，却深深地印在我的心田，使我受到陶冶。细思量，这确实是书本哲学中所学不到的哲学。记得他在《康德学述》中曾讲过这样的话，大意是哲学不在于解决问题，而在于提出问题。我想，郑先生的课学生之所以听不清楚，可能与郑先生独特的讲授有关系。哲学既然在于提出问题，那么，问题之中又包含问题，因此在郑先生的思维中存在的哲学，可能就是一张问题之网。他老先生讲哲学似乎就是在这张网上游弋，由一个问题到另一个问题。他为之兴奋，为之激动。而这对于刚入哲学之门的人，则每每是丈二和尚摸不着头脑，由此而感到听不清楚，也就不足为奇了。现在看来，说哲学在于提出问题，而不在于解决问题，需要具体分析，而不能作简单的理解。因为，没有问题，就谈不上解决问题，因此，提出问题，已经意味着解决问题。但是，对于物质和精神生活中的具体问题，确实不是哲学所能解决的。在这个意义上，哲学可以说不在于解决问题。因此，回想在"大跃进"中那种全民学哲学用哲学，把哲学视为解决一切问题的万灵药方，真是再滑稽可笑不过了。同时，许多哲学前辈，那时对于所谓全民学哲学用哲学的不解与惶惑，不也正是他们的哲学良知受到伤害的本能反应吗？

哲学楼虽然冠以哲学之名，但是，它并为非哲学专用。在那里也举行过许多哲学以外的学术讲演。例如，朱光潜先生在那里作过西方美学的讲演；世界著名的生物化学家贝尔纳在那里作过生命产生与演化的报告；以及形势和政治报告、动员会、誓师会等。这在广义上，似乎也符合哲学楼的界定。因为，哲学的本义，不就是爱智吗？因此，哲学与哲学楼应当具有最广阔的胸怀。不过，在我读书的 20 世纪 50 年代中期到

60年代初，哲学楼主要还是用于哲学讲授的大课堂。当时，原理课虽然已经提到很重要的地位，但是，我至今印象深刻的，却是两门哲学史。是不是受了"哲学就是哲学史"这种传统说法的影响，我自己也不清楚。也许是近朱者赤近墨者黑吧。当时，同其他课程相比，哲学史授课的时间最长，中西哲学史都是两年。熏陶时间之长之深，不难想象。据说，养猫养狗，时间长了都会产生感情，离之难受，失之痛哭。更何况能使人精神得到陶冶和升华的那些哲学和文化呢？我们当时上的西方哲学史课程由任华先生主讲到底，中国哲学史课程则由冯友兰先生主讲到底。此外，冯先生还开了中国哲学史的史料学课程，亦给同学们留下深刻的印象。为了能坐到好位置，和冯先生靠近一些，同学们差不多都提前到达教室，无一迟到者。现在，每当想到自己能有一些实在的哲学基础，想到自己哲学思维所受到的陶铸，不能不感谢这两位先生各自长达两年的教诲。告别北大哲学系已经五十多年了，但闭上眼睛，两位先生讲课时的神采和风貌，仍然历历在目。

任先生高度近视，在课堂上几乎不看讲稿，讲话声音洪亮。他有时，边讲边踱步，好像一位独白的话剧演员。从苏格拉底到康德，西方哲学家的品貌和思想，总是那么生动又那么具体地送到你的耳朵里。在任先生的讲解中，你会感受到，那些西方哲学家对他来说，不是外人，而是朋友。因此，他的讲授，仿佛是向你介绍他的朋友，又像是与朋友对话。他好像从来不大注意听课的学生，而是沉湎于这种介绍和对话之中。对于朋友，难免也要有所批评。但是，那批评是亲切的，充满着欣赏的热情。有时，在半开玩笑中，批评已经完了。在这种批评中，你会感受到，批评不是为了否定，更不是为了打倒，而是为了合理的肯定。当时，在批评和批判正在愈来愈意味着主要是否定甚至是打倒的情况下，任先生的讲课，虽说表现为落后于形势，但也因此而给我留下了深刻的印象。

冯友兰先生的讲课，与任先生不同，别具一种风格。由于他当时已是老者，所以他是唯一坐着讲课的先生。早在上冯先生的课之前，就听说冯先生具有文不加点的智慧和才能。说他老先生写文章，不仅从来不打草稿，而且一次写成的文稿，其卷面也是非常之干净，顶多有个别文字或标点的调整而已。这从我们听课时所记的笔记，居然得到了相应的证明。冯先生说话有点口吃，这使他说话的速度不快。因此只要留心听，注意记，冯先生讲课的笔记是不难记下来的。有趣的是，冯先生的讲课，经我们学生记下来，确实许多都是逻辑严密和文字清晰的文章。妙极了！幸好当时文德未衰，罕有盗窃别人学术成果者。否则，像今日出现的文德沦丧情形，有人把冯先生的讲课笔记稍加变通，拿去发表，那么，打起官司来，若是贼喊捉贼，就很麻烦。甚至，在法律上还不是那么容易说清楚呢。提起文章，冯先生的文章，在当时被盗用的危险是不存在的。但是，他的文章，被作为那时某些人借以抬高自己学术和政治地位从而加以批判的危险，却时时存在。事实上，冯先生的文章，一经发表，大块头的批判文章，就接踵而至。那么及时，针对性那么强，真是令人叹为观止。奇怪的是，冯先生竟然视险为安。如何看待冯先生这种精神风貌？似乎可以把老子的一句话稍加变通来形容，即"民不畏险，奈何以险惧之?"所以，在我们的老师中，被批判而又敢于不断写文章者，在当时应当首推冯友兰先生。我常常想，许多人在这种情况下都退避三舍，冯先生却能独树一帜，无所畏惧，他的这种精神力量是从哪里来的？回忆冯先生讲课的情形，我感到，这种精神力量，也许是来自于他特有的人生观吧。那就是以哲学为生命和生活，特别是以哲学为生命和生活之乐。现在，试把冯先生的讲课之乐，归纳一下，似乎有以下几种，其一是发现新思之乐。这包括古代哲学家的发现和他自己的发现。其二是批评驳难之乐。这包括古代哲学家之间的批评，他批评别人和别人批评他。三是质疑辨析之乐。这包括别人向他质疑和他向别人质疑。四是考据和推敲材料之乐。在课堂上，每当讲到上述情形，冯先生都会不由自主地发出咯咯的笑声，并且总要习惯性地捻捻他那半长不短的胡须。那种得意，那种自得其乐，真有点超出三界外，不在五行中了。由此似乎可以推想，正是在别人看到危险的地方，冯先生却是"蓦然回首"，其乐正在他人回避处。一般人看来，这是哲人的发傻。但这不也正是哲人无所畏惧的品格吗？当然，冯先生毕竟不可能不食人间烟火，也不可能不沾染灰尘。不过，在1957年之后，在我听他讲课那一段时间，他的精神境界，却让我永远景仰，难以忘怀。

贺麟先生与哲学楼的关系怎么样？事实是在我入北大哲学系时，他已调到当时的中国科学院哲学所。但是，贺先生并没有中断与北大哲学系的联系，还时常来哲学系讲黑格尔哲学。后来，我在学术生涯中，首先搭上黑格尔这条船，究其始因，不能不说是与贺先生讲《小逻辑》课的牵引有直接关系。不过，贺先生当时讲课，不是在哲学楼，而是在一个较小的教室。回想第一次上黑格尔课时，我觉得贺先生比我原先想象的，要年青许多。贺先生每次给我们上两节课，中间只休息五分钟。记得，他不仅一直是站着讲，而且为了帮助同学们理解，还要写很多板书。如果同现在的情形相比，贺先生留给我突出的印象是，他差不多完全是用汉语，并且尽可能用中国人习惯的思维方式来讲授黑格尔哲学。不像现在某些年轻先生，在讲外国哲学时总在汉语中夹杂着外文词儿，使人既听不到地道的汉语，也听不到地道的外语。读黑格尔的书，使人能在思维上得到理性辩证的锻炼，但是，长此以往，却容易导致情感的冷淡。这是因为，黑格尔把一切都概念化了。而听贺先生的讲课，确乎能补救读黑格尔书本的不足。因为，他除了讲解黑格尔的概念联系与转化，还总是力图把黑格尔压缩在概念底层的情感解放出来。正如任继愈先生所说的那样，贺先生的讲课不是单纯的理性说教，而是饱含着打动人的情感。

在我读书时，贺先生的讲演从未在哲学楼举行过。但是，在我离开北大哲学系差不多二十年后，在贺先生当选为中华外国哲学史学会名誉会长的20世纪80年代初，他来到了哲学楼并且发表了耐人寻味的演讲。在哲学界，有一种关于贺先生的传闻，说贺先生说过，宁肯和老婆离婚，也不能和唯心主义离婚。不难想象，在那把唯心主义与政治反动画等号的年代，贺先生这种说法真乃冒天下之大不韪也。然而，实际情况又是怎样呢？在唯心主义 Idealizm 这个词儿中，贺先生一直强调的，始终是词根 Ideal 即理性、理想这种精神和境界。正是在这次演讲中，贺先生对于理性和理想再一次发出呼唤。至今，我还记得他在讲到这个问题时，激动得脸都发红了。他认为，人不可没有这种精神和境界，并认为这是一种任何力量打不倒而可以战胜一切的精神力量。难道强调精神的作用就是唯心主义吗？原来，贺先生宁可和老婆离婚而不能与之离婚的，并不是什么唯心主义，而正是他终生为之倾倒、为之迷恋的理性和理想这样的精神力量。可见，关于贺先生的传闻的复杂性，乃是一种时代病。这种学术政治化的病，是到了应当消失的时候了。但是它完全消失了吗？

每当我想起哲学楼，总感到它就像一座丰碑，既矗立在燕园，也耸立在我的心田。在我为之魂牵梦绕的这座楼中，曾发生多少斑斓而又激动人心的故事啊！也正是在这里，老师传授的知识，播撒的思想火种，唤起了我心智的萌动。在稚气渐消的同时，我对事物产生了怀疑和恐惧。虽然说没有怀疑，就没有进步。但是，看到思想的真实进步却在实际上带来灾祸时，又怎么能不恐惧呢？抑制怀疑，是为了避免灾祸。然而真实的怀疑，却像江河的水，越是堵截，越是积聚更大的能量。从而，我经历了一种人生的变化。从没有思想的平静期，转入到获得思想的痛苦和烦恼期。也许，这就意味着某种所谓成熟吧？但是，古往今来，人们对于童年都有某种难以割舍的眷恋。而这种眷恋之情，难道不正是想逃避成熟而又不能逃避的写照吗？为什么要逃避呢？因为，实实在在的是，伴随着成熟而来的，不仅有新奇的欢乐，更有数不清的痛苦和烦恼。就烦恼而言，须知哲学正是烦恼的一种来源。因为，哲学不只是加速着人的成熟，而且哲学本身就是一种矛盾并使人不断陷入矛盾之中。谁想要成为哲学的普罗米修斯吗？那么，他就必需终生保持童心。但是，无论是谁，只要一踏进哲学这条汹涌澎湃的大河，水流和浪花就会把他的思想推向不可避免的成熟。因此我想，哲学的成熟应当是不失童真的成熟，哲学的童真应当是不失成熟的童真。此乃辩证法乎？亦或诡辩乎？吾不得而知也。可是，在哲学楼曾经传道的老师们，不仅是上面提到的诸位先生，还有别的先生，他们教诲的出神入化之处，岂不正是如此吗？

闭目沉思，我好像又回到了哲学楼，回到了那充满幻想而又不敢幻想的青年时代。童真的心，有时化为诗。但在哲学的讨论中，却不能不格外小心，甚至假装正经。那颗崇敬老师的心，有时在言词上却无端地转化为不恭的"批判"。当人在扭曲他人时，事实上也在扭曲自己的灵魂。哲学楼不仅有涓涓的思想清流，也有数不清的浑浊恶浪。但是，不管有多少恶浪的喧嚣，终究挡不住清流向前。我仿佛又看到郑昕先生那活泼开朗的面容与贺麟先生那激动的手势，又仿佛听到任华先生铿锵有力的独白和冯友兰先生咯咯的笑声。我多么想回报他们同样的开朗和激动，又多么想和老师在笑声中对话！然而，这在过去不可能，现在也已无法补偿了。这就是哲学楼，它引我深思遐想，也给我留下了无可挽回的遗憾。

怀念任宁芬同志

李祖航

1957 年入学后，记得任宁芬同志当时任哲学系总支委员和系团总支书记，同来自祖国四面八方的本届学生接触较多。她十分关心和爱护学生，思想政治工作非常认真，深入细致，给我留下了深刻的印象和长久的记忆和怀念。1958 年，她随同哲学系学生去京郊大兴县黄村人民公社芦城大队，贯彻党的"教育为无产阶级政治服务，教育与生产劳动相结合"的教育方针，同广大贫下中农同吃同住同劳动。记得有一次，她针对广大青年学生的思想实际和可能出现的问题，给部分学生讲了如何对待爱情的问题，她引用了作家周立波书中的一番话，大意是：爱情就像圩中的波涛，不能让它冲破圩堤成为祸害，而要让它成为灌溉人们幸福的源泉。这种认真、深入细致又结合实际情况的思想教育工作，给大学生们十分深刻的人生启示。回校上课后，正遇国家困难时期，我们在学生食堂里经常看到她的身影，为保证伙食的质量、为学生们的身体健康而忙碌着。更有一件事值得我怀念：大约在 1960 年秋天，我去天安门、故宫游玩，正巧与任宁芬同志同坐一辆公交车，下车后她热情地请我去她家坐一坐。我十分惊喜，心中感到她是那么平易近人，对我这个比较贫困又不十分突出的学生还这么关爱，一点领导的架子都没有，我不由自主而又十分高兴地去了她家。她还亲自泡了茶和拿出糕点招待我。还向我介绍说："这是我爱人，在团中央工作。"她爱人也十分和蔼可亲，没有什么架子。我心中虽不安，但内心却充满感激和尊敬，决心好好学习，不负他们的关爱。约待了四十分钟便高兴地离开她家。毕业离开学校已经四十六年了，再也没有见过任宁芬同志一面，但我心中却一直怀念她。

愿现实社会中像任宁芬这样的干部多些再多些。

你——马校长

薛华

你个子不高，
但腰是直的。
你走路不快，
但膝盖不屈。
仰首屈平，
悠然靖节。
是你，
你是。

第三部分

下放岁月

在芦城的难忘岁月

陈瑞生

1958 年是个难忘的岁月，许多事情都在我的记忆中挥之不去。全国人民在党和毛主席的号召下，都在满腔热情地贯彻多快好省的总路线，鼓足干劲地实现"大跃进"和人民公社化。那股政治热情和劳动干劲是空前绝后的。为了早日实现由社会主义向共产主义的过渡，全国各条战线都在力争上游、大干快上，教育战线也不甘落后。

那时，党中央和毛主席提出：教育要为无产阶级政治服务，教育要与生产劳动相结合。为了贯彻这个教育方针，我们北大哲学系几乎全体师生员工都来到了北京市大兴县。哲学专业 57 级全体同学来到芦城和康庄。一班在东、西芦城，二班一部分在东芦城，另一部分在康庄。我们在芦城整整待了一年的时间。在这里主要是以劳动为主，学习是次要的。虽然那段生活已远离我们半个世纪了，但许多事情都镌刻在我的记忆中。

我们的好房东

我和牟钟鉴、刘玉华以及齐良骥老师住在西芦城党支部书记李春生同志的家里。房东的家位于西芦城的西南角。房子周围只有稀少而又低矮的柳树和杂木，房前是一片茫茫的芦苇塘。绿油油的芦苇，随风摇摆

着，树上的知了"咿呀咿呀"地叫着，蝴蝶在野花丛中飞舞着。虽然西芦城的风光并不算美丽，但久违的田园生活，霎时呈现在我的眼前。对于我这个自小就生长在农村的人来讲，立马就喜欢上了这栋农家村舍。这栋房子不大，中间的房子是做饭的炉灶，北墙下放了一张长长的桌子。桌子上有一对彩色的花瓶。墙上贴了一张毛主席的肖像。我们三个同学（开始齐老师还没有来）住在西厢房，房东一家人挤在东厢房。李春生有母亲和妻子，还有三个孩子，一家六口人挤在一间房子住，实在是为难他们了。

这一家人对我们的关心和照顾是我们永远不会忘记的。

我是个南方人，对于吃窝窝头和棒子面粥很不适应。首先是难以入口，一个窝窝头要吃很长时间才能咽下去，即使吃下去了也难以消化。腹部经常胀气，而且还常拉肚子。食堂的菜几乎都是熬白菜和熬茄子，一点油星也没有，我一闻这味道就会倒胃口。李春生的母亲看到我吃饭的难处，她几乎每天都用盐和酱油腌一盘大青椒给我吃，还把我从食堂里打回来的窝窝头切成片，放在火里烤好后给我吃。大娘对我体贴入微的关心，使我非常感动。我下决心一定要闯过"生活关"。因为我们在这里劳动锻炼绝不是短短几天就可以熬过去的，而是要在这里长期与生产劳动相结合，接受贫下中农的再教育。于是，我谢绝了大娘给我的腌青椒，也不要大娘再给我烤窝窝头片了。尽管我一再谢绝大娘给我腌青椒，但她每天照常给我放上一盘腌青椒，结果桌子上堆得高高的一大摞。我对她老人家说："谢谢大娘，您的心意我领了，以后不要再给我腌青椒了。我会慢慢适应这里的生活的。"后来，他们家的菜盘子也不够用了，这项送温暖的活动才得以结束。

那时，李春生虽然是党支部书记，但家里经济十分困难。在他们家几乎没有什么像样的财产，真可谓家徒四壁，一贫如洗。而且李春生身患气管炎，每天还要吃药、打针。为了节省医疗费用，打针时他不到卫生院去打，而是自己往臀部注射。大嫂的身体也不大好，时不时也要看病吃药。三个孩子都很小，除了在集体食堂里吃三顿饭外，我从来也没有看见这几个孩子吃过什么零食。有时我从城里父母家回到村里时，偶尔会带点糖果给几个孩子吃。除此之外，我们这些没有经济来源的学生，对于他们家的困难实在是爱莫能助。

北方的冬天，寒气逼人。我们睡的炕冬天是很冷的。但是入冬后，大娘和大嫂就会用柴火把我们睡的炕烧得热乎乎的。而且，她们会把我们的被褥铺好，使我们睡觉时感到暖暖和和的。同时锅里还有热水供我们洗脸、洗脚。

房东的家是贫穷的，但李春生一家人对我们的关心，却像阳光一样的温暖。半个多世纪过去了，大娘和大嫂那慈祥的脸庞和善良的爱心仍然牢牢地镌刻在我的心里。

深翻、密植"夺高产"

在"大跃进"的年代，党中央提出："工业以钢为纲"，力争 1958 年钢铁产量实现 1070 万吨；"农业以粮为纲"，力争同年粮食产量达到 7500 亿斤。在芦城和康庄没有掀起大炼钢铁运动。为了"夺高产"，黄村人民公社召开了誓师大会，各生产大队的党支部书记和队长，都要上台表态报产量。他们相互攀比，你报一万斤，我就报二万斤，你如果报三万斤，那我就敢报四万斤。谁报得多，谁就扛红旗；谁报得少，谁就扛白旗。听说狼垡大队报得少，结果就让党支部书记和大队长流着眼泪扛着白旗回去了。

芦城没有扛到红旗，但也决不甘落后。党支部在西芦城搞了一亩密植高产试验田，在东芦城搞了一亩深翻高产试验田。

这两亩试验田的劳动我都参加了。在"大跃进"的年代，经常要搞生产劳动"大会战"，一搞"大会战"，人就不分男女，地不分东西，党叫干啥就干啥。

密植高产试验田的劳动投入并不大，各种耕作照常规程序办就行了。所不同的是，往地里播撒了几百斤麦种，在每畦的地面上足足撒了一寸厚的种子。当发芽长苗时，麦苗密密麻麻，须根盘根错节，犹如用棕麻编织的厚厚的地毯。由于肥料和水分不足，麦苗很快就由绿变黄，部分麦苗枯死。无奈，只好发动我们这些不计工分和报酬的学生到密植高产试验田里间苗。但无论怎么间苗，其密度都要比一般麦田的苗株多得难以计数。

密植高产试验田在播种之前，施的基肥不多，所以密密麻麻的麦苗在生长的过程中拼命地争肥、争水，致使麦苗生长发育不良。为了积肥浇灌麦子，便到各家各户去淘粪。就这样，也满足不了麦苗的生长。在肥源不足的情况下，也不知哪位高人出了个馊主意，说打狗熬汤可以当肥料。于是，我们这些不懂世事的年轻学子，跟着知情的社员满村子打狗，弄得整个芦城鸡飞狗跳，热闹非常。当打到几只狗后，马上架起大锅就煮，把狗连肉带毛煮得烂烂的。兑上水挑到麦地上浇灌。但对于一亩麦地来讲，这些狗肉汤真可谓杯水车薪。至于这些狗肉汤能起到什么增产的效果，只有天知道。

除了参加密植高产试验田的劳动外，我还参加了深翻高产试验田的劳动。这块试验田位于芦城之北。参加深翻的劳动力，除了芦城的社员之外，我们许多师生都参加了这项劳动。在这一亩大小的土地上，有几十个人拿着铁锹甩着膀子在"大会战"。当时参加劳动的人，不管自己怎么想，只要上级发出号召，"党叫干啥就干啥"。起码我自己就是这个心态。那时，群众提出一个口号"人有多大胆，地有多大产"，这一响亮的口号，鼓舞着我们傻干、大干。我们不少人相信，只要充分发挥"主观能动性"，什么目标都能实现。

深翻开始时，先把地上的熟土挖起来运到别的地上，以便深翻后再回填到这块土地上。

适度的深翻比浅耕是有利于庄稼生长的。但任何真理都有一个度，超过这个度，真理就要变成谬误。深翻到底要翻多深？我记得，有一位科学家在《人民日报》上发表文章，做了"科学的论证"，说麦根最长可以达到近两米长，如果水、肥充足，麦子就可以长到两米高。所以，科学家提出，深翻应该达到近两米深。这样可以成倍、几十倍的提高小麦的单位面积产量。

要用铁锹把一亩地深翻到近两米，完成这个工作确实是很难。但人多智广，总有办法解决这个难题。人们从挖掘文物开土方的办法受到启发，先从这块土地的中间开挖出一条三米宽的沟，然后向两面扩展，一层一层地挖成梯形状，构筑成若干梯台，下面的土往上面梯台上甩，站在上面梯台的人又将土往上一个梯台上甩，就这样一层一层地挖。当中间那条三米宽的沟挖到近两米深时，就将村子里积的农家肥，一大车一大车地运来往里倒，当肥料铺好后，两侧梯台的土直接就往铺好肥料的沟里回填，然后，再撒肥料。以此类推，向两侧展开，挖到一定的深度时就铺肥料，再将上一个梯台的土挖起来回填到已铺好肥料的这个梯台。最后，把熟土全部回填到这亩土地上。

这种天翻地覆的深翻运动，实在是空前绝后的壮举。在当时看来，我们都觉得干了一件了不起的大事。不过，我们很快就觉悟到，这是一件徒劳无功的傻事。可是，除了像李发起等个别同学敢说外，大部分人都是心存疑惑，只是不讲而已。

麦收后的成果告诉我们，深翻、密植的两亩高产试验田都失败了。这两亩试验田的产量都远远不及西芦城在一亩芋头地里种的小麦收成多。更可惜的是，芦城的农家肥几乎都深深地掩埋在那亩深翻的试验田里，严重地影响了其他农田的施肥。那几只冤死的狗，被白白地熬成汤浇灌在密植的试验田上，但却没有给人们带来丰收的果实。至于我们的劳动那就不要去算"经济账"了，姑且能拿这些无效劳动换来一个教训，就足矣了。否则，第二年你的头上就会增加一顶"右倾"的帽子。彭大将军不是因为说了些不同意见而被罢官了吗？

画壁画歌颂"三面红旗"

为了歌颂总路线、"大跃进"、人民公社"三面红旗",我们哲学专业 57 级一班党支部要我同中国儿童话剧院的美工师以及该院的青年演员沙琳娜同志一起,在东、西芦城大街小巷的墙上画壁画、写标语,以营造歌颂和拥护"三面红旗"的政治氛围。

那位美工师是一位专业画家,而沙琳娜则是儿童话剧院的女青年演员。她长得很漂亮,人也很聪明,而且能歌善舞。她在芦城的身影,很能吸引我们这个"和尚班"的一对对眼球。你还不要说,我们这个班里确实有她的"追星族"。

我们画的画,大多数都是"放卫星""夺高产""人民公社是通向共产主义的金光大道""一天等于二十年""楼上楼下、电灯电话""水稻上坐着小孩""喝令三山五岳,我来了"……另外还把报纸上刊登的歌颂"三面红旗"的带有浪漫主义色彩的民歌和富有豪言壮语的诗歌,抄写在墙上。同时还写了不少政治口号和标语,为"全面大跃进"造声势。

我不具有绘画的创作能力,充其量只具有一定的临摹技巧。我把报纸上的画剪下来,临摹在涂有白石灰的墙上,然后画上彩色,再用墨笔勾边,以突出画的彩色和轮廓。再就是,由美工师先在墙上画好草稿,我和沙琳娜帮助涂色和勾边。

我们三个人在墙上大概画了二十来天,基本上把芦城的墙面都画上了画,写满了字。芦城的大街小巷,被我们三个人涂抹得五彩缤纷,琳琅满目,煞是好看!

不久,党支部又要我和邱国权、黄福同三个人到狼垡参加举办"忆苦思甜展览会"的绘画工作。我们画了许多贫下中农怎么受地主的剥削和压迫;新中国成立后,怎么翻身得解放、做了新社会的主人,怎么实现人民公社化、大干快上、跑步进入共产主义的天堂。

邱国权和黄福同都很有创作能力，他们以连环画和漫画的形式，把上述内容画得活灵活现，很具有感染力。我充其量是在线条和色彩上协助他们做些描画的工作，使线条更充满笔力，轮廓更加清晰，色彩更为鲜明。

参加人民公社化运动

我们刚到芦城的时候，在全国各地都还没有成立人民公社。那时的芦城属于大兴县先锋高级农业合作社。芦城由初级农业合作社发展到高级农业合作社，这已经是在农业合作化的道路上"大跃进"了。按毛主席在《关于农业合作化问题》的报告中所讲的高级社发展的进程来说，要在全国实现高级社，从1955年算起，需要三个"五年计划"才能完成。也就是说，要在1970年才能在全国实现高级社。

可是，仅仅两年多的时间，在河南省新乡市七里营乡便成立了比高级社更公有化更全面化的政社合一的农村人民公社。毛主席亲自视察后，很高兴地说："还是办人民公社好。"它的特点是一大二公，好处是，可以把工农商学兵结合在一起。

1958年8月29日，中共中央政治局北戴河扩大会议通过了《中共中央关于在农村建立人民公社的决议》。《决议》指出："人民公社将是建成社会主义和逐步向共产主义过渡的最好的组织形式，它将发展成为未来共产主义社会的基本单位。"并乐观地预言："共产主义在我国的实现，已经不是什么遥远将来的事情了。"

有了毛主席的倡导，又有中共中央的决议，各地自然踊跃响应。大兴县很快宣布成立黄村人民公社。

成立公社那天，我们北大师生都参加了公社成立大会。我们由芦城到黄村，骑着马，驾着大车，一路上欢天喜地向黄村走去。吉林籍的李

绍庚，骑着一匹无鞍的马，乐颠颠地向前跑，我看到他那自由自在、乐悠悠的样子，十分羡慕。我会骑牛，但从来没有骑过马。于是对骑马十分好奇。我让绍庚下来让我骑。绍庚下来后，便扶着我骑到马背上。可这匹马没有脚镫子，也没有可扶手的马鞍。我一爬上马背后，双腿直打哆嗦，觉得骑在马背上无依无靠，没着没落，心里十分紧张。可绍庚朝马屁股一打："走！"那马便颠颠地小跑起来。我顿时吓得魂飞魄散。于是，我大喊："绍庚，快扶我下来！"绍庚追上来把马拉住，我才顺势下了马。

到了一个露天会场，我们看到，人山人海，敲锣打鼓，红旗招展，一片喜气洋洋的气氛。大会宣布了黄村人民公社成立和领导班子人员名单。于是，掌声雷动，欢呼雀跃。

那时，我还是一个天真幼稚的青年学生，对于一哄而起的农村人民公社，只知道它一大二公的优越性，根本不知道它会产生什么不好的后果。

根据公社的要求，西芦城很快在最西头的一排房子垒起大灶，成立了公共食堂。我们一些同学也当了炊事员。我记得食堂开始办得还不错，除了吃棒子面窝窝头外，还有白面馒头、大米饭，而且还吃过一种北京小吃"驴打滚"。副食除了吃白菜、茄子、青椒外，我们还吃过两次马肉。这个马是从新疆坐火车运来的农用马。由于远途运输照料不周，把马饿得皮包骨。有的马被活活地饿死了。于是，公社决定把那些半死不活的马分配给各公共食堂屠宰吃肉。在芦城很少能吃到肉的情况下，大家都觉得这种马肉也很好吃。

在公共食堂吃饭是不限量的，大家可以敞开肚皮吃。而且只要是本公社的人，无论走到哪个食堂，都可以随便吃饭。因为公社实行的是供给制。

但是，好景不长，公社的粮食储备并不像人们估计的那么乐观。而且大办公共食堂的弊端已逐渐暴露出来，社员纷纷反对。其最后的结局是，"初升的太阳"必然要从西边落下去。

除了办公共食堂外，芦城还办了幼儿园。所谓幼儿园，就是把一栋闲置的房子打扫干净，摆上一些从各家各户收来的旧桌椅，强行要家长们把孩子送到幼儿园去。在幼儿园里没有什么玩具，也没有什么零食吃，加之没有经过训练的管理人员，无法有效地担负起护理儿童的工作。所以，孩子们都不喜欢这种"集中营"式的幼儿园。每天下午放学时，小孩和家长在墙里墙外"哇哇"地哭叫。此时此景，让人感到啼笑皆非。

更可笑的是，公社号召各生产大队要办万头猪场。可是话好说，事难办。一万头猪从哪儿来？无奈，生产队长带着几个民兵到各家各户去抓猪，就像旧社会抓壮丁一样，把猪捆起来，送到猪场去。猪被抓走了，也不给社员钱，只给社员一张白条，上面写上"逐年还清"几个字。社员想，要等到"猪年"才还清，黄花菜都凉了。

我非常同情西芦城的李队长。他是个贫雇农出身的人，心地善良耿直。上头要他带着民兵把各家各户的猪抢走，实在是不忍心。他想，都是乡里乡亲的，怎么好下手？可是在上级的强迫命令下，他没有办法。他横下一条心，为了"听党的话"，他不得不去当"恶人"。显然，这些基层干部的蛮横行为，是被上头逼出来的。

由于指导思想上存在着急于向共产主义过渡的"左"的偏向，在实际工作中又放弃了先试点、后推广的传统做法，急于求成，一哄而起，加之以报刊上不适当地介绍和推广某些错误的、甚至假造的所谓典型经验，就使人民公社化运动从开始就伴随着许多重大弊端。人民公社强调一大二公，几千户、上万户并为一个公社，实行统一核算。在各种"大办"中，国家无偿地占有公社的物资、土地和劳力。结果是国家共了集体的产，公社共了队的产，穷队共了富队的产。公社实行供给制，助长了平均主义。自留地、家庭副业、集市贸易等，都作为"资本主义尾巴"被割掉了。这样，以高指标、瞎指挥、浮夸风和"共产风"

第三部分　下放岁月

为主要标志的"左倾"错误严重泛滥起来。有些地方还实行所谓组织军事化、生产战斗化和生活集体化。

现实是严峻的，上述的那一套违反客观规律、脱离实际的做法，当然是难以持久的，而且必然产生恶果。

中共中央和毛主席陆续发现了人民公社化运动中的一些问题，也及时采取某些改进措施。先后做出了《关于人民公社若干问题的决议》《关于人民公社当前政策问题的紧急指示信》《农村人民公社工作条例（草案）》（简称《农业六十条》）。

为了贯彻《农业六十条》，我和陆学艺等同学，跟随北京市副市长王纯同志又一次来到大兴县芦城参加整社工作。

我至今都非常佩服王纯副市长，在他身上我们这些青年学生学到了不少群众工作的工作方法和工作作风。我们在宣讲《农业六十条》时，往往是从头到尾地照本宣科，念得社员直打瞌睡。而王副市长却不像我们干巴巴地念文件，而是用当地的群众语言，先讲讲笑话，把会场搞活跃，然后挑讲文件中群众最关心的问题，如要不要继续办食堂的问题，自留地和家庭副业的问题，要不要有领导、有计划地恢复农村集市、活跃农村经济问题，等等。他提出问题后，以平等的态度同社员一起讨论，然后用文件中的结论回答大家。

王副市长不是照着念文件中的结论，而是用自己的语言向大家宣讲：

"大家所关心的问题，党中央和毛主席都知道了，而且在今年6月份召开了中央工作会议，根据周总理等人的意见，中央决定取消有关供给制和办公共食堂的规定。大家说，这个决定好不好呀？大家赞成吗？"

在座的几十个社员异口同声地说："好，太好了，我们一百个赞成！"

顿时，会场的气氛十分活跃，大家交头接耳，喜气洋洋，有的还鼓起掌来。

王副市长接着说："看来党中央和毛主席的决定说到大家的心坎里了。"

有的社员说："党中央和毛主席的决定太好了。我们举双手赞成！"

王副市长说："还有呢，大家听着呀。"

与会社员聚精会神地竖起耳朵听，生怕拉了一句话。会场一片寂静。

王副市长说："文件规定：人民公社实行三级所有，队（大队）为基础，至少七年不变；彻底纠正'一平二调'的错误；允许社员经营少量自留地和家庭副业；从各方面节约劳动力，加强农业第一线；有领导、有计划地恢复农村集市，活跃农村经济。"王纯副市长传达的中央决定，犹如久旱后遇到的甘露，滋养了社员群众的心田。

随后党中央又正式决定把生产队作为基本核算单位，并至少30年不变。

在这次同王纯副市长宣传和贯彻《农业六十条》之前，我曾带领十几位同学到黄村镇参加过整社工作。我记得同我一起参加整社的有：李德顺、李志平、袁圃、庄呈芳、张德才、崔龙水等同学。

参加这些社会实践活动，对于我增加社会知识、了解农村情况、加深对农民的感情、理解党的方针政策，都起到了很大的帮助作用。同时，对于我学习和运用马克思主义哲学，也起到了很大的帮助作用。

我做"三农"研究是从芦城开始的

陆学艺

1958 年 8 月，北京大学哲学系响应党中央号召，全体师生到大兴县开门办学。我们年级一班和二班的一部分安排在芦城，和冯友兰、张岱年、周辅成、李曰华、李世繁、颜品忠等老师，都住到老乡家里。张秀亭、李发起、陈瑞生、牟钟鉴、冯增铨等在西芦城。李德顺、贾信德、我、李志平、林鸿复、张德才、包纪耀等住在东芦城。我和黄福同、陈文伟住在盛洪奎家里。盛家有个小院，三间朝南的瓦房，用篱笆和老盛家隔着，是典型的北方农舍，中间是门厅，东西两房，靠窗户是土炕。我们去后，盛家夫妇和三个孩子都住到东房，腾出西房给我们三个人住。在盛家，我们一直住到第二年五月回校，前后 8 个多月。

1958 年是"大跃进"的年代。我们到了芦城，不上课了，就跟着社员下地干活，和农民同吃同住同劳动。到了 8 月下旬，县里响应毛主席办人民公社的号召，决定成立黄村人民公社，把黄村镇周围的几个小乡的农业合作社合并成一个数万人的大公社。8 月下旬的一天，黄村公社在黄村镇举行了隆重的有万人参加的黄村公社成立大会。我们跟着社员一起参加了大会。与此同时，各村办起了公共食堂。我们也和社员一起同吃大锅饭。东芦城大队的第一生产队，办一个食堂，设在一家较大的四合院里，搭起了芦席棚作食堂，每日三餐，一百多人就在这个食堂里用餐，一般是一家一个炕桌。我们同学另放了几个小桌和他们一起吃。社员大锅饭是不交粮钱的。真的实行"鼓足干劲生产，放开肚皮吃饭"。我们系里还派了戴凤岐等几个同学进食堂做饭。芦城这里生产京西稻，中午主食是大米饭，菜肴并不好，但大米饭香喷喷的放开吃。早晚是棒碴粥和窝头。食堂开办时，粮食是充足的，副食有些困难，要队干部和食堂人员操心筹措；最伤脑筋的是燃料，做大锅饭菜靠原来一家一户时烧的秸秆柴草是不行的，也不够了。要烧煤，是一大笔开支。以后经费供不上了，就砍树烧。芦城是平原，没有树林。实行了公社制，一切归公了。开始砍的是各家门前屋后的大树，以后连中等的树也砍来当柴烧了。为什么20世纪60年代以后，各地、各村的大树都没了，办公共食堂是一个重要原因。

办了人民公社，实行政社合一。芦城分为东芦城、西芦城两个大队。东芦城下设三个生产队，大队长是杨国维，支书是刘洪彬，我的房东盛洪奎是副大队长，第一生产队队长是杨凤海。开始时，会还不多，我们常常就随杨凤海队长下地干活。1958年是个风调雨顺的好年头，全国各地都大力进行鼓足干劲、力争上游，贯彻总路线的宣传，干部和群众的积极性都很高，庄稼长的很好。但是，自从办了人民公社，吃了食堂，特别是到了收秋时，收获的稻子，都往生产队集体的场上堆放，碾出大量的稻谷往公社粮库里交，稻米往公共食堂里送。年初合作社定的劳动工分分配方案没人提了。社员问干部，"年终怎么分配?"队长和会计也不知道，只说要等上面来的指示。这时，报刊上、广播里都在宣传，要实行供给制，有的说要实行供给制加工资。有人算过：这点生产，除了吃喝，每个工作日（十个工分）只能分四角钱。眼看着自己辛勤劳动，没有指望，而且也不知道今后的"政策"会怎么样? 社员们的生产积极性就像泄了气的皮球，渐渐地降了下来。只有盛洪奎、杨凤海等这些大、小队干部，他们是党的积极分子，坚信党的路线和政策，所以还是每天早出晚归，领着社员在田里干，但是，社员们已经无心干活，消极怠工的人越来越多。芦城的田多，庄稼长得又好。1958

年秋收拖得很长，到霜降了还有不少稻子长在田里。公社、大队的干部都急了，下令各个生产队要抓紧秋收，要挑灯夜战。我们这些大学生，是大队、生产队里的积极分子，干部指到哪里，我们也跟着干到哪里。连夜收割稻子的那些日子里，我们也都参加了。但因为多数社员消极了，割稻的进度还是很慢。只要主要的干部不在场，干部前脚走，就有人喊"歇着了"，大伙坐的坐，躺的躺，不干了。夜战时，干部们开会去了，大伙干脆就在地里睡觉，估摸干部开会快散了，再起来装模作样地割几刀，等着干部来喊收工。1958年是个丰产年，但没有丰收到家。为什么1959年春天以后，不少地方的公共食堂吃不上饭了，就因为1958年秋后大"政策"变了，社员消极怠工了，丰产没有丰收，很多粮食糟蹋在地里，是一个很重要的原因。当然，这些关于政策方面的因果关系，是后来才弄明白的。当时，我们并不懂。我们亲历了农村轰轰烈烈的人民公社成立前后的全过程，许多经历至今记忆犹新。

1959年5月，根据学校的安排，我们回学校了。在芦城我们住了八个月，同社员朝夕相处，同房东，同干部，同社员混得很熟了，临走时，大家依依不舍。头天晚上，在一队的公共食堂里，干部和一部分社员设宴欢送我们，相互有说不完的话，喝的是白薯干酒。我是一队学生组的组长，代表"北大学"的和他们干杯，盛情难却，一碗又一碗，直到喝醉，是同学把我架回房东家的。第二天校车来接，我还没有醒，还是同学抬上车的。

1959年冬天，学校派我们再次到芦城，参加农村正在开展的社会主义教育运动，这次不是全系去，只派少数教员和几个班级的学生去。我们年级的同学还是在芦城。我这次和牟钟鉴等住在西芦城大队最西边的李春生家里。这时已经是冬季，地里没有什么活了。同学们主要参加各种会议。班上派我和姜宏周到西芦城大队去当秘书，主要是帮助支部书记常福海做些工作。常福海同志是土改中培养起来的干部，所以对东、西芦城都很熟悉。公社化后担任西芦城大队的支书，有工作能力、有经验、有办法，在当地上下很有威信。和他共事几个月，与其说是我帮他工作，不如说是他帮助我更为确切。他很健谈，我们常常在大队部谈话到深夜。既谈公社建立后的多种工作和社会主义教育运动的事，也谈新中国成立前和新中国成立后土改和合作化的各种变化和问题。实在说，我对农村的认识是从他开始的。而且从这次共事后，我们成了朋友。以后，我每次到芦城，第一个必定要先找他。他教给了我很多农村的知识。

1961年3月，中共中央《农村60条（草案）》出台。北京市派副市长王纯带了一个十多人的工作组，下到大兴县，做贯彻落实《农村60条》的宣教工作。北大哲学系派杨克明、陈瑞生和我参加工作组。到了大兴，工作组分派我和杨克明两人在简报组。那时，白天工作组的领导到各公社和大队宣讲"60条"，并接着开座谈会，听取当地干部和社员对"60条"的意见。晚上，王纯副市长和农工部的领导听汇报。我和杨克明等在会上记。汇报会常开到深夜。会散了，我们两人还要写简报，常常写到午夜后两三点。喊打字员起来打印，第二天一早，向市委送去。在工作组工作的这些日子是很辛苦的。但也确实受教育、受锻炼、长见识。对人民公社成立以后出现的种种问题，以及中央和市委是如何应对解决这些问题，把农村的生产、生活一步一步地组织起来，有了一个初步的认识。工作组在大兴工作了近两个礼拜，工作一结束，我们就回学校了。

1962年，我考入中国科学院哲学社会科学部哲学研究所当研究生。贾信德分在农业机械部。1963年春节期间，我们两人还专门到东芦城大队住了几天，这时原来的黄村公社已划小，成立芦城公社，管辖东、西芦城、鹅房、康庄等大队，公社就设在西芦城西边，原来糖厂斜对面、"红专"学校的原址。其时，农村已实行"三级所有、队为基础"的体制，东芦城大队还是三个生产队，还是杨国维当大队长，杨凤海当一队队长。我和贾信德和东芦城的社员很熟，访问了好多个家庭，他们

对我们都很亲切，问长问短，打听同学们的去向、下落。他们说，这些年到芦城的干部、学生很多、很多，唯有"北大学"的这帮同学，我们最惦记。

1962 年是个丰收年，这年的年终分配比较好，多数社员过年都能吃上饺子了。一些中老年社员说，总算捱过来了。但队里还有不少困难户，特别是原来村东南有个小村南程庄，十几户人家"大跃进"时拆并到大村里来了，当时，还寄居在人家院里，吃住都有很大困难。盼着能早日落实政策，对将来有个说法。我们两人回到北京后，同时向任哲学社会科学部副主任潘梓年秘书的周云之同学说起这些农村调查的见闻。不久潘老还专门约我们两人到他家座谈。潘老对农村的情况听得很认真，会后还要我们把农村这些情况写出来。后来，这篇调查报告在北京市委内刊《北京内参》上发表了。这是我们合写并发表的第一篇农村调研文章。可惜，现在已经找不到了。

1963 年 5 月间，农村开始搞"小四清"。原来在黄村公社当书记的尹俊峰同志已出任大兴县农村工作部的副部长，我同他通了电话，他把我介绍给了正在黄村公社（划小后）的"四清"工作组，我随他们下村工作了一段。那时的"小四清"，还是清账目、清仓库、清工分、清财务。主要是从生产队清起的。学到了很多基层的知识，为我 1964 年、1965 年到湖北襄阳、河北徐水搞"大四清"（清政治、清思想、清经济、清组织）打下了一个基础。

"文化大革命"期间，我多次去芦城访问，有几次是一个人骑自行车去的。有几次是在外地工作的同学到北京来，都知道我和芦城有联系，要我向他们介绍芦城的情况，有的还要求我陪他们去芦城看看。印象最深的有几次。一次是戴凤岐从新疆来，我陪他去了。那时是"文化大革命"中期，我们先到了杨国维家。老杨告诉我们，洪奎出事了，我说：洪奎是个好干部，怎么会有事？杨说，他家成分高，家境也好些，日伪时期参加过日伪组织的自卫团活动；新中国成立后，入党时，都说清楚了的。有次大会上，有人揭发他参加过自卫团活动。那时的大队是年轻造反派掌权，不分青红皂白，拉出去就批斗了，也免了副大队长的职，哪容你分辩。洪奎是个内向的人，受这样大的打击，郁闷着，第二年就没了。在那个时代，我和老戴也无法，只有在私下里，给增文、增武（盛的儿子）说些安慰的话。还有一次是在安徽工作的张德才来京，他好不容易找到我，见面就问芦城的情况，并且急着要我陪他去芦城。我知道他的心情。我说：小珍子现在生活得很好，你不要去了，留个好印象吧！我怎么说他都不听，我还是陪他去了。到了东芦城，先找到杨贵英家，她是当年的团支书、青年突击队长，婆家姓刘，丈夫复员回来，当时是东芦城的党支书。一进院，刘支书向我们介绍村里的情况，杨贵英派她儿子出去，不一会，一个农村女干部装束的胖大嫂出现了。我站起来说，小珍子，德才从安徽来看你了。张德才也站起来，伸手握住刘玉珍的手，两人怔怔地对视了好一会。杨贵英拿张椅子，拉张德才就坐在玉珍的身边，继续听刘支书讲村里的事。刘很知趣，很快就讲完。张刘两人就对话开了。我坐到支书身边，继续向他问农村的情况。十多年前，我们在东芦城时，刘玉珍正是妙龄少女，是村里最漂亮的女孩。我们天天在一起劳动、开会，有时还搞文娱活动，在一起排练。班上有好几个男生都很喜欢她、心仪她。都是同龄人，她也喜欢这些同学，愿意和这些"北大学"的人交往。我们回校以后，她和杨贵英等还几次去过北大，看望同学们。张德才在回京路上，说了一句话：人怎么会变得这么快呢？我说：岁月沧桑啊。

改革开放以后，我还是常去芦城。1978 年，我写的《关于加快农业发展的若干政策建议》被新华社内刊《国内动态清样》和《国内参考》摘要发表了。时任中国社会科学院副院长的宋一平看到了这篇文章，提出要我以后专门从事农村、农民问题调查研究。我从此就不再担任哲学所中国哲学史研究室的工作。他还建议我要经常到各地农村去调

第三部分 下放岁月

231

查。1979 年春天，我开始专门调研农村，第一站就到了芦城，住进了公社大院，调查的重点还是在东、西芦城两个大队。当时，在安徽、贵州等地，已经开始搞包产到户试点了，但在芦城、在京郊还是实行"三级所有、队为基础"的体制，正在酝酿联产承包到组的试点。社队干部普遍感到现有的这套办法，要种好田、要增产、要增收，太吃力了。问其所以，干部们说，不管你怎么说，劳力们就是不干啊。要么不出工，出工了，也不出力，田怎么能种得好！我就从这个问题开始调查。芦城公社共一万多人，公社编制 20 多干部，加上抽调来的工分干部和勤杂人员，共 50 多人。一个大队名义上只有 4～5 个吃补贴的干部，但加上电工、农机员、赤脚医生等也十来人。生产队有队长、副队长、会计、工分员、饲养员、车把式，也有近十人。当时，芦城公社已有几个社办、大队办的农机厂、砖窑等社队企业，工人都从各队抽调上来，但还在生产队里记工分。而所有这些人，绝大多数都是男劳力，他们想出各种办法，通过各种关系，都转到这些非农的岗位上，到秋后照样有工分，参加分配。真正到农田里干活的男劳力越来越少。我注意到了这种状况，专门回东芦城大队，找干部座谈，详细记录统计了这些数据。这时，正是春耕大忙季节，我随着第一生产队出了一次工。好不容易在队部门口等齐人下地了，近二十人的队伍，只有队长和几个青年是男的，大多数是女的。我问：怎么今天出工的都是女劳力？队长说，不光是今天，常常是这样的。小青年说了，我们队长是"妇女队长"嘛！还有个青年说，现在哪是人民公社，早就是"人民母社"了！这句话，小青年说时是句开玩笑的话，我记住了。

回到北京，我把这次芦城调查写成了一篇调查报告，题目是《农业生产中男劳动力都到哪里去了？》把上述男青年的那句话也写进去了，登载在中国社会科学院编的《未定稿》上。后来这期杂志传到美国，有个学术刊物来信提出要专门就此问题来采访。

20 世纪 80 年代以后，我又去过多次芦城。2007 年，我们北京大学哲学系 1957 级的同学入学 50 周年，在中央党校聚会。大家都提出要到芦城去看看。会议专门租了两辆丰田面包车，组织同学们回芦城。芦城方面接待我们的是东、西芦城两个村的现任领导和当年的大小队领导，还有不少过去和我们一起劳动、共过事的老房东、老朋友，都已白发苍苍了。欢迎会议在原西芦城大队书记李春生儿子办的一个建筑公司的大会议室里。主持人是建筑公司的副经理，叫李如意（李春生的孙女），会上杨国维、李春旺等老人和李发起、苏振富、王崇焕等同学都讲了话。会后，同学们分别到各自的老房东、老朋友家去看望。我和李志平等先到了东芦城老盛家。原来的三间瓦房已经翻建改成了五间大房，原来的小院也建成平房了。看过的几户，都是这样，房子已经成倍地增建了，所有能建房的空地都建满了房子。路上还堆放着许多红砖和沙子，还要继续建房。一方面这些房是租给外地农民住的，另一方面，这里已经规划为城区了，等着拆迁。因为拆迁补偿多少是按已有的建筑面积算的，所以建房的积极性怎么挡也挡不住。

盛家的几个孩子，成长得很好。洪奎的大儿子盛增文，参军回来，安排在县人民法院工作；老二盛增武，"文化大革命"中就抽调到芦城公社工作，后来是黄村镇的公务员；小儿子盛增起，"文化大革命"中市里招工，到市里建筑公司工作，户口已转到城里了。两个女儿都嫁在邻村，家境都很好。同学们在村子里转了一圈，最后集中到西芦城原支书李春生家里，很大一个院子，房子也很多。听老乡介绍，东、西芦城两个村，400 多户人家现在发展得最好的是李家。春生的大儿子，早在20 世纪 80 年代后期，就办起了一个建筑公司，经营得很好，现在已经是大兴区有一定规模的民营企业了。

2011 年 9 月，我们课题组在大兴区星明度假村讨论《当代中国社会建设》一书的初稿。会议结束那天，大兴区委党校的党委张书记，请我们课题组的部分成员到党校开座谈会。区委党校就建在芦城村的南边 1958 年建的两个大水柜旁边。在会上谈到了我们当年在芦城开门办

学的情况。张书记是当地人，他说：他知道这事，村里的老人们经常谈起"北大学"在芦城的故事。会开得很亲切。我还谈起 2012 年我们 1957 级同学毕业 50 周年，要在北京聚会，还会到芦城来的。张书记说，那一定到我们党校来，还说，我们这里有房子，到党校来住都可以。会后，学校还专门请了黄村镇的组织科冯科长，陪我们一起去芦城。几年不去，芦城又大变了，公共汽车已经通到芦城，937 路从狼垡过来，有芦城西口、芦城电管站、芦城南口等四个站。东西向、南北向两条街。芦城西边、北边已是高楼林立，东、西芦城两个村的人已经不种田了，但住的还都是平房，村里住的外乡人比本村人还多。两个村的四周，用围墙和铁丝网封了起来，只有几个进出口。我们是从南口进村的，门上还专门有查证件的。芦城实际上已经成了"城中村"，据说很快就要拆迁了。

从 1958 年到现在，这 54 年，芦城这个大村，经历了整整一个时代。从小农经济，到合作化、公社化；从"三级所有、队为基础"到家庭联产承包责任制；从两个大队、生产队到两个村委会、村民小组；从纯粹种田的农民到少部分农民从事社队企业工作的离土不离乡的农民工，到 20 世纪 80 年代后期大量出村打工的农民工，到如今已经都不种田，成为各个行业的职工，虽然户籍还是农业户口，但实际都已成为干部、老板、个体工商户和工人。现在芦城已经没有还靠农业为生的农民了。从 20 世纪 80 年代开始，芦城的耕地逐年被征用，到 20 世纪 90 年代中期以后则大片大片地被征用，现在已经基本没有成片的土地了，都开发建设成为工厂、商场、学校和住宅小区了。现在的芦城，只剩下两个村数百户村民的住宅，还完整地保留着，两个村的村委会、党支部及各种组织都完整地保留着。据说，整个芦城村已经被规划成大兴西区街道的一个部分。只待时机成熟，整个芦城很快就会被拆迁掉，村民也会被安置到附近的高楼里居住。至此，芦城村就终结了，芦城的农民也会终结了，只留下芦城这个地名和几棵大树。

1958 年，我 25 岁，跟着哲学系的老师、同学一起到了芦城，从此同芦城的乡亲们结下了不解之缘。开始，我只是凭着青年人的一股热情，响应党中央的号召，和大家一起到正在发生变化的农村实践中去受锻炼、受教育。我是农家出身，对农村并不陌生，所以很快就和当地的干部群众熟悉了，相处得很好。一个偶然的机会，班上派我给支部书记常福海当秘书，参加了很多大队部初建时的各种工作，懂得了很多农村基层的常识，这在书本上是学不到的。当时自己就觉得很有收获，很有长进。所以，我对学校派我们到农村去开门办学——前后两次差不多有整整一年，在农村生活条件比学校艰苦得多，在农村参加劳动比在校读书要劳累得多——我并没有觉得苦和累，也没有觉得耽误了学习，故而，以后凡是学校有下乡的任务，我都是积极主动接受的，有几次还是争取着去的。

现在回顾起来，在北大五年，到农村去、到芦城去，当时主要还是党组织派遣、凭热情、凭兴趣爱好。我真正自觉地调查农村、研究农村则是在三年困难以后。那场灾难席卷全中国，也波及学校，凭粮票吃饭，伙食很差、吃不饱、浮肿病。寒假以后，学生从各地回来，传言很多，而报刊还在宣传形势大好。我们几个同学私下里议论，这肯定是农村政策出了问题。但农村政策到底有什么问题，为什么会造成这么大的挫折，怎么解决好这个问题，我们当时也并不清楚。于是，我们先是在课余研读有关农村、农业的各种著作和文献。有机会，我们也到各地农村去实地调查。1962 年暑假，我专门到安徽、江苏、江西农村做了一次深入的调研。上述 1963 年春节，我和贾信德一起去了芦城，这可以说是比较自觉地研究农村问题的调查了。

自此以后，每遇到研究中的问题，或者一有机会，我就去芦城、黄村，常常是一个人去，有时也和同学、同事一起去，有几次还和夫人、孩子一起去。改革开放前后那些年，我差不多年年去，自我调到社会学

235

第三部分 下放岁月

所后，去的次数就少了，但家里有了电话，一有问题，就给他们打个电话，也有他们来北京或打电话来的。屈指算来，我到芦城前后有40余次，我和芦城一直保持着联系，对于芦城这半个多世纪来的变迁、转型，我是了解的。对于常福海、杨国维等老干部和盛洪奎、李春生两个老房东家以及很多老朋友家的变化，我是熟悉的。

芦城是我蹲的第一个点，是我研究、解剖农村的第一个麻雀，是我分析观察农村运行、政策臧否的一个窗口。我的许多关于三农问题的知识从芦城来，我有许多确实可靠的信息从芦城来，我对农村未来发展一直很乐观的信心和力量从芦城来，因为我还是看到芦城一年一年地在好起来。关于芦城，我写成并发表的调查报告只有两篇，但我记关于芦城事实的笔记有几十本，我写得很多篇比较重要的"三农"论文，都有芦城的影子。芦城一直是我研究、写作三农问题的参照系。芦城给我的印象太深刻了，对我的教育、促进我成长的意义太重要了，可以和我的故乡（无锡县北钱村）并提，说芦城是我的第二故乡是恰如其分的。谢谢芦城！谢谢芦城的父老乡亲们！

东芦城生活纪事

戴凤岐（沙枫）

1958 年春季学期，学校开展"红专"大辩论后，为了贯彻党的"教育为无产阶级政治服务，教育与生产劳动相结合"的教育方针，决定哲学系全体师生下放至大兴县黄村，参加农村的"大跃进"和人民公社化运动，加强锻炼、接受教育。我们 57 级哲学专业一班分在东芦城大队，二班分在西芦城大队及康庄。历时九个多月（1958 年 8 月—1959 年 5 月）。我们在那里，与当地社员同吃同住同劳动，结下了深厚的情谊。返校后还经常来往，1962 年毕业后各奔东西，但我们心中还时刻想着他们。2007 年 10 月，我们同学入校 50 周年聚会，还专门安排时间，雇了两辆中巴去芦城"探亲"。虽然，接待我们的是原来乡亲们的后辈，但是和我们的情谊却持续不断。

从下去到离开，我在东芦城整整待了九个多月。所见所闻，铭记于心。有这样几件事印象深刻，难以忘怀。

任食堂管理员

和全国农村一样，在"大跃进"期间，东芦城也办起了公共食堂，实行吃饭不交钱（我们同学每人每月交 6 元）。我们下放到这里后，班里党支部决定让我去一小队食堂当管理员，包纪耀同学去二小队食堂当管理员。给我们的任务有二：一是协助队里主管食堂的领导抓食堂管理，二是参加食堂的劳动。这是党组织的信任。我愉快地接受了任务。上任后，我首先尽快地熟悉小队的每户社员的基本情况，一方面为抓管理积累资料，另一方面也为开饭、打饭菜时不出差错。其次，每天帮助食堂拣菜、扫地，有时到田间地头送水、送饭，后来又和一哑巴炊事员每天去铁路车东菜地挑运一趟大白菜（有 150～160 斤）。

当时，实行的是吃饭不交钱，吃的是天津小站稻米，菜是队里菜地种的，要吃肉就去队里养猪场提了猪来宰。无论做饭的，还是用餐的，没有不高兴的。但是，好景不长，不到半年时间，食堂就"包"不下去了，队里决定只好停办了。我又回到班上，和社员们一起参加收割水稻、深翻土地等大田劳动。我力气是不大，但劳动干劲却不小，干起活来有模有样，社员们都很称赞。尤其让我难忘的是房东赵玉海一家对我关怀备至，看我白天干活回来很累，就把火炕烧得热热的，并且让我睡在炕头上，真暖和、真解乏。我们下放在东芦城，生活挺充实的，真是"与天奋斗，其乐无穷"！

男扮女装学习跳舞

为迎接黄村公社成立大会的召开，大队决定排一个舞蹈叫"锋鼓舞"（民族舞蹈）。由队里男女青年若干、下放在东芦城的外交部的干部和我，共 12 人组成一个舞蹈队。当时，缺一名女演员，就由我男扮女装凑合。这个舞蹈共有 33 个动作，老师一个一个动作地教，我们一个一个动作地学。开始下午收工后排练，后来接近公社成立大会召开，就白天黑夜地排练，谁也不叫一声"苦"和"累"，热情非常高。黄村公社开成立大会的那天，我们真上台演出了。大家跳的不错，唯我有一个动作跟不上趟，稀里糊涂地混过去了。我没有"舞蹈细胞"，赶着鸭子上架，作为政治任务，我算是完成了。回想起来，自己都觉得好笑。

参与新农村调研

1958 年人民公社化运动时，农村刮起了一股"共产风"。当时，在芦城决定搞共产主义新农村规划和建设，向河北徐水学习，他们搞"十二包"，我们搞"十一包"。我参加了农村分配问题的调研，决定农村分配要像工矿企业一样，实行等级工资制。当时工矿企业工人实行的是八级工资，八级为最高，我们在芦城拟实行七级工资制，一级为最高。东芦城全体劳动社员按七级对号入座，只有一个社员评为二级（一级没有）。

应当说，农业劳动不同于工业劳动，有的农活是体力活，有的农活是技术活，一般讲，年轻农民干体力活行，老年农民干技术活行。如玉米中耕锄草间苗，所谓的"三锄一边拐"，既要中耕锄草间苗，又不能伤苗，没有技术是不行的。这种农活，老农干起来比较得心应手，年轻后生干起来不但快不了，而且弄不好就伤了苗。鉴于此，在农村社员中实行像工人一样的等级工资制是不可行的。东芦城社员评级后发生了一件值得人们反思的事。11 月中旬，队里组织劳力下河割芦苇。天气相当冷，有些社员就不下水去，和别人说怪话：让级别高的下到河中间深水里去割，其次的往边上靠，最低的就在岸上。大家七嘴八舌吵得开了锅。后经领导再三做工作，并酒肉招待，才把问题解决了。

下放东芦城，投身农村"大跃进"和人民公社化运动，历时九个月。1959 年冬，为贯彻庐山会议精神，"反右倾"，批判农村富裕中农自发资本主义倾向，我们又回到东芦城，为时三个多月。其实，什么也没批成。当时，我们年轻，政治上很不成熟，跟党跑，真诚地相信共产主义很快就会实现。现在回想起来，这真是货真价实的"乌托邦"！当然刮"共产风"是不对的，但我们对共产主义的信仰是永远也不会悔的！

稻田"历险"记

李德顺

离开芦城，已半个世纪有余，当时的生活和劳动场景，大多已如雾如烟，模糊不清了。但有一次劳动，却在头脑中留下了深刻印象，到今日仍历历在目，清晰如初。

那是我们下乡后一个月左右，正值三秋大忙季节。这一日天朗气清，金风拂人，刚吃过午饭，队里便敲响了上工钟，队长老杨布置任务，说是下午青壮年男劳力全到鹅房大队帮助该队割稻，于是大队人马便马上出发了。在路上我还直嘀咕：为什么只要男的去呢？前一段割稻子都是男女齐上阵，干起活来不少女社员并不比男的差呀！等到了地头，我才明白过来，原来这是块新开的稻田，连稻畦也没打，一百多米长的地畛就是一个畦。这算不了什么，更主要的是整块地都有五十厘米以上的积水，稻穗弯下来多数都浸在了水里，这大概就是没让女社员来的原因了。

和往常一样，首先进行了分工：两人一组合割六垄稻子，且负责把割下的稻子捆成捆。我们同学和社员混合编组。下地前，杨队长除了让大家注意安全，别让玻璃等硬物扎伤脚外（因为要光脚下水），特别提到，水里有一种叫做马鳖的生物（后来我们知道它就是水蛭，也叫水蚂蟥），能叮人吸血。它有一个特性，就是水里哪有动静引起波动，就向声源处游去。所以大家动作一定要快，冲在前面的可躲过叮咬，谁落在后面正好赶上马鳖游到，挨叮是必然的。队长布置完一声令下，大家一拥而上，脱鞋挽裤腿，跳在水里便大干起来。

同学们绝大多数没见过这种生物，一开始大家都认为不过像蚊子跳蚤一样，也没怎么在意。后来看到社员们都拼命挥镰猛割，才意识到可能不像想象得那么简单，于是也拼命地干起来，整个劳动场地立即笼罩上一层紧张的气氛。十多分钟后，原本整齐的一横排形成了锯齿形，前后逐渐拉开了距离。半小时以后，整块地里到处都有了人，形成"遍地英雄"的格局；平时不易看出的体力和技能等方面的差距，便清晰而公正地呈现出来。

当第一集团已经割完一趟的时候，其他集团则形形色色：有的割了一半，有的割到三分之二处，当然也有的尚未到三分之一处，最后边有两个人仍在距地头不远处慢吞吞地活动着，由于太远，看不清是哪一个，但绝不会是社员，可能是我们同学吧！已经到头的人便向回拐，迎着后面的人接过去。最后大家都碰了头，这时看清楚了，落在最后的并不是我们同学，原来是刚下放到芦城劳动的外交部干部老徐（或老许，大家还闹不清他到底姓什么）同志，因为刚来，彼此并不熟悉。今天割稻子他是在我们割了一阵子以后才到的，所以队长劳动前的讲话他并没听到。这个老徐同志大约有四十不到的年纪，戴一副白边近视眼镜，穿着干净得体，不管天气如何，总背着一顶新草帽，显得文质彬彬。但也不难看出，这是一个出家门进校门、出校门进机关门的"三门干部"，这次到芦城极可能是他第一次参加农业劳动。由于缺乏劳动锻炼，下乡时间又短，所以劳动技能和体力跟我们这些已经历过近一个月强力劳动的同学差了一大截。即使他听到了队长在劳动前的叮嘱，拼尽全力去干，恐也难逃落在后面的难堪。

完成任务后大家一齐从水里登上陆地，区别就昭然若揭了：前一半人都全身而退，后一半人按割稻时所处位置的前后，腿上叮上的蚂蟥由一两条到三四条不等，最多的可有十来条。我们那位老徐同志最后慢吞吞地爬上了岸，大家一看全都大吃一惊，立即起了一身鸡皮疙瘩，只见他的两条腿上爬满了横七竖八的蚂蟥，在两条白腿上形成了两个灰绿色不规则的图案。这些蚂蟥有的已快吸饱，整个身体比别的大了三四倍；有的已叮进皮肤，正在吸血；也有的大概还没选好地方，仍在爬来爬去，粗略看来，总有五六十条之多。这位老徐回头一看，两眼立即发直，愣在了当场，接着双腿一软，瘫在了地上。我们赶紧把他搀了起来，他两腿不断打战，怎么也站不住。同学们也发了慌，就要帮他向下拽，被队长老杨立即喝止。原来这东西的前端有一个强有力的吸盘，一旦吸住，就很难扯下。如用力去扯，只能产生两种结果：一是连人的皮肉一块扯下，一是把蚂蟥拉断，而断成两截的蚂蟥吸盘仍不会放开。怎么办呢？社员自有对付的办法。队长让我们用手掌或鞋底去拍打，于是大家一哄而上，找着老徐腿上有虫子的地方噼里啪啦一阵乱打，眼看这些讨厌的家伙立即缩成一个个圆球滚落在地，掉了湿乎乎的一层。蚂蟥没有了，但被叮的伤口依然流血不止。原来这种动物在吸血过程中会分泌一种溶血毒素，使血液不凝，它好顺利吸食。直到毒液流尽，血才能止住。这时再看老徐的腿，又形成了红色的不规则图案，由于流血过多，看后使人感到触目惊心。

向回走的时候，大家仍在议论今天的遭遇，特别是挨叮的人大谈感受，其中有不少趣事，但由于老徐的处境很惨，谁也不好意思笑出声来。突然，一个人大声喊道："嗨！马鳖没什么了不起的，我给它们准备了两条腿，它们连一个小脚趾也没吃完。"大家一看，说话的是老徐。他这种带有自嘲性的幽默，引发了大家压抑了很久的感情，于是一浪高过一浪的哄堂大笑，便由此拉开了序幕。

芦城日记

貳信德

（一）

一九五八年八月二十五日　晚

我以极兴奋的心情奔上了新的征途。当坐上开往芦城的汽车时，心几乎就要跳出来，我的破嗓子放声歌唱，新的一页开始了。

下乡一年我们将会收到在学校里无法得到的东西。但是，要想达到目的必须付出艰苦的努力，我清楚地知道在我们面前还有很多想象不到的困难，我将用脑汁和汗水力争完成党交给的任务。

到了芦城简直就像到了家一样，一点也不感到陌生。老乡们对我们非常热情，这就更加促使自己要拼命地干。

紧张的一天过去了，明天就要下地干活。好吧，让丰硕的成果一点一滴地积累吧。

（二）

一九五八年八月二十六日　晚

凌晨四点多起床和社员一起修路，一气干到七点半才吃早饭，衣服都汗透了。

上午和社员一起去小麦亩产一百二十万斤的试验田里深翻。上级规

定深度要挖到五尺，共分三层，每两层中间施肥一层。

一到地头，大家就议论纷纷，很多人都说实现不了。有的说："一百二十万斤？能搞个零头就了不起了。"

我自己对亩产一百二十万斤也没有信心。但是，鼓足干劲，千方百计增加产量的决心还是应该有的，我这是不是有些保守，还说不清楚。只有等到麦收时见分晓。

（三）

一九五八年九月四日　下午

前天跟几个社员聊天，才知道"芦城"地名的来历。

社员告诉我，明朝的皇帝原来打算在他们这里建京城的，可是一锹土挖出后再填进去却剩下不少。那些人就认为这一带的富裕人家多，要在此地建城愿意当劳力的人少。于是决定把京城向北边移了百八十里，所以叫"北京"。而他们这里就叫"无城"。后来又念成近似音"芦城"。

这种说法是否有历史依据？很难考究。不过这也算是一说吧。

（四）

一九五八年九月二十八日　晨

昨天是中秋节，节日的心情分外欢愉。中午和房东赵大叔、张广年在一起吃饭，还喝了一盅酒。大家边吃边喝边聊，真是其乐融融。生产队还优待我们北大学生，每人发了一个月饼、两个苹果、五个梨，这比在家过节要好多了。

晚上又开了联欢会，既有我们同学的节目，又有老乡的节目。晚会内容丰富多彩，有京戏、评戏、相声、快板、歌曲、舞蹈、小演唱、山东快书，等等。大家都很高兴，欢声笑语，掌声不断。人们忘记了疲劳，都沉浸在幸福之中。

当然，正像节目中所说，咱们的幸福生活才刚刚开始，更好的日子还在后头呢。

附：一封致歉信

诸位学兄、学姐：

进入 21 世纪后，我重病缠身，医生又说患有老年性痴呆症。常常感到精力不支，思想更难集中。这次原本应该写点东西，可是使劲硬挤也没有写出什么来。实在对不起大家，特别是多次劝导我的徐老。

十多年来，除了给一位境外友人写过一份思想汇报外，其他同学几乎连一个字也没写过。其实在校期间大家对我的关爱、帮助、体谅，至今仍事事铭刻在心，终生难忘。我有幸能与诸公同窗五载，这是我一生中最有意义、最值得怀念的一段时光。每当回忆起往事，总是联想翩翩，难以平静。对于这种珍贵的同学情谊，此生我无力回报于万一，只有怀着愧疚的心情告别人世了。

在此，特别向张帼珍学姐致意。一九九二年在襄阳聚会时，我始得知你在京、沪、湘的艰难历程。你的传奇人生令人敬佩，它深深地打动我和我的工友们的心。乘此机会，老贾向你致以崇高敬礼！

前些日子我在清理即将成为遗物的杂品中，发现了北大录取通知书和食堂的饭卡，还有在芦城劳动时的几篇日记。现寄上，不知有用否？

最后，我谨向诸位致以最衷心地感谢和最真诚地敬意！敬祝健康长寿！

学弟　贾信德

二〇一一年三月二十五日

编者按：多么真诚、坦荡，充满爱心、深情。我们无不为之感动。老贾朴实无华，其优秀品德是北大和我们年级集体培育的，也是我们生命和人类生命最美好的凝聚和见证。

第四部分

诗歌

入北大五十周年有感（并序）

王文钦

北国金秋，天朗气清，惠风和畅。老同学重聚燕园纪念入北大五十周年。盛哉！此聚也。遥想进学之时，感慨万千。我等皆翩翩年少，豪情满怀，多憧憬未来。是年迎新活动之盛况犹历历在目：首都多个文艺团体应邀助兴，戏曲、歌舞、杂耍表演分布各处，竞相媲美，目不暇接。未名湖上烟火更是五彩缤纷，光辉夺目，教人遐想。弦歌鼓舞中，真有如临杏坛，如登辟雍，宛入梦境之感。曾几何时，半世纪忽忽过去，岁月峥嵘，山河巨变，世事变化尤大。风华正茂之人亦双鬓尽染，垂垂老矣。然在座诸君犹精神矍铄，豪气虽减，英气尚存。至于经验之富、阅历之广、见解之深，曩昔岂可比。同学之间，分别既久则感情弥深，年齿同长则友谊愈增。而此情谊，令回忆过往变得轻松，于聚会今日更加珍惜。归吴之后，兴奋未已，夜不成寐。遂假四支韵拟诗四首，谓之四赞：一赞校园，二赞先师，三赞同学，四赞所有北大校友。不亦乐乎？

一

岁月悠悠五十载，至今犹念入学时。
迎新歌舞圆星梦，庆典烟花绽彩芝。
博雅翼然征凤志，畅春朗润寄覃思。

门墙幸列终生事，德赛先生牢记之。

二

熙然我系拥名师，九校哲人尽聚斯。
授课专门析义理，钻研偏重致良知。
设局批判多奇诡，直道诤言不苟訾。
犹忆燕园风雪夜，寒窗灯火照髯姿。

三

岁考艰难属五七，径升北大倍心仪。
同窗各省多才隽，侪辈京都数国师。
咸思百代承文脉，但悯三农议课支。
莫谓书生失意气，我班岂少弄潮儿。

四

园艳争芳各有姿，未名湖畔万千枝。
氤氲苾气知风暖，旖旎华光觉露滋。
美朵教人期硕果，玉株招众望高树。
天公莫作狂飙雨，花蒂柁条不胜垂。

北大记忆

王立民

一九五七年，高考进燕园。

愚人上北大，奇事竞相传。

师友来祝贺，纷纷留赠言。

天高碧海阔，大道直且宽。

君去上北大，天梯立面前。

成才非难事，只要肯登攀。

劝君勤奋力，击水新岸边。

待到耄耋日，相聚高山巅。

光阴未虚度，含笑捋白髯。

挚友炽热话，送我半空悬。

不见荆棘路，只觉鲜花炫。

前途多美好，阳光真灿烂。

世界大透亮，人间无尘染。

人人心向善，无人耍滑奸。

身怀透明心，欣然进燕园。

斗争哲学兴，反右战正酣。

天地人都斗，狠斗乐无边。

天天斗右派，日日辩红专。

我生本愚钝，生性傻直憨。

未曾经风雨，也未见世面。

不会看风向，更耻屈膝谄。

不谙世上事，懦弱加腼腆。

日日辩论会，同学都表现。

唯独我无知，懦懦不发言。

深信人性善，老实保平安。

谁知同龄人，为利竞相煎。

争斗大潮里，老实被人践。

细小一棵草，任凭风暴卷。

犹如小白菜，投入油锅煎。

学生要排队，左右中边缘。

我因太木讷，被排在边缘。

既被打另册，时时遭白眼。

事事都小心，何期人间暖。

偷偷读唐诗，我心稍得宽。

每逢星期日，躲进颐和园。

树上自由鸟，高飞令人羡。

进入五八年，三面红旗喧。

反右风未停，跃进浪又翻。

全国大折腾，飞鸟也难安。

可怜小麻雀，处处遭围歼。

豪言放卫星，大胆创高产。

中原一亩地，产粮超十万。

种田上百亩，就能养全县。

万头养猪场，规模真壮观。

十里八乡猪，都往一处赶。

人民公社化，浪潮冲燕园。

我们哲学系，定要走在前。

全系大搅动，书记作动员。

教育要革命，推翻前七年。

彻底大决裂，翻个底朝天。

走出象牙塔，课堂搬田边。

农村出马列，农民盼新天。

全国公社化，农民走在前。

农村围城市，如今又重演。

北大革命化，我们责在肩。

我们先出去，革命要争先。

农民闯劲大，无人能阻拦。

跨上跃进马，一天二十年。

资产全民化，何需一万年。

全民进公社，只在朝夕间。

创造新历史，开创新纪元。

共产主义门，我们先迈坎。

改写教育史，我们写开篇。

当代大学生，接受新考验。

谁要落人后，遗恨千万年。

几个聪明人，脑袋比针尖。

书记指明路，顺势往上攀。

呼号又宣誓，干劲冲破天。

大话连连讲，狂语讲连连。

公社大地上，实现红与专。

新型旷世才，来到天地间。

砸烂旧世界，撑起艳红天。

现在准备好，将要接大班。

走出旧北大，增长大才干。

韭菜和麦苗，终于能分辨。

系里众教师，有头又有脸。

经过反右派，失声若寒蝉。

系里大搬迁，敢怒不敢言。

拉下大讲台，改造到田间。

跟随学生们，同吃又同眠。

屋小住人多，蚊蝇惹人烦。

天热睡露肚，露丑实难堪。

斯文尽扫地，何处找尊严。

也有愚顽者，头似花岗岩。

湘人爱读书，读成傻大胆。

忤逆大趋势，竟敢吐真言。

"学会种黄瓜，能替读经典？"

说出心里话，同学暗称赞。

书记发号召，掀起大批判。

应召斥声起，口水把人淹。

批判又批判，开除遣湖南。

芦城好地方，天然一水乡。

水中鱼儿肥，地里稻花香。

水润细菜嫩，风吹芦花扬。

此地风水好，北大新课堂。

此举震动大，周扬来捧场。

师生背行李，住进农民房。

社员觉新鲜，围观站一旁。

师生忙招呼，大婶和大娘。

白天鼓劲干，天黑夜战忙。

凌晨被叫起，马列课开讲。

翻身起坐定，拥被靠炕上。

身疲太嗜睡，师生眼难张。

老师嗡嗡念，学生脑迷茫。

神圣马列课，也能这样讲。

分明是亵渎，硬说是高扬。

一课未讲完，上工钟敲响。

扔开笔和本，拔腿奔食堂。

匆忙扒碗饭，找把铁锹扛。

来到集合地，社员聚一帮。

见我狼狈相，开心闹嚷嚷。

说句嬉戏话，哄笑迎朝阳。

北大印象

最高学府在燕园，湖光塔影诱少年。

细柳袅袅飘轻絮，湖水悠悠摇空船。

民主猛士杳然去，启蒙贤师已成仙。

碧草丛里寻独秀，青松枝头觅铁肩。

学诗习作（五首）

陈益升

　　大学本科五年，时逢"破除迷信，解放思想""敢想，敢说，敢干"的充满理想主义和浪漫主义色彩的年代，诗歌显然成为人们表达理念和情感、颂扬党和领袖、颂扬祖国和人民、颂扬劳动和集体的一种重要的文学形式。

　　我没有学过作诗，也不懂得写诗，但我很爱读诗。在那激情燃烧的岁月，有时心血来潮，也稚子学步般地写上几句似诗非诗的"诗"，算是习作，自我欣赏和陶醉。

　　日前清理文稿，居然从中发现十几首过去学写的杂诗（习作），有的还曾被哲57（2）班墙报用过。所谓墙报，那是利用学生宿舍走廊上两个房门之间的墙壁，贴上选用的文章和诗作，供同学们阅览。我们班级刚入学时住在30斋，后来迁往38斋，团支部和班委会都办过诸如名为"海燕"之类的墙报。

　　今天，重读近半个世纪以前学写的杂诗（习作），深感其中彰显的时代烙印和诗作稚气。现择五首面世，可谓是"苦乐年华"岁月的历史见证。

2009年1月于中关村

附：杂诗五首——劳动有感、东方的雄狮、颂主席思想、颂"七一"、全班一条心。

劳动有感 *

古今中外理论家，理论实践大分家。
谈起理论有一套，实践知识太缺乏。

*　　*　　*

马列主义哲学家，理论实践联系佳。
理论指导实践准，实践丰富理论精。

*　　*　　*

党的召唤传四方，马列学家齐应响。
劳动大军组织起，开赴农村联实际。

*　　*　　*

锄舞筐蹈田野闹，劳动歌声彻云霄。
大娘眯眼咧嘴笑，大爷伸指赞个好。

*　　*　　*

马列主义切实际，知识分子学农民。
改造思想求进步，社会主义早建成。

东方的雄狮 **

东方沸腾了，狮子怒吼了。

---

*　　原载哲 57（2）班墙报《海燕》，1958 年 2 月 17 日（阴历除夕）写于燕园。
**　写于 1958 年 6 月 1 日，北大燕园。

第四部分　诗歌

东方的狮子，象初升的太阳
飞奔在宇宙间！
她追赶！她吼叫！
她要赶过美英，她要地球翻身！

＊　　＊　　＊

东方发亮了，狮子奔驰着。
东方的狮子，向全世界宣布着
自己的行动纲领：
鼓足干劲，力争上游
多快好省地建设社会主义！

＊　　＊　　＊

我们勤劳勇敢的人民，
我们受苦患难的祖国，
今天！
我们真正地站起来了，
我们成了东方花园里的主人。
根据行动的纲领，
我们驾驭着自己的
前途和命运。

＊　　＊　　＊

社会主义建设的总路线！
东方狮子的意志和决心，
六亿人民的愿望和心声。
它，

社会主义建设的纲领，

向六亿人民

指出了前进的方向，

展示着光辉的图景。

我们中华民族（自豪啊），

我们中国人民（骄傲啊），

我们东方的狮子（驰跑啊）。

在时间的大海里，追赶！追奔！

七年，赶上和超过老王牌的英吉利。

十五年，帝国主义的首脑美利坚

将被我们远远地抛在时代的后面！

*　　*　　*

东方勇猛的狮子啊，

带着六亿人民的意志和决心，

飞着奔着追着！

那小小的地球，翻滚在她的脚底。

那边际渺茫的宇宙，在它身旁荡漾和震动，

吓得帝国主义破了胆，战争老板丢了魂！

*　　*　　*

东方，燃起了熊熊的

社会主义建设的烈火。

狮子，号发着宏壮的

战胜自然的命令。

东方的雄健的狮子，高昂着巍硕的头颅，

展笔着棕色的金发，迈跨着共产主义的步伐，

怀着六亿人民的意愿，

对着光辉的未来，疾风似的飞奔追赶！

颂主席思想

主席思想是灯塔，指挥人民打天下。

革命风暴遍地起，帝国主义着了慌。

主席思想是太阳，照得人人心发亮。

中国人民大翻身，全靠主席把家当。

主席思想赛利箭，刺破敌人恶心肠。

世界人民拍手笑，全球赤化早来到。

祖国诞生十一年，主席思想放光芒。

猛攻马列最尖端，认真学习第"四卷"。

（1960 年国庆十一周年于燕园）

颂"七一"*

七一，中华民族的力量，东方人民的希望。

是你，拯救了六亿奴隶，唤醒了有色"贱民"。

今天，革命的火花遍地燃烧，

红色的风暴满球怒吼。

党啊，是你赢得了祖国的新生，

是你扭转了历史的乾坤。

＊　　＊　　＊

往日的生活和斗争，记忆犹新。

旧中国任凭着封建王朝的吸吮和挥霍，

＊ 写于 1960 年 6 月 30 日，党的生日前夕。

忍受着帝国列强的踩躏和宰割。

上海的声音，唤醒了东方沉睡的巨龙，

指明了反帝反封的前程。

井冈山的红旗，翻滚着暴力革命的汹涌波涛，

打击了卖国求荣的蒋家王朝。

延安的宏塔，照亮了"东亚病夫"的眼睛，

振兴了东方民族的精神。

今天啊，七一的花，七一的瓜，

七一的桃李满天下。

人们永远地歌颂着光辉灿烂的光荣岁月，

永远地悼念着千千万万的革命英烈。

青年们，牢牢地记住先烈的遗教，

高高地举起胜利的旗帜，

勇敢地踏着烈士的血迹前进！

三十九年的道路，曲折又艰辛，

毛泽东的思想大显神灵。

你啊，解救了灾难深重的中国人民，

武装了饥寒交迫的世界罪人。

你啊，时代的精神，马列的化身。

敌人在你的面前颤颤发抖，

叛徒经你的照射原形毕露。

*　*　*

党啊，七一！祖国的骄傲，时代的灵魂。

我们，毛泽东的学生，新世界的主人。

向你献出一颗丹心，表达一片激情。

我们决不辜负你的教养，

一定牢记你的嘱咛。

高举毛泽东思想红旗，坚决沿着七一的道路前进！

全班一条心 *

全班一条心，铁杵变钢针。

一心向着党，面貌日日新。

全班一个劲，天动地也震。

一劲鼓到底，成绩日倍增。

全班一方向，心齐眼又亮。

知识工农化，自觉改思想。

全班齐跃进，人人红旗争。

苦战一寒冬，誓把厚礼行。

---

* 写于 1960 年 11 月 22 日，参加北大二届先代会前夕。

建设十三陵水库劳动组歌

张德才

进军十三陵

雄赳赳，气昂昂，奔赴十三陵。

学英雄，比干劲，劳动来锻炼。

保尔团的战士们①，早就下决心，

一定要做到：生产思想双丰收。

雄赳赳，气昂昂，来到工地上。

你铲土，我挑筐，运到大坝上。

年轻的大学生，团结力量大。

大家齐努力，早日建好大水坝。

1958 年 4 月 15 日清晨行军路上

当铁道兵

黎明的曙光，映照着落霞的重叠山峦。

我们吸着清新的空气，踏着苏醒的土地，

一群北大学生，战斗在十三陵工地。

---

① 我系参加劳动的队伍称保尔团。

沸腾的海洋在呼号，

人群唱着战歌，小火车在飞跑。

一铲一铲的沙石，一筐一筐地运上大坝。

麦克风伴着大自然的节奏，

传来了激动人心的战报。

这一切的一切，都是为了一个目标：

抢在时间前面，抢在洪水前面，

为了六月十五号，

为了用汗水浇灌这肥沃的土地，

结出丰硕的谷子。

带着新奇的心，充满着希望。

早就有了誓言：

在劳动中改造思想，

让一切非无产阶级意识，在十三陵埋葬。

用劳动的手，给自己穿上戎装。

战斗吧！年轻的大学生，

挥起你的镐，挑起你的筐。

铁锹铲着沙石，装上小火车，

运到大坝上。

遍身淌着汗水，浸浑了衣裳，

又滴到工地上。

1958 年 4 月 16 日劳动第一天

铲沙石

大学生们上了战场，

英雄们的形象在胸中激荡。

向英雄们学习，在劳动中改造思想。

手被铁镐磨出了血泡，

汗珠似雨一般洒在地上。

石块多么坚硬，

硬是要把前进的青年们拦挡。

硬，硬不过青年人的心，

任何困难也挡不住前进的人。

雄伟的大坝高万丈，

正是这一铲一铲的沙石和汗水堆成。

风沙又向我们挑衅，烈日更激励着我们。

困难是英雄手下的败将，

劳动是幸福的母亲。

眼前即将出现的，是一座雄伟的"齐姆尔良"①，

坝上是一片碧波荡漾，

坝下翻滚着金色的麦浪。

带着甜蜜的微笑，一铲沙石又装进了土筐。

1958 年 4 月 17 日劳动第二天

挑　土

和往日一样，披着晨星飞奔战场。

今天与我做伴的，是轻巧的小土筐。

该显显本领吧！我的好肩膀。

腿跌破了，肩压肿了。

当我把最后一担沙石挑上大坝，

心里荡漾着坝下的一片麦浪。

1958 年 4 月 18 日劳动第三天

---

① "齐姆尔良"是苏联一座著名的大水库

265

汗水浇开幸福花

首都人民共同培育的十三陵鲜花，

愈开愈明艳。

劳动中同十三陵乡亲们结下了深厚的友情。

烈日和劳动把我们的肩膀、心胸炼得通红，

带着友谊和亲手培育的鲜花，

我们奔向又红又专。

1958 年 4 月 21 日

毛主席、中央领导和群众一起修建十三陵水库

领袖亲自修坝，群众干劲更大。

建好幸福家园，早接嫦娥回家。

月下，月下，歌如潮，旗如画。

1958 年 4 月

祝十三陵水库竣工

明陵建起大坝，首都一朵鲜花。

灌溉、拦洪、发电，

根除水患、风沙。

坡下坝下，一片燕缘庄稼。

1958 年 4 月

再见了！芦城

张德才

再见了！亲爱的芦城，

再见了！亲爱的芦城大爷大娘兄弟姊妹们，

我们就要分别了，像闺女就要离开她的母亲。

芦城就是我们可爱的故乡，

你们就是我们的亲人，

也是我们亲密的同志、战友、可敬的先生。

为了贯彻毛主席的教育方针，

为了下放锻炼向你们学习，

我们来到了这里，来到了这可爱的地方。

九个月了，

九个月劳动战斗的生活，

改造了学习，改造了思想。

我们在劳动中得到了新生，健壮地成长。

九个月不平常的日子，

激起我们内心无尽的思浪。

感谢你们啊！感谢你们无微不至的关怀，

感谢你们孜孜不倦的教诲，

学习你们的好榜样。

我们病了，你们总是精心地看护，
把你们舍不得吃的食品送给我们；
我们衣服破了，你们偷偷地拿去缝补；
劳动回来了，你们为我们烧好了热水；
冬天为我们烧好了暖和和的热炕。
夏天怕我们中了暑，
冬天又担心我们着了凉。
你们待我们太好了！
就像我们的兄妹爹娘。
九个月了，充满友爱的九个月，
也是欢乐与幸福的九个月。
在这些日子里，我们共同劳动，
一块谈心聊天，
一起谈到过去那些悲惨的年代，
那些受压迫受剥削、挨饿受穷的日子，
也聊起今天的人民公社；
还谈到美好的未来，
像天堂一样的共产主义社会。
我们的感情是那样淳厚诚挚，
心里想的又那么遥远遥远。
我们一起唱歌跳舞，
迎接美好幸福的明天。
九个月啊九个月，难以忘怀的九个月，
我们欣喜获得丰收的九个月。
在那些共同生活的日日夜夜里，
学到了你们许多优秀的品格。
我们参加了劳动，参加了社会主义实践，

还跟你们一道办起了人民公社。

学习联系实际，感情起了巨大变迁，

也懂得了许多道理。

我们知道，学习就是为了你们，

也必须向你们学习。

我们立志：做个普通劳动者，

永远当好劳动人民的勤务员。

1959 年 5 月 26 日写在离开芦城时

半世缘

陈哲仁

忆燕园

天子脚下做学员，更逢高士执教鞭。

湖光塔影依然在，人事流迁非昔年。

犹记马老团团转，一声惊雷破晴天。

芦城晓月

芦城晓月负犁锄，公社残灯照大锅。

密植深耕劳筋骨，老乡吹烟笑呵呵。

忽闻吃饭凭粮票，饿损水肿学生哥。

哲学系"五七"同学歌

林鸿复　邱国权　词

神州大地风雷起，"五七"学子聚未名，

问道哲学何所惧，委要进军荐轩辕。

左右运动勤琢磨，上下书耕出精英。

根深叶茂乎"北大学"①，终是造就一代人，

一代人！

*　　*　　*

半百流年可作证，五载同窗情谊深，

无数甘辛随风过，犹记荣辱伴雨行。

中华崛起圆旧梦，寰宇激荡开新篇。

纵有不解百万题，依然追求主义真。

我们当各尽所能，尽所能！

---

① 下乡劳动，老乡称"北京大学"为"北大学"。

五十年后重相会

邱国权词曲

D 调 3/4　稍快　节奏感强

```
5  3  3  | 2  3  3  | 5  3  3  | 2  3  3  |
5  -  3  | 2  -  1  | 6  -  1  | 5  -  -  |
五     七  相     聚  在     未     名，
1  -  2  | 3  -  6  | 5  -  3  | 2  -  -  |
同     窗  五     载  情     谊     深；
||: 3  -  5  | 2  -  1  | 6  -  5  | 6  -  -  |
如     今  白     发  重     相     会，
5  -  6  | 1  -  3  | 2  -  6  | 1  -  -  :||
弦     歌  笑     谈  往     事     新。
2  -  5  | 1  -  -  ||
往     事  新     。
```

说明：此歌是 2007 年，北京大学哲学系 57 级同学，入学 50 年后，重新欢聚在北京有感而作。

为了烘托欢聚时轻松愉快的气氛，歌曲采用一节三拍的圆舞曲旋律。歌词的意思是：1957 年，北京大学哲学系 57 级同学，从全国各地聚集在北京大学的未名湖畔；在长达五年的同吃同住同学习中，彼此建立了深厚的感情和友谊。入学 50 年后，在满头白发时，又重新相会在北京，大家又弹又唱又跳又笑地畅谈同学时期的趣事，对往事有新的体验。

2009 年 2 月 28 日

第四部分 诗歌

编后记

我们 57 级同学分成两班，共 79 人。他们的名字是：

崔英华、崔龙水、陈瑞生、杨克明（杨适）、武葆华、徐荣庆、薛华、王树人、殷登祥、周云之、冯增铨、陆学艺、彭跃、陈益升、牟钟鉴、金春峰、焦树安、李志平、吴亦吾、赵福中、陈炳泉、李发起、孔庆凯、车铭洲、陈文伟、黄福同、刘国瑞、孙实明、霍方雷、李丽君、李绍庚、李明权、赵毅、王崇焕、张秀亭、陈绍增、刘玉华、刘德生、牛德林、郑成峰、李德顺、李元庆、王立民、白宗信、袁圃、傅成孝、包纪耀、常治兴、戴凤岐（沙枫）、赵又春、张帼珍、傅昌漳、张可尧、戴祺、翁熙、俞燮、王文钦、章兴发、邱国权、张德才、谢锦华、袁之勤、孙彭年、李祖航、田福镇、王善钧、苏振富、李步楼、向延光、贾信德、姜宏周、陈哲仁、高宣扬、林鸿复、庄呈芳、邵耀华、孙五石、林俐珍、王筑民。其中已不幸去世的有：崔龙水、焦树安、陈文伟、刘国瑞、霍方雷、张秀亭、刘德生、李元庆、白宗信、傅成孝、包纪耀、俞燮、贾信德。这 13 位同学曾在祖国各个工作岗位上尽心尽力，贡献聪明才智。而今，天人永别。想到他们，我们心情格外沉重，谨在此表示年级同学对他们的哀思和悼念。

我级同学来自祖国各个省区。大部分是当年高考录取的。少数是工农速成中学和俄语学院保送及留苏预备班未出国转来的。也有高年级休学复学或转系来的。有三位是归侨子弟。五年同窗，情同手足，结下了深厚友谊。毕业后，分赴各地，仍联络不断，曾几次聚会。本文集是2007年10月在北京"半世情缘大聚会"上大家决定编写的，收载了寄来稿的32位同学的39篇回忆。除极少量文字润饰、加工和个别稿件有所删节外，都是来文照登。个别同学来稿因体裁不合要求，没有收录。对大家的努力和支持，在此谨表谢意。

我们学习的时期——1957至1962年，是我国一个特殊历史时期。社会在继续革命、改革，阶级斗争，充满了激情、豪情、浪漫、理想和对未来的探索；也交织着浓烈的狂热、空想与冒进。社会是动荡的。我们亦不是风平浪静、在学校关门读书，而是实行教育与生产劳动相结合，与社会变革、实践相结合。有一波接一波的大批判：批判南斯拉夫修正主义纲领，批判苏联修正主义，批判巴人人性论，批判"白专"道路和个人主义。搞教学检查，教学革命。参加修建十三陵水库，参加民兵师国庆十周年阅兵。三年困难时期，劳动与运动暂歇，我们才认真读了点书。书虽读得远不像现在大学生那样正规、系统，但下放等却培养和锻炼了我们的分析批判能力、理论联系实际能力、社会调查和工作的能力。这些实际上对于文科哲学系的学生是十分重要的。我们年级陆学艺同学以后在"三农"调查、农村改革和社会学研究上作出了重大贡献，他的成就就是在下放芦城时打下的基础。这是一个生动而极有说服力的例证，也为"哲学系究竟应该如何办，只是'三点一线'——从书本到书本就好了吗"提供了值得深思的空间。

"下放锻炼"是我们学习生活的重要方面。在黄村、芦城、康庄、南程庄期间，我们得到了老乡热情的接待和照顾。2007年重返当地看望时，又受到他们盛情招待。在此，谨表示衷心的谢意。

尊师重教是北大也是我国文化的优良传统。五年中，全系老师言传身教、全心全意为我们的成长贡献心力。他们的专著和讲课对我们学业的成长有很大影响。他们体现的北大民主、自由和科学的学风，坚决捍卫真理与学术尊严的精神，给了我们极好的示范。因材施教，循循善

诱，像爱护自己的孩子一样对我们充满热情和爱心。喝水不忘掘井人。在此，谨对我系全体老师、教职员工表示诚挚的感谢和敬意。许多同学因病住校医院，得到了孙大夫和医护人员的精心治疗和护理，亦在此表示衷心感谢。

人是历史的存在。历史的借鉴和记忆也让我们自己和后人，继往开来，能更加成熟和自觉。作为这本文集的第一批读者，我们好像又回到了五十年前，又生龙活虎、多姿多彩，充满青春豪情和人生憧憬地聚集在了北大。许多不了解的事情了解了，不透明的透明了，我们更知心了。因这本文集，我们更加珍惜在北大的五年——我们人生历程中一段最美好最可纪念的时光。也有一些愧疚和惨痛教训，值得反省和吸取。

比之今天，我们当年的生活是艰苦的。许多同学家境的赤贫、清寒，令人不敢相信。这也是那个时代国家和社会的缩影。三年大饥荒，虽有政府的照顾，北大和我们也没能幸免。一些同学短时间甚至因粮食不够浮肿了。但大家的精神是昂扬的、乐观的，热情奔放，谈笑风生。湖边月下，疏林密语，幽情浓浓。这是青春的可贵。1962 年毕业时，全体同学情绪饱满地奔向四方。其中四位同学争赴新疆，报效祖国，备尝艰辛，包纪耀同学更是积劳成疾，英年早逝，充分表现了民族优秀子孙的崇高品质。抚今思昔，五十年来国家的巨大变化，民族的复兴，正是有赖于大批这样民族优秀子孙的奋斗。他们是鲁迅先生所推崇表彰的"民族的脊梁"。鉴往思来，国家和后辈的命运、前程，在新一代人们的奋斗中，将比今天，比我们这一代更为灿烂、辉煌。

我们都已七老八十，正联络庆祝本系建系一百周年、我们毕业五十周年，享受时代的进步和生活的富裕，享受友情、亲情和儿孙之乐，这是多么大的福气。本回忆录亦是向系庆的献礼，是北大历史和中国历史的一个小小的展现。由于它的真实性和多种视角与不同感受，亦将具有文献的保留和研究价值。

图书在版编目（CIP）数据

青春岁月在北大：哲学系 1957 级同学回忆录 / 陆学艺主编 .
—北京：社会科学文献出版社，2012.10
ISBN 978 - 7 - 5097 - 3842 - 9

Ⅰ.①青… Ⅱ.①陆… Ⅲ.①回忆录 - 作品集 - 中国 - 当代
Ⅳ.①I251

中国版本图书馆 CIP 数据核字（2012）第 234456 号

青春岁月在北大
　　——哲学系 1957 级同学回忆录

主　　编／陆学艺
副 主 编／金春峰　陈瑞生

出 版 人／谢寿光
出 版 者／社会科学文献出版社
地　　址／北京市西城区北三环中路甲 29 号院 3 号楼华龙大厦
邮政编码／100029

责任部门／社会政法分社（010）59367156　　　责任编辑／史雪莲　秦静花
电子信箱／shekebu@ ssap. cn　　　　　　　　责任校对／万伟平
项目统筹／童根兴　　　　　　　　　　　　　责任印制／岳　阳
经　　销／社会科学文献出版社市场营销中心（010）59367081　59367060
读者服务／读者服务中心（010）59367028

印　　装／北京季峰印刷有限公司
开　　本／787mm×1092mm　1/16　　　　　印　　张／18
版　　次／2012 年 10 月第 1 版　　　　　　 彩插印张／0.75
印　　次／2012 年 10 月第 1 次印刷　　　　 字　　数／254 千字
书　　号／ISBN 978 - 7 - 5097 - 3842 - 9
定　　价／49.00 元